馬克·畢林漢——著
吳宗璘——譯

BLOODLINE

探長索恩

MARK BILLINGHAM

邪惡基因。

謹以此作敬獻大衛·席利

序曲

黛比與傑森

「快來，小鴿子！」黛比．米契爾拉住她兒子的手臂，但他卻想要用力甩開、朝相反方向衝過去，直撲老太太快拉不住的那隻巧克力色拉布拉多犬。「噗——噗——」黛比鼓起腮幫子，「快來啊，這是你最喜歡的遊戲……」

傑森使出更大的氣力、想要甩開他媽媽，只要他一拗性子，力道就是這麼強勁。他發出的聲音既像是嘀咕，也像是哀號，要是有人聽到的話，可能會以爲他哪裡在痛，但黛比很清楚他想要表達的情緒是什麼。

「狗，」他嚷道，「狗，狗！」

帶著拉布拉多的老太太對著男孩微笑——她經常在公園裡看到他們兩人——接下來，當她望著他母親的時候，總是流露出相同的哀憐神情。

「可憐的小男孩，」她開口說道，「他知道我口袋裡準備了巴茲的點心，他想要餵狗，妳說是不是？」狗兒聽到這些話，更想朝小男孩衝過去。

「抱歉，」黛比說道，「我們得要走了。」她猛扯傑森的手臂，這次他發出的是疼痛的叫聲，「現在就走……」

她步履急快，每隔幾步就回頭看著傑森，催促他趕緊跟上來。「噗——噗——」她又說了一次，拚命壓抑自己聲音裡的恐懼，她知道他動不動就會被這種事情所吸引分神。男孩開始笑了，立刻忘了狗兒的事，自己發出噗噗聲響，跟追在母親的後頭。

就在黛比匆匆離開的時候，狗兒對著她背後的某個地方狂吠。那位老太太——她叫什麼名字來著，莎莉？還是莎拉？——的確是出於好意，不過，黛比會找一天好好跟她講清楚。她會微笑以對，掩藏自己的惱怒，向她解釋傑森不是什麼人的可憐小男孩。全世界找不到比他更快樂的孩子，沒有人像他一樣被百般呵護。

她的心肝寶貝，接下來就要過九歲生日了，腿上已經長出汗毛，必須穿特大號的兵工廠球衫，應該一輩子也沒辦法自己吃東西穿衣服的小男孩。

「火車。」傑森說道，應該說，他想要勉力講出這個字。

她急忙穿越低地，經過他們平常會小坐一會兒的長椅，在天氣炎熱的時候，他們會坐在那裡吃冰淇淋，然後，當他們往足球場前進的時候，傑森會跑在前頭。他們來這裡已經有好幾年的時間，現在，當她急忙朝那位在鐵軌旁、熟悉的樹列前進時，她才驚覺自己連這地方叫什麼名字都不知道；但這裡到底有沒有名字也難說。它畢竟不是漢普斯特荒原或里奇蒙公園——去年夏天，那裡有暴露狂出沒，時間長達好幾個禮拜，有時候，當地的小孩還會在晚上生火——但這裡的確是屬於他們的地方。

她與傑森的秘境。

她再次查看後方，繼續往前走。保持平穩步伐，忍住奔跑的欲望，她擔心要是自己眞的這麼做的話，可能會被那個人看到、出手阻止她。她張望四下，確定沒人之後，才加快腳步跟上傑森。他站在足球球門前面，假裝自己要準備罰踢。無論現場有沒有比賽，他一定會擺出這個姿勢，在這裡踢球的男孩們，已經很習慣看到他暴衝到他們的球場上，像是羅納多一樣、揮舞著雙臂在球門附近奔繞。有時候他們會配合歡呼，但從來沒有人嘲笑他，也沒有人擺臉色給他看。黛比看了好生感動，眞想逐一親吻所有的孩子，偶爾帶他們去買冷飲或是鮮榨柳橙汁。

她牽起傑森的手，對著左前方一百碼的那座大橋，點了點頭。

兩人快步走過去。

通常他們會從另外一個方向過去，也就是她家對面的入口，可以直接接通橋面。他們不需要像今天一樣，站在塑膠椅上頭、攀越她好友花園的圍牆。

但今天非比尋常。

她再次張望，果然看到那男人站在足球場的另外一頭，他對她揮揮手，她差點嚇得屁滾尿流。她心想，他就算是急跑過來，也來不及攔阻他們，是吧？不過，他只是信步走來，但輕鬆步履所流露出的自信，已經讓她驚恐萬分，她不知道自己居然會這麼害怕。她更加堅信自己也只能走上這條路，早在她聽到他講電話的聲音之前，她就心裡有數，她曾經看過他眼底的那股兇氣，還有他外套裡的恐怖血跡。

那男子再次朝她揮手，而且開始小跑。

傑森已經站在橋上，待在平常的位置等她，他知道她會幫他注意列車到來的時刻。當她準備走到他身邊的時候，他看起來有些困惑，他鼓起腮幫子，猛揮雙臂。

那裡曾經設置了安全護欄，但逐漸被破壞殆盡，後來，那些無事可做的傢伙開始在磚牆上畫滿塗鴉。

誰幹了誰，誰是娘砲，誰到此一遊。

她把手放在傑森肩上，然後開始往上爬，被磚面摩擦破皮的膝蓋犯疼，她也不管了，只顧著小心翼翼將肚子慢慢移到牆頂。她急喘了幾下，慢慢抬高大腿，一次一邊，終於整個人坐在牆上。她不敢往下看；還沒有這個膽。

她東張西望，想要確定四周沒有人在監視她，然後，她聽到了那個眞警察的聲音，他在大橋另外一頭的某處，從另一頭過來。他在呼喊她的名字，聲音粗啞，她聽得出來他在急奔，拚命叫喊，找人，但黛比轉過頭去。

太遲了，她心想，眞的太遲了。

她把手伸到下方、把傑森拉上來，看到他興奮的笑容，她好揪心。以前她只是把他拉高到適當高度，讓他剛好可以從牆頂眺望下方轟隆而過的列車。

這次是全新的冒險。

她使盡氣力、忍不住發出了叫喊，終於把他拉到牆上，當她看到他坐定之後，雙腿晃呀晃，依偎在自己身邊，她的眼淚差點奪眶而出。第一個感受到震動的是他，他猛吸氣，大吼大叫，讓她知道列車快來了。

黛比突然一陣心痛，趕緊抬頭，看到列車正在遠處轉彎，從海巴尼特站開出的南行捷運列車。她知道當它靠近杜特列治與烏特斯東站、快要上橋之前，會稍微放慢速度，不過，依然夠快了。

黛比急忙抓起兒子的手，緊捏不放，她靠過去，輕聲細語，講出了神秘字詞，她很清楚——雖然聽過了無數專家的意見——但她兒子聽得懂她的話。他看到列車接近，伸手大叫，越來越大聲，那笑容簡直要融化了她的心。

黛比閉上雙眼。

「噗——噗——」傑森開始對著列車吹氣。

第一部

從所未見的頭痛

1

「……沒有生命跡象。」

那女子刻意慢條斯理說出最後幾個字，順手把一捲厚厚的廚房紙巾遞過去，關了機器，然後又趁露易絲依然在忙著擦拭腹部上的凝膠的時候，回頭繼續對他解釋。

然後，她講出了好幾個數據：百分比與週數，以及發生機率什麼的。這種狀況其實很常見，還有，這種事在此時發生，總比大週數出現時好多了。

索恩聽不太進去。

沒有，生命跡象。

他看著露易絲，她點點頭，以一種比平常緩慢的速度眨眼，扣上牛仔褲的釦子，聆聽那女人繼續講了一兩分鐘，關於執行面的事。「我們可以之後再仔細解釋細節，」她是這麼說的，「先給妳一些時間，好好沉澱。」

她真的是醫生嗎？索恩很懷疑，也許只是什麼「掃描儀操作員」之類的人員，其實這一點也不重要。顯然她說出那些話也不是第一次了；一氣呵成，毫不扭捏，而且，他先前也沒想到對方是這種反應，其實這種作法對於那些講求效率的人來說，應該是再好不過了。他終於懂了，最好的策略就是講出該講的話，一切繼續進行下去，尤其掛號接踵而來，外頭還有許多開心的準父母在等候。

但那句話……

之後，他們坐在飲水機附近的角落，背對公共等候區的主區域。四張固定在一起的塑膠連椅，漂亮的檸檬黃牆面，軟木塞板釘滿小朋友的畫作，柳編小桌上放了好幾本雜誌與一盒面紙。

索恩捏住露易絲的手，握住，感覺好小好冰冷。他又捏了一下，她抬頭；微笑，吸了一下鼻子。

「你還好嗎？」她開口問道。

索恩點頭，心想，就婉轉修辭的角度而言，那句話說得很漂亮，溫和，但依然一針見血。能夠減輕多數人所受到的衝擊感，但，眞相畢竟才是重點。

沒有生命跡象。

死胎，妳腹中的死胎。

他在想，也許自己也應該如法炮製，等到下次被迫在殯儀館與家屬會面、或是在半夜敲哪個可憐蟲家門的時候，也學著引用一下。

事情是這樣的，您先生剛好遇到了某個在口袋裡藏刀的醉鬼，恐怕他已經……沒有生命跡象了。

很好，這種話讓受害者聽起來像是個機器人，但那種疏離感就是關鍵，對吧？你需要保持距離，如果不這麼做的話，每個禮拜的資源回收桶就會多出好幾個空酒瓶。

減輕衝擊，爲了他們，其實也是爲了你自己。

很遺憾，您的公子被人槍殺，生命徵候因而終止，現在沒有生命跡象已經翹辮子了。

「湯姆？」

露易絲輕輕推了索恩一下，他抬起頭來，看著剛才操作掃描儀的女子穿越等候區、朝他們走來。她是印度裔女子，粗寬的紅色挑染髮絡，索恩猜她應該是三十出頭。她的笑容滿分：哀戚，但腳步卻很輕快。

「好，我已經幫妳弄到病床了。」

「謝謝。」露易絲回道。

「最後一次進食是什麼時候？」

「我在早餐之後就沒吃東西了。」

「好，我們盡量讓妳早點動D&C手術。」那女子交給露易絲一張文件，告訴她要怎麼過去病房，然後，她望向索恩，「你可能得回家一趟，幫她帶點東西過來，睡衣什麼的……」

索恩點頭，女子接著告訴露易絲接下來得休養個幾天，他繼續點頭，聽她繼續說下去，他們兩個人都得要放輕鬆，如果他們想要找人談一談，那份文件上面有諮詢電話。

他看著她朝自己的診間走回去，到了門口的時候，把下一組男女叫了進去。對面牆角上高掛了一台電視，有對中年夫婦正在觀看介紹法國或義大利別墅的節目，太太說了幾句話，大意是那些磁磚的顏色怎麼這麼繽紛鮮豔。

「D&C？」

露易絲正在研讀手中文件的說明資料，「擴張與刮除。」

索恩等她進一步解釋，他依然一頭霧水，這幾個字聽起來好可怕。

「搔刮子宮。」露易絲終於說出口。

走廊上有個穿著綠色工作服的瘦小女子、推著裝滿清潔用品的推車，朝他們走來。她停在柳編桌旁邊，從推車裡拿起抹布與塑膠噴器，對著他們旁邊的空椅噴灑清潔劑，她忙著擦拭，目光卻望向索恩與露易絲。

「妳爲什麼在哭呢？」

索恩端詳那女子好一會兒之後，又面向露易絲，她低頭看著地板，不斷反覆摺弄手裡的紙。他突然覺得好熱，覺得頸背的汗毛一陣刺癢，他與露易絲的手心之間也沁出薄汗。

他的下巴朝產前掃描室的門口招牌點了一下，又猛然回頭，看著那名清潔工。

「媽的妳猜啊。」索恩回道。

從惠特頓醫院到肯特緒鎮，不過才走了一英里左右，卻已經花了索恩將近十五分鐘的時間。不過，至少這段旅程給了他一個空檔、讓他得以稍微冷靜下來。不要再去想清潔工對他們講話的時候、露易絲胸口的劇烈起伏，以及自己想把抹布塞進那笨女人臭嘴巴的衝動。

她回望索恩的模樣，彷彿是覺得他這個人眞粗魯。拜託，妳也幫幫忙好嗎？

回到公寓之後，他先把一些貓食丟入碗裡，讓艾維斯塡飽肚子，然後依照露易絲的要求，將她要的東西丟入塑膠袋裡面：一件乾淨的T恤、胸罩與內褲、梳子，還有幾件化妝品。他離開房間之前停下腳步，靠在牆上好幾秒，才繼續走回客廳，一屁股坐在沙發裡，把塑膠袋放在大腿上，發呆。

公寓裡感覺好冷。九月已經過了三個禮拜，早就應該要開暖氣了。又到了拌嘴的時節，索恩調高溫度設定器，露易絲只要以爲他沒在注意、就會把溫度又調回來。兩個人都會偷偷調整開關暖氣的時間，妳動暖氣管，我也不甘示弱。

雖然吵吵鬧鬧，但索恩好愛這種愚蠢情境喜劇的橋段。

自從露易絲發現自己懷孕之後——他們就一直在吵架——而且吵得比這個嚴重多了，他們對於未來的長期規劃一直爭執不休。雖然她大多數的時間都住在索恩家，但她在皮姆里科也有自己的公寓，她不肯賣，或者，至少不願接受要賣的是她的房子。雖然兩人都很想要找地方同居，但到底要賣掉誰的房子卻無法取得共識，所以他們開始討論乾脆把兩個人的房子都賣掉，再一起合購新房，或是合租某間公寓。

索恩望著火爐，心想現在這些話題會不會就此束之高閣。他們先前討論過這麼多事——某些非同小可——可能會悄悄變成不重要的話題，或者乾脆絕口不提。

搬遠一點，離開倫敦。

結婚。

辭掉警察工作。

索恩站起來，從大門旁的小桌拿起電話，回到沙發上。

關於那些事情，他們曾經在假設的前提下、幾乎都討論過了：籌辦婚禮、離開警界當然都有，只是隨口說說而已，有時候還會開玩笑，他們不想生出紅髮小孩，也千萬不要取愚蠢的名字。

「戴米安怎麼樣？」

「我覺得不怎麼樣。」

「電影《凶兆》裡的鬼男孩不就是叫作戴米安．索恩？」

「他也姓索恩，但結尾沒有『e』。對了，誰說他一定要跟我姓『索恩』，為什麼不能跟妳姓『波特』？還有，我又想到了，為什麼這小孩一定是『他』呢？」

索恩開始撥電話，他先前只請了兩個小時的假，所以現在必須讓同事知道他再進辦公室也是明天的事。他心想要是能留言就太好了，但卻直接接到偵查室警探薩米爾．可林的專線。

「你會通靈吧。」

「抱歉？」

「督察長正在你手機裡留言。」

索恩把手伸進外套裡拿手機，剛才在醫院的時候關機，出來之後一直忘了打開。等到螢幕開始正常顯示之後，果然出現了有留言的通知聲響。現在，線上接聽的人換成了督察長羅素．布里史托克。

「老弟，算你運氣好，或者，應該說你運氣很背。」

「什麼？」

「剛剛有工作丟進來，」布里史托克吸了一口東西，不知道喝的是茶還是咖啡，「似乎是慘案。」

索恩壓低聲音罵髒話，但還不夠小聲。

「好，反正我本來就打算交給基絲頓處理。」

「被你說中了，」索恩說道，「就當我運氣很背吧。」

「如果你想要，當然就給你。」

索恩想到了露易絲，還有那女子曾經說過的話，兩人都要放輕鬆。伊芳・基絲頓接下新案當然游刃有餘，而他自己也還有許多工作在身，不過，他已經準備好了，開始找紙筆。

艾維斯趁著索恩在匆忙抄寫資料，一直挨在他腳邊磨蹭。布里史托克說得沒錯，的確是起慘案，但索恩倒也沒有太吃驚，通常他們交給他的都是這種案子。

「先生？」索恩問道，「還是男友？」

「是先生發現了屍體，打電話之後，衝到街上大吼，叫聲淒厲。」

「先打電話？」

「對，據說之後就崩潰了，」布里史托克回道，「他敲大家的門，告訴每一個人她死了，嚷著血啊瓶子啊，顯然芬奇利的善良住戶沒遇過這種事情。」

「芬奇利很近啊。」索恩說道。

「沒錯，對你來說有地利之便。」

事發地點位於肯特緒鎮北方五、六英里，前去的途中反正會經過惠特頓醫院，「我得中途暫停一下，」索恩說道，「但應該半小時之內可以到達現場。」

「不要急，反正她又不會去別的地方。」

索恩愣了一會兒，才發現布里史托克說的是女屍，而不是露易絲・波特。

「趕快給我地址。」

2

這是一條安靜的街道，高街東側轉幾次彎就到了。愛德華式建築的房子，前院有整齊的花園與停車道。四十八號，就和周邊的許多房子一樣、被分隔成一間間的小公寓，不過，現在這一棟已經與鄰居徹底分隔開來：防水油布蓋住了小巷，制服員警駐守在前院草坪的每一個角落，花壇上方飄揚著犯罪現場的封鎖布條。

索恩正好在八點前抵達，夜色降臨，也已經將近有一個小時了。一樓廚房的燈光透亮，兩盞弧光燈投射出的光束照亮了每一粒塵埃以及飄飛的指紋粉，照耀現場鑑識人員的藍色塑膠連身衣，地板上的塑膠拼塊，黑白棋盤式的復古風格，也泛著光白，不過，斑斑血跡加上失血的屍體，將簡純的圖案破壞得面目全非。

「我準備要把她翻過來了。」漢卓克斯說道。

角落的某個犯罪現場調查人員正在忙著刮擦下方櫥櫃的邊角，她幾乎沒抬頭，「你還在等什麼啊……」

漢卓克斯咧嘴一笑，對她豎起中指，然後又四處張望，問索恩想不想靠近一點，擠過來會看得比較清楚。

索恩不覺得向前幾步會有什麼差別，但他還是走過去，擠身在靜照攝影師與影片攝影師的中間，對面有兩個鑑識人員已經準備好了，隨時可以給予漢卓克斯所需的協助，在他使不上力的時候、幫他喬角度。

「好，沒問題。」

這名女子臉部朝下，雙臂擱在兩側。她的襯衫被掀翻，或者也可能自己縮了上去，看得出腰部以上的肌膚已經出現屍斑紫痕，還有，她的胸罩依然完好。

「我覺得有蹊蹺。」某個女性鑑識人員走過去的時候，說了這句話。

索恩的目光離開了屍體，抬頭看著那扇唯一的窗戶。水槽旁邊的瀝水台放有盤子與馬克杯，洗衣機前方的指示燈閃個不停，提醒人們機器已經停止運轉。

依然看得出尋常生活的痕跡。

要是他們頭幾天沒有找到任何線索的話，索恩會找個時間、再次返回現場。他覺得要是能在受害者生前的住所好好待一會兒，對他來說很有幫助；要是他們正好在家裡遇害的話更好。不過，現在不是時候。他不想在一堆蹲在地上的鑑識人員之間來回穿梭、還得小心繞開那堆讓人看了就心煩的犯罪現場蒐證器具。

等到氣味散去之後再說。

他記得自己看過某部電影，警察站在死者遇害的房子裡，與兇手對話。混蛋，你是不是就在這裡殺死了他們？眼睜睜看著他們死去？

什麼鬼話……

對索恩來說，他只不過是想要了解受害者的狀況，他想知道的不是他們最後一餐吃了什麼，或是死時的肝臟有多重，只要是簡單、無聊的事，對他來說就夠了。掛在臥室牆面上的畫、放在廚房櫥櫃裡的餅乾，或是一本永遠沒有機會看完的書。

至於兇手在想什麼，索恩不介意，只要能將對方逮捕歸案，他就心滿意足，別無所求。現在，他看著他們挪移艾蜜莉．沃克的屍體。她的某隻手在搬動過程中輕輕滑過大腿，動作緩慢流暢，等到她終於平躺下來，沒有沾染血塊的髮絲也順勢從臉龐落下。

「各位，謝啦。」

漢卓克斯只與優秀團隊共事，這是他的堅持。索恩對某個犯罪現場蒐證員印象特別深刻——那時候他們還很喜歡被大家叫這個名稱——他在處理某名老先生腐屍的時候，簡直就把殘骸當成了馬鈴薯。索恩看到漢卓克斯走過去，把那名鑑識人員推到牆上、伸出那布滿刺青的前臂、壓住對方的脖子。自此之後，索恩再也不曾看到他們兩人出現在同一犯罪現場。

攝影師走向前，繼續工作，等到他們拍完之後，漢卓克斯開始對著自己的數位錄音機低語，講了一些初步驗屍的前置準備詞。

「菲爾，還需要多久？」索恩問道。

漢卓克斯抬起女屍的雙臂；彎身檢查她緊握的拳頭，盯著指甲，「一個半小時。」濃重的曼徹斯特口音，拉長了這位病理學家講出口的最後一個字，母音也變得更爲扁平，「最多不超過兩小時。」

索恩看了一下手錶，「知道了。」

「你是急著要打砲還是有什麼其他的事？」

索恩拚命想要找出合適的答案，最好聽起來像是什麼邪惡的密謀，但他不確定講出來之後究竟會有什麼結果，所以乾脆別過頭去看著警探戴夫．賀蘭德，不知道他是否有什麼新發現。

「她手裡有東西。」漢卓克斯說道。

索恩立刻轉過來，蹲下去看個究竟，盯著漢卓克斯拿著鑷子、從受害者的拳中取出了東西。看起來像是一小塊塑膠或是賽璐珞片，顏色很深，極薄。漢卓克斯把它丟入證物袋，將其對著光源、舉高。

「底片？」索恩問道。

「很有可能。」

他們望著袋中的那個東西好一會兒，但兩人都知道唯有等到法醫鑑識實驗室的結果出來才能知道答案。漢卓克斯把證物袋交給證物主任登記貼標，小心翼翼將塑膠薄膜纏住死者雙手之後，繼續移動屍身。

索恩閉目了好一會兒，緩緩吐氣說道：「你知道嗎？其實先前我可以選擇不接這案子。」

漢卓克斯抬頭看著索恩。他跪在死者的頭部後方，將它抬高，枕靠在自己的腿間。

「布里史托克讓我選擇要不要接。」

「他唬你的。」

「我可以讓給基絲頓。」

「這個案子擺明了要你接下來。」漢卓克斯說道。

「爲什麼？」

「湯姆，你自己看看吧，這擺明了就是你的案子。」

艾蜜莉・沃克……應該是三十出頭，深色頭髮，夾雜了些許灰白髮絲，某個腳踝上有星星刺青。她身高最多只有一五二公分而已，也更加凸顯了身上多出來的那幾磅贅肉，從冰箱裡的食物與冰箱門貼的「你確定自己真的很餓嗎？」磁鐵看來，她應該是在減肥。她的脖子上掛了褐色細珠項鍊，手上也戴著祈福手鍊：上頭有骰子、掛鎖，還有一對魚。丹寧布襯衫，薄料棉裙，腳趾上塗的指甲油是鮮豔的郵筒紅。

索恩望著掉落在冰箱附近地板的拖鞋，幾英尺外還掉落了一個漂亮的瓶子，看起來裡面裝的應該是巴薩米克酒醋，而外頭還有好幾片沾了鮮血與斷髮的玻璃碎片，遠處的洗衣機面板燈光依然在閃爍個不停。索恩舉起手摸臉，手指撫弄著下巴的筆直白色傷疤，他凝望閃動的紅燈，視線逐漸模糊，然後，他轉過頭去，恍神晃遊，讓漢卓克斯繼續工作、對著錄音機輕聲低語——艾蜜莉・沃克的頭依然枕在他的腿間。

「受害者頭上沒看到固定塑膠袋的物件，兇手可能是以雙手將塑膠袋纏住受害者的脖子。而頸部上的瘀青顯見他使出相當大的氣力、等到受害者斷氣之後才住手……」

賀蘭德站在屋後的院子，看著六名制服警察正在搜查花園。這裡也有弧光燈，不過現在只是進行初步檢查，等到天一亮，會有更多人員回來這裡採集指紋。

「所以，看來歹徒並非強行進入。」索恩說道。

「也就是說，她認識他。」

「可能吧。」索恩聞到賀蘭德身上的菸味，他自己也想要來一根。「或者，她應門之後，他拿出武器，逼她回到屋內。」

賀蘭德點頭，「等到逐戶巡查的時候，再看看我們運氣怎麼樣了。這裡似乎有很多那種喜歡好奇窺視的住戶。」

「她先生呢？」

「我只和他講了五分鐘的話，他們就把他帶到附近的飯店，」賀蘭德回道，「徹底崩潰，應該可想而知吧。」

「你不覺得有點太做作了？」

「這句話什麼意思？」

「他等到打電話報案之後，還衝到街上，看起來是想要每一個人都知道他有多麼傷心。」

「難道你聽過九九九❶的錄音帶了？」

「沒有，」索恩聳肩，「只是……」

「只是你的一廂情願，」賀蘭德接口，「對吧。」

「嗯，也許。」氣溫越來越低，索恩把手伸進連身衣、插進皮衣口袋，「要是案情單純……就好了。」

「我不覺得。」賀蘭德回道。

老實說，索恩也沒這麼樂觀。他非常清楚家暴事件會有多麼慘烈；也見識過善妒的男友或跋扈丈夫喪心病狂的各種樣貌。他眨眨眼，又想到他們轉動屍身時、手臂滑落的情景，還有鮮紅色腳趾甲映襯著黑白方塊地板的畫面，這起案件並不單純……

「也許他正好就是那麼傷心欲絕，」賀蘭德說道，「我們處理過多少這樣的案子？」

索恩長吐了一口氣，他不需要回答這個問題。

「嗯，我還是很難想像那種情景，完全沒有辦法。」

賀蘭德比索恩小十五歲。他已經與索恩並肩作戰了七年多，雖然那副菜鳥模樣早已消失無蹤，但偶爾看到有這麼一個人、還沒有被警察工作折磨到全然走樣，總是讓索恩頗感欣慰。賀蘭德曾經有一次抬頭看著他，那目光就是把他當成了自己要多加看齊的典範，索恩心裡有數，但他也知道賀蘭德不像他那麼……這個不重要，而他應該要覺得慶幸才是。

「尤其受害者是女人的時候，」賀蘭德說道，「你知道嗎？我看過那些丈夫男友還有父親在聽到消息之後的模樣，不論他們是歇斯底里、或是暴怒，還是呆若木雞坐著不動，我就是不知道他們腦袋裡在想什麼。」

「戴夫，夠了。」索恩說道。

他們聽到花園那裡傳來笑聲，視線立刻飄了過去，看來是某個警員踩到東西，他拚命在草地邊緣摩擦鞋底。

「好，那你剛才溜去哪裡了？」

「抱歉？」

「我們剛接獲報案的時候。」

索恩清了清喉嚨。

❶英國緊急求助救難電話。

剛才他路過醫院、把東西送過去的時候，已經告訴露易絲他接下了新案，她覺得沒關係。那時候她已經躺在病床上面，翻閱《heat》雜誌，想要讓對床喋喋不休的女人閉嘴。他問她確定嗎？而她回望他的表情卻像是他在犯蠢，而且還反問他爲什麼會這麼想。他告訴她，如果需要什麼，或是需要他在身邊，就立刻打電話給他。她告訴他不需要擔心，如有必要的話，她會在一切結束之後，自己搭計程車回去。

「看牙醫，」索恩回道，「被納粹牙科保健專家整了一小時，那女的簡直像是電影《跑馬拉松的人》裡面的人物。」

賀蘭德哈哈大笑，「看這種牙醫安全嗎？」

「我已經警告你囉。」

「你知道嗎？他們又重拍了這部電影，」賀蘭德等索恩上鉤，盯著他的臉，「但是他們得要把片名改成《吃士力架的男人》。」他繼續笑個不停，發現索恩也忍俊不禁。

「你有告訴蘇菲嗎？你又開始抽菸了？」索恩問道。

賀蘭德搖頭，「我的汽車置物箱裡面全都是薄荷，」他彎腰，朝排水溝吐口水，「其實這麼做頗蠢的，因爲我知道她心裡有數，我猜她只是不想吵架而已。」

賀蘭德和他的女友是另外一對考慮要離開倫敦、男方辭去警界工作的情侶。索恩在想，也許他們還有其他事情沒有說破、以免再次挑起戰火。他一直認爲賀蘭德應該要堅守下去，但從來沒把這番話說出來。要是蘇菲這麼喜歡與索恩唱反調，那麼她一定會拚死拚活與他作對。

所以他只是緊閉嘴巴，看到賀蘭德依然還在這裡，已經心滿意足。

「明天一大早，我們立刻優先處理正式確認死者身分，」索恩說道，「然後就可以把死者的丈夫找來問話。」

「同意。」

「搞不好這一次運氣不錯，這種事很難說。」

賀蘭德悶哼一聲，下巴朝那個在花園的制服員警點了一下，這傢伙現在拿著樹枝、想要把鞋底裡的狗屎拍出來。他開口說道：「你也得要有那種狗屎運。」

他們兩人同時抬頭，上頭有飛機低飛而過，燈光不斷閃爍，朝盧頓機場的方向飛去。索恩目送它快速飛過無雲朗空，嚥了一大口口水。八個禮拜前，他與露易絲以情侶之姿、一起到了希臘，這是他們的第一次正式度假之旅。大部分的時間，他們都躺在游泳池旁邊看垃圾書，除了研究該怎麼在當地小餐館點啤酒與烤烏賊之外，根本完全沒有動用到腦袋。兩人都努力避開工作的話題，而且盡情暢懷大笑。某天，露易絲爲索恩曬傷的肩頭抹擦乳液，她開口說道：「對我來說，這多少算是與性愛無關的親密接觸，對吧？畢竟我沒興趣幫別人擠黑頭粉刺，要是你兩隻手都斷了，我也不會幫你擦屁股。」

假期的最後那一天，她在早上買了驗孕棒，就在當天晚上一起外出用餐之前，她拿出來使用，中獎了。

趁漢卓克斯還在外頭的時候，索恩坐進車內。

他檢查了自己的手機，兩邊公寓也都打了電話，但露易絲還沒有回家，而且也沒有留言。他聽了一下收音機，又打了電話，依然沒有回應。露易絲關了手機，索恩猜想現在打電話到醫院也太晚了。

漢卓克斯走到副座，打開車門坐進去。他已經脫掉了防護衣，現在是黑色牛仔褲加白T，外頭套了一件薄毛衣，他開口說道：「快搞定了。」

索恩發出哀嘆。

「你沒事吧？」

「抱歉……嗯。」索恩轉頭看著他，點頭，露出微笑。

在漢卓克斯的頸線上方，出現一條紅藍色的墨線，其實，菲爾．漢卓克斯的刺青多位於隱密的地方，大部分的穿環也一樣，這讓他的主管鬆了一大口氣。索恩不需要觀賞這些人體藝術的細節，當然也開心，不過，他知道某些印記是爲了向新男友致敬，每征服一個，身上就多一個紀念品，而漢卓克斯身上已經好一陣子沒出現新的穿環了。

漢卓克斯的這副模樣，與許多人心目中的病理學家形象大相逕庭，但索恩從來沒有見過比他還要優秀的專家；而且——雖然互動起起落落——漢卓克斯依然是索恩最好的朋友。

「等一下要不要喝一杯？」索恩問道。

「那露易絲呢？」

「她沒問題。」

「不，」漢卓克斯咧嘴大笑，「我的意思是她一定很忌妒我們可以喝酒。」

「之後一定會好好補償她。」索恩回道，其實，眞正飽受忌妒之苦的人是他自己。他與露易絲在一起將近有一年半的時間，當初索恩因爲支援露易絲處理的綁架案而認識了她，不過，她與菲爾．漢卓克斯相識不過兩個禮拜，兩人就一見如故，交情之好簡直與索恩與漢卓克斯的十年情誼不相上下。有的時候，尤其是剛開始的階段，當他覺得困窘，憎恨他們的好交情的時候，忌妒也油然而生。

某天晚上，他們三個人一起出去，索恩喝醉了，居然叫露易絲「肥婆」。她和菲爾都哈哈大笑，而且菲爾還說索恩講出這種話，眞是太諷刺了，因爲他們三人當中，只有索恩的體態可以和英國女皇比美。

「嗯，今天就這樣了。」漢卓克斯說道，他望著那間房子，警員正三三兩兩結伴出來。「對了，如果我明天一大早得忙著解剖那可憐女人，那麼今晚還是喝一杯比較好。」

「哦，我正打算多喝幾杯，」索恩說道，「所以我們還是去我家附近的酒吧，我載你過去。」

漢卓克斯點點頭，把頭往後靠，閉上雙眼。索恩已經放棄要找什麼好聽的鄉村音樂，直接打開調頻Magic音樂網。將近十點鐘了，一個小時連續不斷的悅耳老歌，最後以《10cc》樂團的歌曲畫下終點。

「他特別帶了自己的袋子。」漢卓克斯說道。

「什麼？」

「拿來悶死她的袋子。他很清楚自己該做什麼，不能隨便從廚房裡抓個購物袋——這太浪費時間了。大部分都有洞，讓蔬菜的滴水可以排出去什麼的。顯然，兇手需要的是緊實不透風的東西，而且材質必須比較堅實，要是受害者有指甲的話，才不會被她抓爛、變成一團緞帶。」漢卓克斯的手指隨著音樂敲打著儀表板，「而且，自備一個好用、透明的塑膠袋，才能在下手的時候看清楚對方的臉，我想這一點應該很重要。」

「所以，他早有預謀。」

「有備而來。」

「不過，他沒有帶酒醋瓶過來。」

「不，我覺得那應該是臨時起意，隨手一抓拿來砸人的東西。」

「等到她一倒地就拿出自己的塑膠袋。」

漢卓克斯點點頭，「也許力道已經夠猛烈了，不需要悶死她。」

「希望是如此。」

「我覺得不可能，」漢卓克斯說道，「如果你問我的話，拿瓶子砸她只是確保她不會過度掙扎而已，他要看到她在塑膠袋裡死去，我先前說過了，他想要好好欣賞。」

「天。」

「我明天就會知道答案。」

車窗開始起霧，所以索恩開了空調風扇，兩人靜靜聆聽新聞，聽了好幾分鐘之後，完全無法提振低迷的心情，而且運動賽事集錦也沒什麼令人興奮的消息。球季才開始一個月左右，它們各自擁護的隊伍表現平平，今晚賽事的結果也沒什麼好提的。

「六個禮拜前，我們又讓你們吃癟了。」漢卓克斯開口。他是忠貞的兵工廠隊球迷，一想到前個球季的時候、兵工廠與熱刺在北倫敦的同城對抗賽，依然津津樂道。

「嗯……」

漢卓克斯哈哈大笑，又說了一些話，但索恩已經聽不進去了。他盯著自己的手機螢幕，不斷猛按鍵盤，想要確定自己有沒有漏失訊息。

「湯姆？」

也要確定自己的手機收訊沒問題。

「湯姆，你沒事吧？老哥？」

索恩收起手機，轉過去看他。

「露易絲沒事吧？」漢卓克斯等待答案，看到索恩的表情，「靠，寶寶出事了？」

「什麼？你怎麼知道……？」索恩整個人往後靠倒在座椅上，雙眼望著前方，他和露易絲說好了，前三個月絕對不要讓別人知道，她有個好友就是在初期流產。

「別生氣，」漢卓克斯說道，「是我逼問出來的。」

「想也知道。」

「老實說，我覺得她很想講出來，」漢卓克斯希望看到索恩的表情能夠稍微軟化一點，但沒有，「拜託，她還能告訴誰啊？」

索恩斜眼瞪他，惡狠狠開口，「我不知道。告訴她媽媽？」

「我覺得她搞不好也有告訴她媽媽。」

「天哪！」

索恩彎身，關掉收音機。「我們就是擔心會流產，所以才說好不要講出去。」

「靠，」漢卓克斯說道，「快告訴我怎麼了。」

等到索恩講完之後，漢卓克斯告訴他，會發生這種事情必有其原因，而現在流產總比之後出狀況好多了。索恩打斷漢卓克斯，還說那個操作掃描儀的女人已經講過一樣的話，而且他聽完之後，也還是很不好受。

索恩看到漢卓克斯的表情，立刻道歉，「我只是不知道該對她說什麼才好，你懂不懂？」

「你也不能說什麼。」

「我想，這種事情需要時間。」索恩說道。

「記得告訴她，想打電話給我，隨時都沒問題，」漢卓克斯說道，「如果她想找人聊一聊的話。」

索恩點點頭，「她會的。」

「你也是，」漢卓克斯等著索恩看他，「記得我的話，好嗎？」

兩人沉默了一分鐘之久。兇宅前面依然熱鬧得很——每隔幾分鐘就有車輛來來去去，馬路的另外一頭聚集了六名圍觀群衆，制服員警百般勸離無效。

索恩發出乾笑，伸手猛拍方向盤，說道：「我告訴小露，要把這台車處理掉。」

「你最愛的寶馬？」漢卓克斯說道：「哎呀，居然做了這麼大的讓步。」

索恩一九七一年份、「脈衝星」黃的寶馬，一直是許多同事拿來開玩笑的話柄。索恩稱其爲「古董」，戴夫·賀蘭德卻說這只是「又舊又爛的鏽桶」的委婉說法。

「我答應她要買台比較實用的車子，」索恩說道，順手拉了一下外套的衣領，「家庭房車，你懂吧？」

漢卓克斯微笑，「你還是應該要處理掉這台車。」

「再看看吧。」

漢卓克斯指了一下前門，已經看到金屬推床，他們將它抬起、步下台階，「可以過去了……」

兩人下車，慢慢走到殯儀館廂型車的後方。漢卓克斯對著殯儀館的其中一名助理低聲吩咐明天一早的事。索恩則望著推床從伸縮式支腳升起，黑色屍袋慢慢進入了車內。

艾蜜莉．沃克。

索恩瞄了一眼圍觀群眾：戴著棒球帽的少年、拖著腳走來走去；還有個老女人，嘴巴張得好開。

沒有生命跡象。

3

早晨剛過八點，正當索恩要出門的時候，接到露易絲從醫院投幣電話打來的電話。他一夜好眠，心中不免湧現些許罪惡感，當然，不需要特別問她昨晚過得如何，也猜得到答案。

她語氣中的憤怒超過了沮喪，「他們還沒做手術。」

「什麼？」索恩丟下公事包，走回客廳，彷彿要找什麼東西狠狠踢一腳。

「因爲突然有緊急病患，所以我第一次預定的開刀時段就沒了，然後，他們覺得昨晚應該可以排到手術，所以他們告訴我回家沒有意義。」

「所以是什麼時候？」

「隨時都有可能。」附近傳來吼叫聲，她壓低聲量，「我只希望趕快動手術。」

「我知道。」索恩說道。

「別的不說，我現在快餓死了。」

「嗯，我可以告訴妳我早上去了哪裡，」索恩說道，「應該會讓妳的食慾消失好一陣子。」

「抱歉，我應該要問你才是，」露易絲問道，「算是棘手的案子嗎？」

索恩把艾蜜莉．沃克的狀況都告訴了她。露易絲．波特，身爲綁架調查小組的探長，聽到這種事的態度可說是處變不驚。有時候，她與索恩聊到兇殺案與人身威脅的時候，態度輕鬆自若，簡直就像是其他情侶在聊辦公室發生的衰事一樣。不過，還是有某些工作方面的事，兩人都不願意在家裡提起，就算在這些慘絕人寰的故事當中、要分享什麼黑色喜劇的情節。兩人還是會盡量避開殘忍的真實細節。

這一次，索恩就一股腦全說了。

等到他說完之後，露易絲開口，「我知道你的用意，但真的沒有必要。」

「沒有必要？」索恩不解。

「不需要提醒我世界上還有其他人比我悽慘。」

兩個小時之後，索恩以極其低調的方式、把手伸進口袋，拿出手機，確定自己已經把它轉爲「靜音」模式。

「我想我們準備好了。」

某些時候，你真的不想聽到手機突然爆響。

殯儀館助理拿回文件，請艾蜜莉．沃克的先生入內。

「可否請您確認這具屍體是否爲您的妻子，艾蜜莉．安妮．沃克？」

那男子點點頭，又立刻別過去。

「可以請您開口告訴我們嗎？」

「對，是我太太。」

「謝謝。」

男子已經站在認屍室的門口，準備等人把他帶出去。依照慣例，在正式確認死者身分之後，至親會被邀請入內——如果他們有意願的話——與摯愛共處一會兒。但索恩看得出來，這一次就沒有必要了。窒息對於臉部造成的傷害與鈍器一樣猛烈，喬治．沃克寧可記得她生前的模樣，索恩也無法因此而責難他。當然，前提是這傢伙並非殺人兇手。

索恩目送沃克在兩名制服員警的陪伴下——男女各一、走過了長廊。他看到那男人的垂沉雙肩，女警伸手摟住他，他又想起賀蘭德昨天說的話，「我就是不知道他們腦袋裡在想什麼……」彷彿事先安排好的一樣，戴夫．賀蘭德也在此時從轉角走過來，他明明等一下要參加驗屍工作，整個人看起來卻出奇容光煥發。當沃克走向階梯、慢慢步入街道的時候，他挨到了索恩身邊。

「我知道你說過確認身分後要找他聊一下，」賀蘭德說道，「但我覺得我們可以等一會兒。」

「哦，你還記得啊？」

「他依然崩潰難平，我們真的應該讓他和家人多相處一會兒。」

遇到這種時候，索恩就十分希望自己就像羅傑．摩爾一樣、具有單邊挑眉的能力。他只能勉強壓抑自己的譏諷之意，「警探大人，我洗耳恭聽。」

賀蘭德微笑，「我們問到了某個鄰居，他有看到那個人。」

「快說吧。」

「住在對街的某個老先生宣稱，他看到有人從那裡出來，就在艾蜜莉先生到家的一個小時之前。」

「他確定那不是艾蜜莉的先生？」

「沒錯，他認識喬治．沃克。根據他的說法，那男子的體格比較瘦，而且髮色也不一樣。」

「安排他幫忙做模擬繪像？」

賀蘭德點頭，「要是你問我的話，我覺得她丈夫已經沒有涉案嫌疑了。」

「我不確定，」索恩回道，「不過你的意見很中肯，我們明天再找他吧。」

走廊上的某道門微開了一半，露出那熟悉的光頭臉龐，漢卓克斯開口，「換你們了。」

索恩點點頭，鬆開為了確認屍體身分而特別佩戴的領帶。

賀蘭德看起來不是很開心，隨他走過去。

芬奇利的官方驗屍處與其他地方的空間配置不太一樣，這裡將認屍間與驗屍房安排在一起、中間只隔了一道狹窄的走廊，所以屍體可以在維持隱私的狀況下、快速搬移到另外一邊。從柔和風格的家具陳設與賞心悅目的色系設計，立刻變換成白色磁磚的房間、裡面全都是不鏽鋼物品，完全與舒適搭不上邊。

不過，這裡的住客其實並不需要這種東西。

漢卓克斯與賀蘭德昨晚太忙，沒時間閒聊，正好趁現在趕緊交換一下近況。漢卓克斯頗關心賀蘭德的女兒克洛伊，他對這小女孩的事似乎比索恩還要清楚，不禁讓索恩心情沮喪。當初賀蘭德與女友在找教父的時候，他不覺得會輪得到自己，但有一陣子每逢小女孩的生日與聖誕節，他一定會送禮物與卡片。

索恩聆聽他們兩人的聊天內容——賀蘭德告訴漢卓克斯，他女兒長大不少，過沒多久就要四歲了，漢卓克斯大讚這是個可愛的年紀，同時忙著把剪刀與剖骨刀放到隨手可及的地方——

索恩聽了覺得很煩，漢卓克斯已經開始忙著脫除艾蜜莉．沃克的衣物，但他卻還是怎麼也想不起來那小女孩的生日到底在什麼時候。

九月中嗎？

漢卓克斯一邊工作，一邊忙著對頭掛式麥克風講述觀察結果，而賀蘭德則在一旁做筆記。在正式報告出爐之前，他們的調查也只能靠這份概述，不過，對索恩這種人來說，這樣的報告通常就已經足夠了，只有等到菲爾．漢卓克斯這種專業人士進法庭陳述細節的時候，才需要那種鉅細靡遺的資料。

充滿了科學術語與拉丁文……

「頭部後方出現重大撕裂傷，但頭骨沒有碎裂，也看不出有明顯的腦傷痕跡。」

如果沒有人刻意叮囑索恩要保持專心，如果他只不過是在一旁靜觀他早已看過多次的醫學程序，那麼，索恩就會開始努力放空，隔絕那些聲響。他已經很習慣那股味道了——肉味還有噁心的甜腥味——但聲音卻一直讓他焦躁不安。

「甲狀腺軟骨與環狀軟骨有損傷……出現明顯瘀傷的出血……受害者嘴部周圍有結塊血沫。」

所以，索恩總是在心裡哼唱歌曲，漢克．威廉斯、強尼．凱許、威利．尼爾森，隨便想到哪個人的歌都可以，只要一兩段副歌，就算出現鋸骨嘎響、切骨的清脆斷裂聲、水管裡的汩汩血流、從胸腔取出滴滴答答的心肺時的吸吞聲，聽起來也就不會那麼刺耳了。

今天是雷・普萊斯的歌：我的步履總是歸返到你的身邊。

「沒有懷孕跡象……沒有終止妊娠的痕跡……因外力窒息而身亡。

世界上還有其他人比我悽慘。

驗屍將近尾聲，開始秤量器官，收集體液，索恩開口問了死亡時間。等到找到主嫌的時候，這一點經常會成為關鍵因素。

「傍晚，」漢卓克斯說道，「我最多只能做出這樣的推測。」

「五點之前嗎？」賀蘭德問道。

「應該是三、四點之間，但我現在沒辦法肯定。」

「剛好，」賀蘭德趕忙寫下筆記，「她丈夫宣稱自己是在剛過五點鐘的時候到家。」

「所以他就沒有嫌疑了？」

「還沒有任何人能夠完全排除嫌疑。」索恩冷冷回道。

「知道了。」

索恩看到漢卓克斯的表情，還有賀蘭德停下筆記、抬頭望著他的模樣，「抱歉……」

他看著那幾個盛裝艾蜜莉・沃克主要器官的不鏽鋼盤，心想她終於擺脫了那令人困擾多時的幾磅肥肉。他的目光最後落在她腫脹蒼白的雙腳、鮮紅的指甲油，以及腳踝上方的星星。他剛才說出那些話的時候，其實並沒有尖酸的惡意。

賀蘭德望向漢卓克斯，以大家都聽得到的舞台劇式低語聲講話：「有人今天吃炸藥了。」

索恩覺得自己的火氣越來越大，他告訴自己要冷靜下來，但沒有用。與賀蘭德離開了現場十分鐘之後，他發現很難控制自己的呼吸與臉部肌肉。偶爾，在驗屍結束之後，他會覺得火冒三丈，但通常是困惑或是純粹的沮喪，他上次這麼暴怒是什麼時候的事？他也不記得了。

剛才一走出驗屍室的時候，他立刻將手機調回正常模式，等到他出了大門、走到艾文岱爾路的時候，他發現有三通未接來電，全都是露易絲打的電話。他請賀蘭德先走，等一下他會追上去。

只要她在哭，就會出現那種聲音，「他們還是沒動手術。」

「天，怎麼會這樣！」

「我不知道該怎麼辦。」她回道。

索恩轉身過去，望著北環路，公車站有對情侶聽到他的吼叫聲而盯著他，他刻意避開他們的目光，「他們怎麼說？」

「我找不到人告訴我現在到底是什麼狀況。」

「給我十五分鐘，我馬上過去。」

當她一看到他的時候，眼淚立刻奪眶而出。

「我只是想要……早點讓它離開我的體內，」她說道，「你懂嗎？」

「我知道。」

他們聽到隔簾對面病床的女子開口，「你們還好嗎？」

「沒事。」索恩回道。

「需要我去找人來幫忙嗎?」

索恩挨近露易絲,「我馬上就去找人。」

他在走廊上跑來跑去,找了五分鐘,終於在樓上抓到一個醫生,索恩告訴他有狀況必須立刻處理,醫生打了兩通電話,他則在一旁大吼大叫了一分鐘左右,拒絕讓步。最後,在一名語氣溫柔的蘇格蘭護士的陪伴下,索恩回到了露易絲的床邊,她說了許多場面話,最後坦承自己無能爲力。

「妳這種講法還是沒辦法說服我。」索恩說道。

「抱歉,但這是標準作業方式。」

「什麼?」

「很遺憾,你的女友就是運氣不好,」那護士開始翻閱她隨身攜帶的文件,「每次手術時間一排定,卻總在最後一刻出現更緊急的病患必須優先處理,眞的是運氣不好……」

「你們原本承諾昨晚要動手術,」索恩說道,「然後又說今天一大早會處理。」

露易絲回躺,靠在枕頭上,緊閉雙眼,看起來十分疲憊,「兩個小時前,他們說接下來就輪到我了。」

「媽的這是在搞什麼鬼。」索恩怒道。

護士再度查閱文件,找到答案之後點點頭,「對,是這樣的,我們有斷手的病患,傷勢嚴重,所以——」

「斷手?」

護士看著他，彷彿覺得這個人是笨蛋一樣，「他承受了極大的痛苦。」

索恩回瞪著她，然後又指向露易絲，「妳覺得她待在那裡是很開心嗎？」

葛瑞格走進廚房的時候，艾莉克絲正把最後一塊麵包塞進她的嘴巴裡。他點點頭，繼續忙著把襯衫塞進褲頭裡。她悶哼一聲，揮揮手，又繼續看她的《衛報》。

「希望妳有留一點麵包給我。」葛瑞格按下煮水壺的時候，開口說道。他正準備走向麵包籃，聽到了第二次的悶哼聲，然後，當他走到冰箱前面時，她又低聲道歉請求原諒。「哦，嗯嗯，看起來妳全嗑光了……」他望著冰箱，昨天明明還在的優格已經不見蹤影。去年底搬走的室友奇洛恩，習慣把大家共買的麵包牛奶之類的東西全部吃光光，而且還會偷吃根本不屬於他自己的食物。現在，艾莉克絲幾乎也養成了一樣的壞習慣，但他比較願意原諒自己的妹妹，而且她使用過浴室之後所留下的氣味也比奇洛恩好太多了。

他終於帶著自己的茶與吐司坐下來，她放下報紙，「你今天起得好早。」

「十二點有課，」葛瑞格說道，「他媽的亨利二世。還有，這世界上除了妳之外，不會有人認為這種時候叫早起。」

「我覺得是很早啊。」

「昨天妳什麼時候回來的？」

「不知道，」艾莉克絲回道，「也沒多晚。不過我們最後有幾個人跑去伊斯林頓的某個地方；喝可怕的伏特加，大家親熱成一團。」

「他們在摟摟抱抱？」

艾莉克絲笑得開懷，「算是吧，我也有份。」她看到葛瑞格搖頭、啜飲自己的茶，忍不住伸手指著他，「老哥，別擺出老大的樣子，而且你自己也幹了不少這種事。」

葛瑞格臉紅了，也因此有些氣惱，然後，一看到艾莉克絲因爲知情而咯咯笑個不停，他的臉更紅了，而且更不爽，「給我聽好，妳在這裡才待了兩個禮拜而已，我的話點到這裡就好。」他看到妹妹想要張嘴反駁，立刻打斷她，「不要跟我說『冷靜下來放輕鬆』什麼的，妳又不是十二歲的小女孩。」

「我只是在交朋友而已。」

「嗯，妳還是得長進一點。對了，也許找份工作，」他誇張的挺起胸膛，「我知道，這都是妳的心態問題……」

「就和你說的一樣，我在這裡才剛待了兩個禮拜而已，」她把手伸過去，想要拿哥哥的吐司卻沒有成功，「而且，你也知道……我要找的是戲劇工作，機會也沒那麼多。」

「當初妳告訴爸爸自己找到工作、要搬來和我一起住的時候，他有多麼開心？」

她只是聳肩。

「而他萬一知道妳在這裡每兩天就喝得爛醉，他會有多生氣？」

就在艾莉克絲看起來準備要狂吼或發飆的時候，她卻突然擺出自己十八年來的一貫無辜表情。

「你只是在忌妒罷了，因爲你得去上正經八百的課，上一堆正經八百的課，」她說道，「他媽的亨利二世。」

「他媽的像一灘死水一樣無聊。」

兩人哈哈大笑，她趁機搶下吐司，葛瑞格笑罵她賤小偷，艾莉克絲也損他是小氣鬼，然後她又起身爲兩人準備新的吐司。

「今晚要去『火箭』嗎？」

艾莉克絲從流理台前轉過來，裝出一臉驚恐的模樣，「你剛才還那麼義正詞嚴？」

「我只是讓妳知道，我可能會過去那裡。」

「對，可能啦。」她拿起塗滿奶油與馬麥醬的刀子對著他，語帶責難。位於霍樂威路的火箭基地是都會大學北倫敦校區學生會的據點，也是這座城市最潮的夜店之一，她哥哥最近才知道這個地方，三天兩頭就往那裡跑，「這禮拜你已經去三次了。」

「所以呢？」

「已經算是養成習慣了吧？對嗎？」

他聳肩，「那裡的酒很便宜。」

「好，所以你不是煞到誰吧？還是在搞什麼曖昧？」

葛瑞格又臉紅了，他站起來，說自己沒時間吃吐司了，得趕去上課。她在他背後大吼，吐司可以帶在路上吃，他也回頭吼她，「對啦，如果我想找死的話……」

五分鐘之後，他在人行道上慢慢踩著自己的單車、把艾莉克絲在樓梯上方硬塞到他手裡的吐司趕快吃完。其實這就是他們平常的相處之道，雖然他們的爸爸一直有很深的誤會，以爲是葛瑞格在照顧小妹妹，其實反而都是她在注意他的起居。擔心他，對他噓寒問暖，他們雖然沒有母親，但妹妹經常扮演這個角色。

他準備出發，等待車流空檔過馬路，抬頭看到她在臥室窗口向他揮手，她像個小孩子一樣，整張臉貼住玻璃。他也揮手道別，騎向賀恩賽路，迎向灰色天空映襯下、雄偉的酋長球場。

葛瑞格再次舉手，揮了幾下，也許艾莉克絲還在目送他離開。

有雙眼睛盯著他，他渾然不覺。

其實，是盯著他們兄妹兩人。

4

雖然戴夫・賀蘭德對於那些男人的想法依然充滿了許多困惑，但他看得出來殺人事件對他們外觀所造成的直接影響，彷彿整個人被掏空了，或者，就像是喬治・沃克一樣，身形微縮了一點。沃克身高有六呎兩吋或三吋吧（約一九〇公分），身材極其魁梧，但賀蘭德在科林代爾的偵訊室裡面，看著對面的這個男人，只覺得他似乎變得好渺小。

「不需要花太久的時間，」賀蘭德說道，「完整的錄音紀錄可以協助我們辦案，知道吧？」兇案小組的辦公室距離警校約五分鐘的路程，其實，這棟集聚了各個單位的四層樓高褐色建物，貝克大樓，充其量只算是行政中心而已。調查行動的確是由這裡進行統整協調，但需要使用偵訊間、拘留室，或是舊式小房間的警官，通常還是會多走一點路、前往科林代爾。

「我會把知道的都講出來。」沃克回道。

賀蘭德點點頭。他不知道喬治・沃克在妻子遇害前是什麼樣的聲音，但現在聽起來似乎非常微弱。「好，前天你是在正常時間回家？」

「十二點四十五分，差不多。」

「待了一個小時左右。」

沃克點點頭，賀蘭德提醒他要出聲、才能讓錄音紀錄保持完整，他才開口說道：「對，一個小時。」他在住家附近的學校擔任老師，賀蘭德已經知道他每天都會回家吃午餐。

「所以，學校的伙食也不怎麼樣了？」

「其實菜色很不錯，」沃克說道，他的目光一直停留在桌面，大拇指頻頻摳著桌緣，現在，他終於抬頭，直視著賀蘭德，「我只是喜歡回家。」

「眞希望我也能這樣，」賀蘭德說道，「這裡的員工餐廳眞是超可怕——」

房門開了，索恩走了進來。賀蘭德爲了錄音紀錄、特別宣告索恩進入偵訊室，隨即暫停錄音，索恩也趕緊爲自己遲到向沃克道歉，他說沒關係。

「塞車眞是惡夢。」索恩說道。

他在過來的途中必須先進惠特頓醫院一趟，出來的時候剛好遇到週五早晨尖峰時段的尾聲。他們終於在昨天下午完成了子宮搔刮術，但露易絲必須留在醫院過夜，一早醒來，她吃下了好多東西，而且也出現了在他們被告知流產之後、前所未見的好心情。這一點讓索恩覺得非常忐忑不安，不過，他也說不上來到底是什麼原因。

「我現在只想要回家。」她當時是這麼說的。

他告訴她，他會盡可能在午餐時間把她接回家，萬一有困難的話，他也會立刻讓她知道。

等到索恩進入偵訊室裡、坐定下來之後，賀蘭德立刻向他報告目前的進度，隨後又開始錄音，繼續訊問喬治·沃克。

「告訴我們你離開學校、回家之後所發生的事。」索恩說道。

沃克清了清喉嚨，「我進家門的時間，不太尋常。」

「不太尋常？」

「和平常的時間不一樣……」

「那天是什麼時候到家?」

「剛好在五點之前,」沃克回道,「我週三負責指導學校的棋社,但其他日子回家的時間會早一點。」

索恩望向賀蘭德,確定他了解這是需要記錄的重點,然後,又對沃克點點頭,示意請他繼續講下去。

「我聞到了一股氣味,顯然,就是……血的味道。有花瓶掉落在門廳地板上,到處都是水,她一定曾經試圖奮力抵抗,對嗎?」

「我們還在拼湊案情。」賀蘭德回道。

「好,我站在門廳大叫艾蜜莉的名字,然後走進廚房,嗯,就看到了。」

「你立刻打電話給我們,對嗎?」索恩雖然很清楚時點,但還是低頭瞄了一眼自己的筆記,「我們知道你撥打緊急求助電話的時間是四點五十六分,你聽起來相當鎮定。」

「是嗎?我以為我處在驚嚇狀態,」沃克搖頭,大聲喘氣了十秒鐘,繼續說道:「我連自己有打電話都不記得了。」

「之後呢?」索恩問道,「記得自己跑到街上嗎?猛敲隔壁鄰居的大門,大吼屋裡有血?」

他搖頭搖得更厲害了,「應該吧。」沃克的聲音突然變得好小聲,宛如輕聲細語,「我不記得我到底說了什麼……吼些什麼。我記得後來喉嚨好痛,但也不知道為什麼。我那時候跪在艾蜜莉身邊,等人過來,時間感覺好漫長,你知道嗎?」沃克開始潸然落淚,但他似乎也不管了,只有在哭得太厲害的時候才偶爾低頭，以掌根抹去淚水，「我眞的很想摸摸她，」他說道，「我知道自己不該這麼做，因爲這樣一定會毀了證據什麼的，電視上演過太多次了。可是，我只是想要握住她的手，幾分鐘就夠了，我好想把手伸進屍袋裡，幫她把髮絲攏到耳後。」

賀蘭德惡狠狠瞪著索恩，終於看到他點頭，「沃克先生，要不要休息個幾分鐘？」

沃克把椅子往後退，喃喃自語說要找面紙。

「其實，我想問到這裡就夠了。」索恩說道。

沃克點點頭，眼裡滿是感激，最後，閉上了雙眼。

賀蘭德關掉錄音機，索恩已經在這個時候站起來，朝門口走去，「好，看看我們能不能幫你安排計程車。」

沃克慢慢站起來，「最困難的是要開口告訴艾蜜莉的父親，」他繼續說道，「我的意思是，在她母親出了那樣的事情之後。」他轉向索恩，「還有哪個家庭會這麼不幸？」

「抱歉，我聽不懂。」索恩說道。

沃克面露疑惑，望向賀蘭德，他搖搖頭，他也不知道沃克在講什麼。

「哦，我以爲你們早就知道了，」沃克說道，「我妻子的母親也是死於兇殺案，十五年前的事，艾蜜莉的娘家姓氏是夏普。」

索恩只能再次抱歉，其實，他們早已在「犯罪情報資料庫」裡搜尋過艾蜜莉．沃克的姓名，想要知道她是否有前科，但完全沒有。而她家人先前所遭遇的悲劇也不屬於犯罪資料，當然不會列在資料庫裡面。

沃克的目光依然在索恩與賀蘭德之間飄移，彷彿覺得他既然講出了這個名字，警方應該立刻就會明白才是。他拿起外套，再次開口，顯然他已經很習慣以這句話作爲對話的結尾。

「她是慘遭雷蒙德·賈維毒手的其中一名受害人。」

他們目送沃克搭乘計程車離開之後，回頭步向警校。還不到十點鐘，早晨氣溫很舒服，但空氣中飄著微微細雨。

「在他過來之前，我已經先打了電話，」賀蘭德說道，「他在下午兩點返回學校，直到四點四十五分才離開，如果你覺得有疑慮，我可以再找漢卓克斯確定一下遇害的時間。」

「不需要了。」索恩回道。

他們稍微加快腳步，以免讓自己淋成落湯雞。

「我在想會不會是他吃完午餐後、返回學校的這段時間出了事，」賀蘭德說道，「我突然想到那樣的畫面，殺手可能看他離開之後，立刻走過去按電鈴，艾蜜莉以爲先生忘了東西，不假思索就立刻開門。」

索恩搖頭，「時間還是對不上。」

他們繼續往前走，左轉接機場路，兩個人相差了好幾步的距離。

「我覺得那天晚上你的推論很正確，」索恩說道，「可能是她認識的人。不是很熟……反正，也沒那個必要。也許是附近住家商店的店員，在隔壁鄰居花園打工的工人什麼的。」

「某張熟人的臉。」

「對他來說，這樣就夠了。你剛才也聽到沃克說那天比較特殊，看來兇手已經觀察艾蜜莉有好一陣子了，他知道他們的生活作息，很清楚什麼時候下手最好。」

「所以他鎖定了她？」

「看來是這樣沒錯。絕對不是隨機按電鈴，看到中意的才下手。」

「不過，爲什麼要挑艾蜜莉？」

索恩瞄了他一眼，賀蘭德才驚覺自己問了蠢問題，現階段他們幾乎什麼線索都沒有，答案可能有上千個，也可以說一個都沒有。他們都很清楚，一旦他們找到了眞正的答案，幾乎等於是得到了最佳的機會、將殺死艾蜜莉．沃克的兇手繩之以法。但在這種時候，索恩除了喃喃講出一句「天知道」之外，也別無他法，丟下這句話之後，他立刻小跑過馬路，迅速朝大門走去。

「但是，賈維這個案子很詭異，你不覺得嗎？」賀蘭德趕緊追過去，還落後索恩好幾步，「我那時候還沒當警察，不過，靠……超級大案，對不對？」

索恩站在賀蘭德的前頭，對著警衛亭裡的警察出示證件。

「你也參與了那個案子嗎？」

半分鐘之後，輪到賀蘭德在門口等待核查身分，微雨飄落在他的臉龐。索恩已經離開柵口足足有二十英尺之遠，走向貝克大樓的停車場，顯然，他並沒有聽到賀蘭德的問題。

索恩曾經參與雷蒙德．賈維的案子，只不過著力不深。查訪過某些家戶，某個晚上曾與其他人一起進行地毯式搜查。當時可說是十多年來僅見的大案，警方投下數百名警探的人力、要把那個殺害了七名女子的兇手緝捕到案，當時在倫敦警察廳任職的員警，幾乎多少都接觸過這個案子。

索恩進了貝克大樓，步入電梯，按下四樓的按鈕，回憶過往。

當時的他，還是個黏在警探身邊、個性好相處的小警員，他被分派到刑事偵緝處的肯特緒鎮派出所，那個地方距離他現在的家不過五分鐘路程而已。

電梯門死也不肯合起來，所以索恩只好再次猛戳按鈕。他覺得好羞愧，彼時身穿藍色警察制服的種種細節，以及自己開的警車的車牌號碼，他都還記得一清二楚。但是雷蒙德．賈維受害者的名字，他卻完全想不起來。

終於關上了。

連一個也想不起來……

他安慰自己，本來就是這樣，尤其連續殺人案更是如此。丹尼斯．尼爾森的十五名受害者，或是柯林．艾爾蘭的五名受害者，他能想起哪一個人的名字？在殺人醫生哈洛德．席普曼手中斷魂的兩百多條人命，他又能想起誰？

他步出電梯，穿越走廊，經過了大偵查室，朝自己與探長伊芳．基絲頓共用的小辦公室走去。當然，這些案子和他自己偵辦的案子不一樣，他記得每一個受害人的姓名、臉孔；每一張「生前」與「死後」的照片。雖然他以後未必會立刻想起艾蜜莉．沃克母親的姓氏，但索恩知道自己絕對不會忘記她的面容。

基絲頓在他桌上留了張字條，提醒他下個禮拜要出庭作證，某些證據需要趕緊準備妥當。索恩把字條放到一旁，把電腦鍵盤拿到自己的面前。從科林代爾回來之後，他一直在想哪裡可以找到賈維一案的檔案資料，現在，他決定利用捷徑、先小小研究一下。

索恩敲了幾個鍵盤，打開谷歌，輸入「雷蒙德．賈維」。

搜尋結果超過了三十五萬筆資料。

他往下捲動，跳過了前六筆連結，維基與什麼「連續殺人魔」的網站他就懶得點進去了，最後，終於被他找到一個不是在爲雜誌或電視眞實犯罪節目打廣告的網站，似乎還算可靠。他盯著那一串受害者名單，蘇珊．夏普，四十四歲，第四名死者。在她離開健身房、回家的途中遇襲，與其他受害人一樣，被棍棒活活打死，她的屍體在肯薩爾綠地的渠岸邊被人發現，四周是連綿的陵墓與著名的墓地精美雕像。索恩點入她的姓名，出現了照片，乍看之下，她與艾蜜莉．沃克倒是沒有什麼相似之處，但他隨即想到自己也從來沒看過艾蜜莉生前的模樣。

雷蒙德．安東尼．賈維在四個月內共殺害了七名女性。幸好他在芬斯伯里公園的某起單純酒吧鬥毆事件中遭到逮捕，不然可能會有更多人受害。其實，他們在鬥毆事件後對他所採的DNA，居然與其中兩名受害者身上的採樣不符。要是哪個犯罪小說家寫出這種瞎貓碰上死耗子的破案情節，一定會被讀者罵眞是偷懶，不過，大多數的警界老鳥都會承認，想要破這種大案，運氣其實是比較重要的因素。

賈維一直不肯透露犯罪動機，最後，他被判處五個無期徒刑，法官告訴他，他將會一輩子待在牢裡直到老死。大家都沒想到這結果居然來得那麼快，就在他入獄服刑後的第十二年，他被發現罹患腦瘤，六個月之後因病而亡。

索恩再次凝視著雷蒙德．賈維的相片——標準精神病患空茫無憂的眼神——然後，他框標出所有受害女子的姓名，就在按下「列印」的時候，房門開了，羅素．布里史托克走進來。

督察長把他的大屁股壓在索恩書桌邊緣，又瞄了一下電腦螢幕，推了推眼鏡，「賀蘭德都跟我說了，現在可有什麼線索？」他伸手抓了一下原本髮量相當驚人、但卻日漸稀疏的額髮。

「嗯。」索恩知道自己外表的變化也不遑多讓，他兩側的灰髮數量依然不均，但其實現在整頭都看得見白髮。他退出網站，賈維的臉瞬間消失，取而代之的是藍色畫面加倫敦警察廳的識別標誌：下方有一行激勵士氣的話——通力合作，打造一個更安全的倫敦。

「湯姆，你接下這案子已經三十六個小時了，」布里史托克問道，「現在進度如何？」

湯姆．索恩的表情與簡單的肢體動作，大家都一目了然，這位督察長也不例外。他看到索恩肩膀抽動了一下，表示「什麼都沒有」。至於鼓起雙頰吐氣，等於告訴你「除非是兇手自首，不然你想要在短短幾天之內、站在科林代爾警局外頭向媒體驕傲宣布破案消息，根本連門都沒有。」

「法醫鑑識實驗室的狀況呢？」索恩問道。

位於維多利亞區的法醫鑑識實驗室正忙著檢驗從犯罪現場蒐集的證據：毛髮、纖維、指紋。他們分析血跡模式，希望能夠還原精確的犯罪現場，也努力想要知道艾蜜莉．沃克手裡緊抓的賽璐珞碎片到底是什麼東西。

「我還在追，」布里史托克回道，「總是這樣。運氣好的話，明天就會有結果，但比較可能是星期天。」

「模擬繪像呢？」

「你看過了嗎？」

索恩點點頭，顯然掀起窗簾一角偷瞄的鄰居目擊者也沒看到什麼，或者應該說，面貌細節並不像他當初所宣稱的那麼清楚，「我沒抱太大希望。」

「好，我也不覺得那張繪圖能幫上什麼忙，但這只是我自己的假設。傑斯蒙德想要盡快發布，所以就給了媒體，今天的《旗報》已經刊登出來，還有某些全國性的報紙，《今夜倫敦》節目也會出現照片。」

布里史托克就和索恩一樣，情緒全寫在臉上，看到長官翻白眼，索恩立刻就懂得他的意思，「靠，真是浪費時間。」當然，總警司崔佛・傑斯蒙德一定會希望模擬繪像讓越多人看到越好，顯現他的團隊努力辦案的成績。至於繪像到底能不能發揮基本功能，似乎也不是他關心的重點——就算兇手圖像看起來像是黑猩猩畫的傑作也無妨——現在，寶貴的時間與人力必須拿來浪費在接聽數百通無意義的電話、並逐一登錄歸檔，打來的人不是瘋子就是特意惡搞，在他們口中，符合嫌犯特徵的人從隔壁的鄰居到強尼・戴普都有可能。

總警司的首要考量，永遠是他出現在電視螢幕或報紙上的表現。他等一下會在科林代爾警局外頭對著攝影機演戲，陳述令人震驚、簡明扼要的事實，強調艾蜜莉・沃克的遭遇有多麼殘忍與可怕，而且讓大家知道警方會採取一切必要措施、將兇手繩之以法。

索恩必須承認，這傢伙的表演功力不錯。靠這種伎倆，他連欠繳市政稅的人都抓不到，但他講出這些話的確能夠激起公憤。

「是她認識的人，」索恩說道，「某個一直在暗地裡觀察的人。她曾經看過他在附近出沒，也可能與他講過話。」

布里史托克點點頭，「只要是她常去的商店，像是離家最近的超市、健身房，我們要好好清查在那些地方出沒的人。也要仔細調查她的朋友與同事，再次詢訪所有的鄰居。」

「菲爾覺得兇手有備而來，」索恩拿起漢卓克斯昨天下午給他的驗屍報告，翻了幾下，「我覺得他『已經準備』多時了。」

布里史托克發出哀嘆，「我入行都多久了？」他繼續說道，「但聽到這種事還是會很難過。」

他從索恩的桌緣起身，走向窗戶，「我的意思是，要是她先生發現她在外頭偷吃，拿東西砸爛她的頭，也不會讓我覺得比較好受，我知道她也不會有活命機會，但天哪……」

「的確該感到難過才是，」索恩回道，「要是沒感覺的話——」

「我知道，那就是該退休的時候了。」

「不然就和崔佛．傑斯蒙德沒兩樣。」

布里史托克微笑，拿起他剛才進入房間時、印表機送出的那張紙，他低頭看了那載註七名受害者的名單，「我們也該追這條線索嗎？」

「我看不出有這個必要，」索恩回道，「賈維已經在三年前死於獄中。」

布里史托克揚了揚手中的紙，彷彿在爲自己搧風，「又遇到離奇的事。」督察長接著點點頭，意有所指。不過就在幾個月之前，他們經手了某個案子，某名男子與吵鬧的鄰居發生衝突，在自己的家人面前被活活打死。後來，大家才知道，二十年前，與事發地點相隔不過兩條街的地方，也曾經發生過同樣的事，而當時慘死的人正是現在這名受害者的父親。

「怪事這麼多，其中之一罷了。」索恩回道。

簡報比預定的時間晚了二十分鐘才結束，再加上某名檢方的顧問律師來電，一直講個不停，剩下的午休時間讓他難有餘裕出去一趟。不過，也不要緊：露易絲已經打了電話給他，她打算自己回去公寓，她覺得自己狀況還不錯，而且也需要出去透透氣。

索恩下班開車回家，心情煩躁不安，就像是他與露易絲剛吵完一架的感覺。他在心裡不斷盤演回家之後可能會出現的對話，不過，當他一進入靜悄悄公寓的時候，那些話語瞬間消失無蹤，他看到她側身躺在黑漆漆的房間裡。

「沒關係，」她說道，「我沒在睡覺。」

不過才八點鐘，但索恩已經脫下所有的衣物，爬到床上，挨在她的旁邊。兩人動也不動，躺了好一會兒，聆聽外頭街道摩托車呼嘯而過的噪音，還有樓上鄰居正在播放歌曲，只是索恩一直聽不出來是哪一首。

「妳記得賈維的連續殺人案嗎？」他開口問道。

她悶哼一聲，他不知道這問題是不是害她驚醒過來，「我那時候在念大學，算是知道吧，怎麼了？」

索恩告訴她蘇珊・夏普的事，相隔十五年，母女都被謀殺身亡。樓上的樂聲沒了，索恩依然不確定那到底是什麼歌。

「你又來了，」露易絲說道，「講出別人的悲劇，想要讓我好過一點。」

「我發誓，眞的沒那個意思。」

「倒是你透露出自己年紀一大把了。」

索恩笑了，這是他好幾天以來的第一次暢懷大笑。他靠在她的背後，把手伸過去，擱在她的腹部。過了一會兒之後，他突然覺得彆扭，不確定她是否願意讓他碰觸那個地方，所以他又把手抽了回來。

5

根據輪值與休假的標準制度，每八個禮拜有七個週六可以在家休息。通常，他週六早晨的起床時間比平常晚，出去買份報紙，然後回家吃一頓有害健康的豐盛早餐。自從索恩的生活中有了露易絲之後，這些例常活動都變成了雙人行，所幸，他依然是一個人解決性需求，在吃煎烤大餐與看《足球焦點》節目之間的空檔，偶爾還是擠得出一點時間出來。

這個星期六，也就是艾蜜莉．沃克遇害後的兩天，所有的例假都取消，如有需要甚至必須加班。索恩坐在貝克大樓的辦公室裡，證人的述詞他看得心不在焉，書桌上的報告也看不進去，其實，他心裡懸念的是兩人之間的性事是否已經變得淡陌疏離。該等到什麼時候才能和她好好談一談？現在這種時候，他居然有這種念頭，怎麼自我中心到這麼豬頭的地步？

他看著對桌的伊芳．基絲頓，她工作起來比他還拚命。她剛處理完一起家暴謀殺案，結案結得乾淨漂亮，旋即被拉進小組支援。能有她當同事，索恩覺得自己很幸運，基絲頓是這裡最優秀的探長之一，要是知道她遭遇的狀況、過去以及現在，那麼一定會對她的工作表現更加刮目相看。她帶著兩個小孩、過著單親媽媽的生活已經好幾年了，先前她因為與某名資深同事有染，不但婚姻毀於一旦，而且原本順遂的仕途也突然中斷。

她埋首桌前，突然抬頭，發現索恩在看她，她又低頭，翻閱文件，「怎樣？」

曾經有一段時間，他們都沒有交往對象，心蕩神馳的程度也不相上下，彼此之間曾經眉來眼去，但那也是許久之前的事了。

「今天是星期六啊。」索恩說道。

基絲頓開始奚落他，「你就別管什麼托特納姆的球賽吧，和露易絲早晨一起躺在被窩裡也不可能，無論加班害你少做了什麼事，就甭想那麼多了。還有其他人本來得要去看兒子的橄欖球比賽，我爲了週末上班，不只少了觀賽的機會，而且還忙得像計程車司機一樣。」

索恩差點想把露易絲的事告訴她，想知道身爲女性會怎麼看待這件事。但最後他只是露出淺笑，繼續埋首在自己的報告裡。

一分鐘之後，有個紙團彈飛到他的書桌，最後落在地板上。他彎腰拾起，瞪了基絲頓一眼，她只是聳肩，佯裝完全不知情。

索恩打開那張紙，原來是偵查室早上接到民眾電話的紀錄表。他們發布模擬繪像之後，果然引發了廣大迴響，新聞聯絡室忙著應付想當然耳的媒體關注，而小組自己必須處理社會大眾提供的所有消息。索恩與布里史托克顯然低估了那張繪像的鼓舞力量，引出了許多關心社會的瘋子。

「其實我不介意週末上班，」基絲頓說道，指尖指向索恩手中的那張紙，「只要別叫我一整個早上去收拾這些垃圾就好了。」

「不過，還是得做啊。」索恩回道。

大家對這一點都心知肚明。這套程序老早就變成小隊所有成員拿來取笑的話柄，而且他們對於文書作業更是幹譙連連，尤其是在主要線索難以信賴的狀況下，比方說，就像他們現在手中僅有模擬繪像一樣，取得的百分之九十九的情報都完全派不上用場，但如有需要，你卻必須再三確定。重要資訊很可能夾藏在那一堆惡作劇電話裡，沒有人想當遺漏的罪人，線索，就隱身在垃圾裡。在這個辦案警察被人偵辦已是家常便飯的年代，保護自己也成了第二天性，從剛發現屍體的那一刻、到法官落槌判定之前，絕對不能有半點疏失。

不過，大家還是抱怨個不停。

「完全沒有重複的線索。」基絲頓說道。

「妳錯了。」索恩的手指沿著名單一路往下滑，突然看到賀蘭德在門口探頭探腦，他停下動作，對賀蘭德點點頭，「有三個不同的熱心民眾打電話告知我們，他們認爲兇手繪像與影集《東倫敦人》裡那個開修車廠的傢伙很相像。」

「反正我們也應該要逮捕他才是，」基絲頓回道，「罪名就是演技超爛。」

索恩抬頭看著賀蘭德。

「我剛接到一通電話，你可能會有興趣。」賀蘭德說道。

賀蘭德把小紙片扔向索恩書桌：上頭是匆忙寫下的姓名與電話。「他是蘭開斯特的探長。昨晚他的手下看到傑斯蒙德上節目談沃克的謀殺案，他覺得犯罪情節聽起來很熟悉。」

「聽起來什麼？」

「所以，這位探長打電話來，詢問我們某些沒有向媒體公布的細節，他想知道是否與他們前幾週遇到的謀殺案情節相符。」

「聽起來不太妙。」基絲頓說道。

索恩已經開始撥電話……

等到客套話都講完之後，保羅．布魯爾探長告訴索恩，二十三歲的女護士凱瑟琳．伯克，三週前被發現陳屍在與男友同居的公寓裡面，事發地點位於蘭開斯特市立足球場後面的安靜巷道裡。

兇手拿沉重的家飾品敲擊她的後腦勺，然後又以塑膠袋悶死了她。

「聽到悶死那一段的時候，開始讓我的老觸角蠢蠢欲動。」布魯爾說道，索恩原本以爲會聽到濃重的東米德蘭腔調，其實也還好，「昨晚你們的總警司上電視談到犯罪情節，我自己是沒看到，但當我聽到手下轉述的時候，我覺得值得追蹤下去，你知道，確定一下比較好。」看來他頗是得意，「看來我是猜對了。」

「你說是三個禮拜前的事？」

「對。」

「然後呢？」

一陣咯咯笑聲，「然後……就陷入撞牆期，老哥。事發前一天，有人看到她在醫院外頭曾與某人講話，我們也弄出了模擬繪像，不過根本沒啥屁用。她有輕微的毒癮，大部分都是吃藥錠，多半從自家醫院偷藥，但這條線索也無疾而終。老實說，要不是聽到你們的消息，這就要變成懸案了。」

「運氣很好。」索恩回道。

布魯爾又說了些其他的話，但索恩沒聽進去，他正忙著在基絲頓與賀蘭德的面前罵無聲髒話。

「驗屍報告呢？」

「這部分就簡單多了，」布魯爾回道，「當兇手拿出袋子套住她的頭時，她應該是狠狠抓了他一把，我們在她的指甲裡面挖到了許多皮肉與血跡，所以一抓到那畜生就立刻可以進行比對。」

索恩在紙上草草寫下「已有DNA」，把它推到書桌的另外一頭，讓賀蘭德與基絲頓可以看到面前那幾個字。

「你還在線上嗎？」

「好，接下來我們怎麼進行？」索恩問道。

「老兄，我不知道，」布魯爾回道，「我知道和我無關，所以我怎麼想也不重要。我老闆八成和你老闆在通電話，討論分工。考量政治權術啦、預算啦，諸如那類的鳥事。我們就聽令上級指示，好嗎？」

「沒問題……」

「我只是想讓你知道……其實我對於轄區之類的那種事，一點也不在意，」布魯爾說道，「你不要擔心那種狗屁鬼話啦，等到我們抓到這傢伙的時候，可以好好討論一下該怎麼分配功勞，這還算公平吧？」

索恩很清楚，他現在已經立刻知道保羅．布魯爾是什麼樣的人了——工作的時候動不動就發火，可能每一個同事都討厭他——但無論對這個人有什麼成見，將來還是得與其共事。索恩開口感謝對方協助，讚美他的積極進取，保證自己絕對不會攬功。他努力裝出誠懇模樣、直接喊對方「保羅」，還說等到最後一定會去鎮上拜訪他、暢飲一整個夜晚。當布魯爾滿口答應索恩的邀約時，他也只能裝出滿心歡喜的語氣。

索恩抬頭，看到賀蘭德與基絲頓露出困惑表情，畢竟他們只聽到他這方的講話內容。

「對了，那東西是X光片。」布魯爾說道。

「什麼？」

「她手裡的那一小片塑膠塊，」布魯爾似乎又得意了起來，他等了一會兒，才繼續說道：「有一小片塑膠，對吧？」

「什麼樣的X光片？」

「他們還沒有告訴我們答案，上頭有幾個字母與數字，但他們還搞不清楚那代表了什麼。如果我們運氣不錯，你那一片也許可以派上用場。」

索恩抬頭，看到賀蘭德與基絲頓的疑惑表情，畢竟他們只能聽到索恩講出的話。

「X光？」基絲頓小聲問道。

索恩伸手蓋住話筒，告訴他們再一分鐘就好。布魯爾說他正準備要去參加會議，但他可以之後再打電話，等到索恩請客的時候，他要點大杯的威士忌。

「趁你還沒掛電話，」索恩說道，「凱瑟琳的母親還活著嗎？」

「什麼？」

「她母親？」

「不在了。雙親都已經過世，她哥哥也在幾年前死於車禍，我們還花了一點時間才找到她的血親。」

「她怎麼死的？」

「抱歉？」

「她母親怎麼死的？還有，是什麼時候的事？」

「不知道。」布魯爾回道。

「能不能幫我查出來？然後回報給我？」

「沒問題。」

「謝了，保羅，非常感恩。你喜歡喝哪一種威士忌？」

「問這個要幹什麼？」

「其實也沒什麼，」索恩回道，他抬起頭，目光直視著基絲頓不放，「只是不想失禮罷了。」

在簡報預定開始時間的五分鐘之前，布魯爾再次回電，而且還開口道歉拖了這麼久。他告訴索恩，他已經問過凱瑟琳．伯克的男友，證實她母親在她小時候死於癌症。索恩謝過他，不知道自己該覺得失望？還是鬆了一口氣？

「哦，對了，單一麥芽不錯。」布魯爾提醒他。

大家正魚貫進入簡報室，索恩站在門口外頭，將剛才接獲的消息告訴布里史托克，督察長剛才悶頭在資料堆裡足足有一個小時，聽到索恩的話，他立刻抬頭。

「値得追下去。」

索恩發現好幾張陌生臉孔從他面前飄過；他向其中一兩個從其他單位火速徵調過來的同仁點頭致意。「所以，分工解決了嗎？」

「我們接手。」布里史托克回道。

「眞的嗎？」

「嗯，正式說法不是如此。但就金錢與人力的角度看來，我們比他們的能力高出一截。好，私底下告訴你，這個案子由我們主導。」

「那我也私下問你，要是我們搞砸了呢？」

「如果是這樣的話，顯然，我們雙方辦案各負一半責任，要是過程中有任何閃失，罪責均攤。」

「聽起來很公平。」索恩回道。

裡面擠滿了人，大家多半選擇沉默，最多也只是低聲交談。一通電話，徹底改變了這起案件的樣貌，突然之間，氣氛變得緊張不安，索恩記得已經許久不曾遇過這種情景了。

這種狀況並不多見。

有人喪命，大家絕對不會輕忽以待，如果你在犯罪現場注意的是大家的眼神，而不是那些插科打諢或爛梗笑話，自然能夠體會這股沉重。索恩遇過聰明絕頂、也見過超級愚蠢的殺人犯，有的是激憤行兇，也有的是樂在其中。有些令他憤怒至極，簡直讓他想要親手宰了對方，但有些卻讓他滿是憐憫。

兇手有各式各樣的類型，就和殺人手法一樣多變，逮捕他們是索恩的職責，他當然永遠以嚴肅的態度看待兇手。

而且他犯下的殺人案不止一起而已……

「好，謝謝各位這麼快就趕過來，」布里史托克說道，「現在有許多事項需要讓大家知道。」

索恩坐在簡報室後頭，看著大家打開筆記本，聽到五十支原子筆筆蓋拔下的喀嗒聲。他瞄了一下門口，有幾個遲到的人匆匆趕進來，不知道總警司崔佛・傑斯蒙德會不會在絕佳時刻現身，鼓舞大家的士氣。

「有些人已經知道消息了，今天早上，我們接到了一通來電，艾蜜莉・沃克的偵辦重點也有了重大轉折。在接獲消息之後，我幾乎都在與蘭開斯特郡的不同高層通電話……」

當布里史托克在講話的時候，索恩想到了控制；控制的練習過程。殺死艾蜜莉・沃克的兇手，小心翼翼進行準備工作，等待下手時機、拿出塑膠袋悶死她。現在，從諸多理由看來，這個人應該也是殺死凱瑟琳・伯克的兇手，她也是陳屍家中，沒有歹徒強行闖入的痕跡，所以他策劃這起兇案的縝密程度，與對付艾蜜莉・沃克可說是不相上下。

等待、監視，然後在三週內殺死兩人的嫌犯。

「所以，目前這兩起案件會分頭進行調查。」布里史托克說道，「我們必須要與蘭開斯特的同仁保持密切合作……」

索恩覺得口乾舌燥，三週，殺死兩個人……這只是他們目前所知道的兇案而已。

「……而且，要是這兩起案件有關聯，目前看來是很有這個可能，那麼我們就必須採行必要的規則。」

基本上，這場簡報就是讓布里史托克簡述未來辦案方向的執行面細節。雙方都不想冒險毀了另外一邊的辦案成果，所以他們一致同意要以「唯讀」的方式進入對方的「內政重案查詢系統」。警探薩米爾．可林是倫敦警察廳團隊這邊的辦公室主任，他會負責將所有的案情資料鍵入他們自己的帳號，而且會與蘭開斯特對口單位的負責人保持每日聯繫。

「沒問題。」可林回道。

「尤其對口是個『她』，絕對沒問題。」有人還補了一句。

「這個狀況『很棘手』，」布里史托克說道，「而且可能會讓大家人仰馬翻。」不過，他相信他的團隊可以應付得來。

爲了要確保團隊全力以赴，布里史托克等到最後一刻，才讓重頭戲登場。他點點頭，轉向他背後的大螢幕，此時燈源已經全部關閉。簡報室裡的許多人已經看過艾蜜莉．沃克的照片，但幾個小時之前，凱瑟琳．伯克的相片才剛以電郵傳送過來，除了布里史托克以及他底下的探長之外，還沒有人看過。

這些照片的拍攝角度各有不同，但隨著一張張影像陸續投影出來，可以看出兩個案子之間的類似性相當明確……而且駭人。雖然她們四肢攤展的姿勢不同，而且其中一人袋內的血量比另一個人多了一點，不過，索恩覺得這個房間裡的每一雙眼睛，最後終究會落在她們的臉龐。在凝結死前最後吐納的霧濕塑膠袋之下、剛好可以看到蝕刻在這兩名女子慘白肌膚上的驚嚇與絕望。

布里史托克講完了話，他沒有開燈，等待每一位同仁走過螢幕前的影像。

索恩是最後一個離開的人。

「她們兩人的外型毫無相似之處，」索恩開口。布里史托克望著他，這兩個人就站在昏暗的房間裡，盯著螢幕，「所以，如果我們要找出關聯性，他應該不是那種挑特定類型下手的殺人犯。」

「如果是同一個兇手的話。」

「你覺得不是？」

「我只是認為還不能確定。」

「拜託，羅素，你仔細看看……」

布里史托克看了好一會兒，轉身，走到房間的另外一頭開燈。「驗屍報告出爐了，」他說道，「我還沒有機會仔細研究，不過他們已經確認那一小塊賽璐珞碎片是從X光片剪下來的東西。」索恩還來不及講出那個大家都想知道的問題，他已經繼續說下去，「不，他們也不知道那到底是什麼，不過上頭有幾枚清楚的指紋，而且並非是死者所有。我們也取得了DNA，她的毛衣上有一些毛髮，當然，可能不是兇手的，但我們已經排除了她先生的嫌疑，所以要是我們這裡的樣本與凱瑟琳．伯克的相符……」

「絕對相符。」索恩回道。

「看來你很依賴這條線索。」

「這傢伙，早有預謀，」索恩回答，「這很可能是我們能將他緝捕歸案的唯一方法。」

「假使我們有機會的話。」

索恩又靠在牆上，望著前面的數十張空椅。剛才坐在這裡的男男女女，現在已經坐在電腦前工作，忙著接聽電話；大家都盡忠職守。不過，索恩開始覺得若要取得重大進展，必須要看兇手是否會給他們更多的追查線索。

「我的看法未必是對的，」索恩說道，「搞不好案情其實很簡單，看一下蘭開斯特同仁收集到的資料，一切就迎刃而解了。」

「天啊，眞希望這樣就好。」布里史托克說道。

索恩也希望如此，但他腦中的那個念頭一直揮之不去，又來了，又是一起案情若能有所突破、就必須等待另外一具屍體出現的連續殺人案。

6

索恩在回家的途中、到「孟加拉騎兵隊」餐廳買了一份外帶餐點。他懶得先打電話訂餐，因為他渴望來杯冰涼的印度翠鳥啤酒、免費的印度薄餅，還有等候時與經理的家常閒聊。

當他回到家的時候，露易絲正躺在沙發裡，觀看某個滑冰明星的表演節目。她似乎很開心，自己開了一瓶紅酒。

「撥雲見日了，」露易絲說道，她還舉起了酒杯，宛若在慶祝什麼似的，「又能開喝，真好。」

索恩進入廚房，開始把晚餐分放在盤子上，他對著客廳大吼，「應該啊。」然後，他又把空紙盒扔進垃圾桶。

當他轉身過去的時候，看到露易絲站在廚房門口，「應該怎樣？」

「應該……喝一杯……如果妳想喝酒的話，放鬆一下。」

「你的意思是，我應該要喝個爛醉？」

索恩舔光指尖的醬汁，望著她，「我沒有什麼特別的意思，露……」

她走回客廳，過了一會兒之後，他帶著盤子、跟著她過去。他們坐在地板上、背靠沙發，將盤子擱在大腿上吃晚餐。

「在芬奇利殺死那女子的兇手，」他說道，「似乎先前也犯過案。」

露易絲嚼了一會兒之後才回話，「你先前問過我和賈維有關的那個案子？」

「嗯，對，那個女孩，她不是第一個受害人。」

「靠……」

「沒錯，是嫌我不夠忙嗎？」

她聳肩，吞了吞口水，「也許你正好想要忙一陣子。」

食物與平常一樣美味：羊肉咖哩加濃醇的豌豆奶酪；炸香菇、香料燉飯和兩人合吃的麵餅。露易絲狼吞虎嚥，自己撕走了大半的餅皮，還嗑光了大部分的米飯，最後把叉子在剩下的幾顆黃色飯粒之間緩慢撥弄，「聽起來你有得忙了。」

索恩看著她，但在她的臉上卻找不出任何線索可以看出她作何反應，他決定打安全牌。「這次團隊的人手超多，所以就再看看吧。」

「嗯……」

「我是不是應該繼續開酒……」

「我真的沒差。」

索恩又瞄了一眼她的神色，看不出有什麼口是心非的跡象。他把盤子收回廚房，拿了另外一瓶酒，兩人不發一語，坐在沙發上看了電視好一會兒，看到某名過氣漂亮模特兒在冰上亂爬的時候，露易絲笑得比索恩開懷多了。等到節目結束之後，索恩開始亂轉頻道，最後終於定在某部重播老片，他一直很愛看的《野鵝敢死隊》。他們看著李察·波頓、羅傑·摩爾，還有李查·哈里斯在非洲叢林裡衝鋒陷陣，三個人演起老邁傭兵真是有模有樣。

「我和菲爾談過了，」索恩說道，「我的意思是，我已經講出來了。」

「你告訴他出了什麼事嗎？」

「不需要輪到我先開口。」索恩等著看她的反應，不知道她對於自己當初違反兩人約定、告訴漢卓克斯她懷孕的事，會有什麼樣的說法。「他說，嗯，如果妳想要找人聊一聊的話，應該要打電話給他。」

「昨晚我和他通過電話了。」她回道。

「哦，那就好。」

「他眞的很貼心。」

電視裡的哈里斯正在央求波頓送他一顆子彈上西天，他不想死在敵人手裡，不過，電視外頭的對話與電影裡的尖叫與槍火聲響相比，可說是不遑多讓。

「妳爲什麼要告訴他懷孕的事？」索恩問道，「我以爲我們早就講好了，不要讓外人知道。」

露易絲盯著自己的酒杯，「我只是覺得他一定會很開心。」

「但我們不是擔心流產，所以才說要保守秘密嗎？」

「好，就是流掉了，好嗎？所以現在去吵我應不應該告訴別人已經沒有意義了，你不覺得嗎？」她在沙發上挪動位置，現在距離他有一英尺之遠，她壓低聲音，「拜託，菲爾又不是那種會到處嚷嚷的人。」

地毯上掉了一些米粒和麵包屑，索恩慢慢爬到另外一頭，開始把它們撿入自己的手心裡。

「如果你曾經告訴別人這件事，我才不會放在心上。」露易絲說道。

「我的確有想過。」

「你想要跟誰說？」

索恩微笑，「應該也是菲爾。」

兩人又靠在一起，索恩問她可不可以關掉電視，改放音樂。通常這時候她會翻白眼，堅持要由她決定，不然就是又重提從賀蘭德或漢卓克斯那裡聽來的笑話，虧索恩的音樂品味有問題。今晚她心情很好，點點頭，整個人躺在沙發上。索恩放入格蘭．帕森斯的精選集，回到沙發前面，抬起露易絲的雙腿，從底下鑽過去，他們靜靜聆聽〈火熱之心〉與〈銅釦〉，倒光了瓶內所剩的紅酒。

「所以，菲爾怎麼說？」

「其實，就是你也猜得到的那些話，」露易絲回道，「這種事情會發生通常都有合理的原因，身體很清楚它的運作邏輯，有狀況的時候，它會立刻知道。」她喝了一大口酒，原本嚴肅的臉突然在憋笑。

「怎樣？」

「他說可能是因爲寶寶會長得像你，」現在她笑得好開心，「流產算是比較好的選擇。」

「可惡的王八蛋。」

「他讓我哈哈大笑，」她閉上眼睛，「我的確很需要。」

過沒多久，她開始昏睡，索恩也隨即開始打盹，還不到十點半，他已經酣然熟睡，伴隨著他的有格蘭與艾米露吟唱〈前所未有的頭痛〉的歌聲、艾維斯在廚房舔盤時餐具發出的匡啷聲響，還有，擱在他大腿上的露易絲雙腳。

那天晚上，火箭俱樂部一開始的樂團表演很精采，與那些艾莉克絲最近聽排行榜裡的所謂獨立音樂樂團相比，一點都不遜色。言之有物，歌也好聽，他們不只是那種穿著緊身牛仔褲、有漂亮屁股的樂團而已。當然，那個吉他手長相酷似《剃刀之光》的主唱，也不會因爲英俊外貌而失分……

她喜歡裡面的熱氣與噪音；熱愛窩在人群中的感覺。每次她出去抽菸的時候都已經全身大汗，結束的那一刻，她依然激動不已。之後，等到樂團收工，他們準備好了機器，開始播放舞曲。她的某些朋友還沒走，而且她知道他們還會繼續留下來，不過，她已經準備要回家了。

葛瑞格不是才訓過她喝酒的事嗎？

她推開公寓大門，聆聽上頭傳來的人聲。

艾莉克絲剛才在酒吧裡也看到了她哥哥，但只有幾分鐘而已，剛好讓他趁空抱怨一下，看《混蛋小偷》的表演還不如讓他死了算了，而她也正好瞄到哥哥的目光貪戀不已的那個人。等到演唱結束，已經不見他的人影，她倒是不意外。

她猜他今天應該會早早上床。

樓上有燈光，但她聽不到任何聲音，心想自己也許打斷了什麼好事。也許他們正窩在葛瑞格的床上嘻嘻哈哈，輕聲交談，但聽到她進來之後就默不作聲。

她爬上階梯，扶著欄杆，輕輕哼唱著歌曲。走到上頭之後，她把外套掛在欄杆上，呆站了好一會兒，傻笑。

然後，她躡手躡腳經過走廊，到了葛瑞格的房門口。

房門底下看不到亮光。她把耳朵貼住薄木門板，但卻聽不到任何動靜：沒有嘻嘻哈哈的笑聲，當然也沒有彈簧床墊在咿呀作響。她把手放在門把上，慢慢轉動，門是鎖著的。

艾莉克絲轉身走向廚房，她發現自己的腳步聲並不如自己想像中的那麼輕柔，她突然很想吃乳酪吐司，心想也許可以弄一點來吃。

她眞心爲葛瑞格感到開心，就算這只是一夜情，她也盼望他至少可以盡興，達到了他的目的。

她哥哥這一生難得遇到幾次好運。

我的日誌

九月二十八日

我好累，當然，其實一直都差不多是這種狀態，因爲我忙得要死，同時有許多事情要處理，不過，在每一次的全新挑戰圓滿成功、準備勾選下一個名字的時候，總是讓我陶醉不已，也忘卻了先前的艱辛，每一滴的血淚汗水都是值得的。

整個過程的確充滿了血淚汗水。

我在想父親先前曾經告訴過我的話，他說，設定目標之後，勇往直前，一直是讓他得以熬過重重難關的唯一方法。把整本書看完，做完塡字遊戲什麼的。當然，這些都是小事，對於這世界的其他人來說，都是理所當然的小事，但衡諸他所處的狀況，這些事情對他來說自然意義重大。我要求我自己的是更重大的目標，我知道。開始著手到完成也更加困難，不過，老天哪，當我看到成果的時候，那感覺眞是妙不可喩。在大功告成之後——雖然我已經開始思考接下來必須要去的地方、以及到達那裡時必須見到的人——依然讓我覺得血脈賁張，我多麼渴望趕快回去把字句寫下來，仔細描述過程，我甚至連血跡都還沒處理，就立刻衝到紙頁前、草草寫下我的心路歷程。

「日誌」，而不是「日記」，前者比較縝密，是對這個詭異世界的一連串思考與反省，是我們對於現今處境的總結，希望在將來的某一天拿出來閱讀的時候、仍然能夠得到興味的文字，而不是什麼吃早餐或看電視之類的瑣事。

✣

處理那對兄妹的過程順手極了。如果你問我的話，學生眞的是很容易搞定的一群人。我知道他們動不動就在哀號以後得還貸款之類的事，但大部分學生似乎都很樂意每天晚上待在酒吧裡蹉跎光陰。我猜，這比大部分的生活方式都輕鬆寫意多了。其實，那個哥哥和裡面的某些人不太一樣，他不算是跑趴常客，但過了一陣子之後，他開始頻頻光顧酒吧，心裡貪圖的倒不是酒。

勾引他，一點都不難！

我立刻就發現到他到底在依戀什麼，他看過來，我回望的時間比平常多個幾秒鐘，成就了「跨階級戀曲」。等到他終於鼓起勇氣走過來說話，我們立刻天雷勾動地火，之後就速速回去他的住處。

那個妹妹還爲我們兩人準備了早餐，事情結束之後，我在他的房間外發現了餐盤，我必須說，那舉動眞是貼心。她先敲門，然後我聽到房門打開的聲音，她光著腳丫子踩在條木地板上，發出了啪啪聲響。

他臉朝下，我整個人赤條條躺在床上，床單蓋住了她不需要看到的東西。我知道她停下腳步觀察，想要知道眼前到底是什麼狀況，出了什麼事。我必須保持不動，控制呼吸，難度眞的很高。

我聽到她喊她哥哥的名字，又輕聲低呼了好幾次「我的天哪」。她先走到她哥哥的旁邊，撫摸他，可能是肩膀或手臂。然後我聽到她吸氣，開始放聲大哭，當我察覺她在看我的時候，我立刻睜開眼睛。

砰！就像是死人復活了一樣。

我盯著她那淺藍色的淚濕大眼，然後，她想要開口尖叫，猛吸了一口氣，但我的手已經迅速抓住她的脖子，止住了她的叫聲。

等到我從浴室出來的時候，熱茶已經變涼了，我咬了一兩口吐司。一想到他們會從吐司上的唾液與齒痕去收集DNA什麼的，我就充滿了快感。

到了最後，這些都不重要了。

7

索恩和其他警官一樣，都曾經被交代過在離開辦公室的時候、千萬不要讓重要文件放在一覽無遺的地方。而清潔人員也一再被叮嚀，打掃的時候絕對不要碰書桌上的東西。不過，這兩邊的人都不太守規矩，索恩週一早晨剛進貝克大樓，就花了半小時的時間尋找好幾張字跡潦草到幾乎辨識不出來的重要小紙片，然後又小心翼翼整理書桌，弄成了貌似有序其實卻依然混亂不堪的紙堆，只不過，要是哪個人一開窗的話，馬上就毀了。

或者，有人關門關得太快了。

「靠！」

「抱歉，」基絲頓說道。她走到自己的書桌前面，看著索恩彎腰撿拾地板上的紙張，露出了微笑。「我不知道會這樣，也許你應該要用訂書機或迴紋針吧？」她脫去外套，放下手提包，繼續開口講話，彷彿把索恩當成了小朋友或大笨狗，「不然就等著抓狂囉，還得在你的．電腦．裡面．打字寫報告。」

索恩先挺直身體，然後整個人靠在椅背上，接連發出了兩聲哀號，嘆道：「誰能像妳這麼絕頂聰明。」

「這只是常識罷了，」基絲頓剛才帶了販賣機咖啡進來，現在她打開蓋子，舀起浮沫送入口中，「不幸的是，大部分的男人天生都沒什麼常識。」

「哦，是啦，」索恩回道，「我們討論的是我還是伊安？」基絲頓與這個男友交往了好幾個月，但索恩也只知道他的名字而已。不過，她先前出了一起大家八卦熱議的醜聞，名聲跌落谷底，她想要盡量讓自己的私生活保持低調，索恩也不能怪她。「這可憐的傢伙週末又出包了，對不對？」她的微笑等於告訴索恩答對了。

「我只是要告訴你，如果讓女人掌管大局……」

「會比較好，是嗎？」

「……這世界就不會這麼混亂了。」

「不過每個月都有一次例外，」索恩說道，「狀況一發不可收拾。」

基絲頓含著塑膠湯匙，漾開笑容，「自作聰明。好啦，那你的星期天呢？」

索恩昨天幾乎都是一個人，他倒是非常自在。露易絲開車去薩塞克斯探望她的父母，雖然索恩與他們兩人相處得很愉快，但她根本懶得問他要不要一起去。如果漢卓克斯的判斷沒錯，露易絲早就向她母親說出懷孕的事，那麼，她應該會希望由她獨自講出流產的消息。

他覺得也不需要多問了。

他爲自己弄了烤吐司夾火腿起司三明治當午餐，然後看熱刺對曼城隊踢了一場無聊的零得分比賽。正當他打算要看《今日賽事》、重溫無聊比賽段落的時候，露易絲回來了。剩下的整個晚上兩人吵個不停，爭論她應該要什麼時候回去上班。

出院的當天下午，她就立刻打電話給自己的服務單位，她說自己得了腸胃炎，休息個四天就夠了。索恩不以爲然，他覺得她需要更長的休養時間。露易絲告訴他，這是她自己的身體，她覺得自己狀況非常好，已經下定決心要在週一早上立刻重返工作崗位。

索恩今天早上特別提早一小時起床，躲開交通尖峰時段，也避免再次因爲這個話題而吵架。他抬頭看了一下掛在基絲頓書桌背後牆上的時鐘，露易絲這個時候應該已經到了蘇格蘭警場，她服務的綁架小組的所在地。

我的身體，我自己決定……

索恩目光低垂，向基絲頓點點頭，「我的星期天過得很平靜。」

當小組同仁聚集在一起、參與早晨簡報的時候，態勢立判，在過去的三十六小時當中，與這兩起案件相關的其他同事顯然比湯姆．索恩忙多了。

「我們將蘭開斯特受害者凱瑟琳．伯克指甲裡的DNA樣本與艾蜜莉．沃克毛衣的毛髮進行比對之後，好，我們現在已經正式確定，這兩起案子的涉案人是同一個人，」羅素．布里史托克停頓了一會兒，目光掃過每一個人之後，才繼續說道，「連續殺人犯。」

可林的手原本支住下巴，隨即舉起食指發問：「要發布消息嗎？」

「還不行。」

「蘭開斯特那邊不會公布吧？」

「他們知道自己不該做出這種事。」布里史托克聳肩，「好，類似這樣的聯手調查案，消息走漏的風險顯然也是加倍，只要發生某個制服小警想討好女記者、騙上床之類的事就破功了。」

他知道這番話一定會引發騷動反應，所以抬起雙手，示意大家安靜，「所以，我們只能努力要求自己守口如瓶，大家都很清楚媒體的運作方式，要是被他們發現這是連續殺人魔犯案，會引起什麼樣的瘋狂反應。」他再次輪流盯著每一個人。看到索恩的時候，停了一兩秒，才繼續說下去。

索恩知道布里史托克的判斷至少八九不離十。小報一定會見獵心喜。而一般大報則會盡量少用「連續殺人犯」這個字詞，而且應該都會加上引號，八卦報紙就不會這麼節制了。而電視也一樣：國家廣播電視台至少看起來會盡量避免聳動風格，但至於天空新聞頻道或第五頻道之流的媒體，「連續殺人犯」這個字詞的出現頻率，一定會和唸咒一樣頻繁。

他也很清楚布里史托克爲什麼想要向他尋求支援、印證自己剛才的說法。只要他使用谷歌搜尋自己的名字，他就會發現自己居然出現在他上週搜尋的那類網站裡。他的名字，與他追捕的對象並列在一起。

帕瑪。尼可林。比夏。

因爲不敢不從而殺死陌生人的兇手；純粹以殺人爲樂的兇手；讓最倒楣的受害者求生不得求死不能的兇手……

索恩的漫遊心緒突然拉回來，因爲現場關了燈，螢幕上出現了第一張照片。

「蘭開斯特的法醫鑑識實驗室將凱瑟琳．伯克身上找到的X光片寄給了我們，」布里史托克指向螢幕，「我們可以看得出來，它與艾蜜莉沃克手中的碎片有多麼吻合。」那兩塊小小的黑色賽璐珞片全都被放大，雖然還不確定到底照的是什麼東西，但從放大圖卻顯然可以看出是從同一個東西剪下來的碎片——當它們拼合在一起的時候，凹凸不平的邊線幾乎消失無蹤。「兇手把這些東西留給我們，顯示他希望我們把它們拼湊起來。不過，我們仍然對這幾個字完全沒有頭緒。」他指著碎片上方的三行文字，又對房間後頭點點頭。

投影片換到下一張，增大放大比例的影像，顯現出三排字母與數字混編的序號：

VEY48

ADD

PHONY

「大家快把它抄下來，」布里史托克說道，他看著簡報室裡的每一個人的目光落在筆記本上頭。「好，顯然兩側還有遺缺的碎片……」

坐在索恩旁邊的基絲頓忙著抄寫，喃喃自語，「簡直和拼圖一樣。」

「可是我們根本不知道原圖是什麼樣子。」索恩回道。

「對，所以我們一定要趕快想辦法破解。」布里史托克看了螢幕最後一眼，「當然，要是有人想要取悅長官、願意投入自己所有的閒暇時間爲我們找出答案，我會非常感激。」

「總比玩那他媽的數獨好多了。」可林接口。

布里史托克微笑，「想必各位一定了解，接下來大家就不會有閒暇時間了。」

索恩兩旁的人發出誇張哀嘆，而他自己則是眼睛眨也不眨、盯著眼前的影像，那三排序號。

「不過，我們依然沒有頭緒……」

索恩的腦中浮現兇手拿著指甲剪、臉孔因專注而皺成一團的畫面，然後，又想到他滿身大汗，全身是血，小心翼翼將每一個碎片放入受害者的掌心，再將死人的手指折攏起來。

「顯然還有遺缺的碎片……」

索恩繼續盯著碎片的缺口。

半個小時之後，大家解散，索恩與基絲頓慢慢走向布里史托克的辦公室，準備參加下一場沒那麼正式的簡報。對於這位督察長而言，類似這樣的每日會報，得以讓他有機會知道小組資深成員的進度，討論未來的辦案方向、發牢騷，或是坦白講出不好意思在大型會議上提出的想法。一兩年前，在這種會報的時候還看得到有人抽菸，而在更早之前、還有人會被構陷入獄的七〇年代，連私藏的威士忌與伏特加也會出籠。

當索恩與基絲頓到達的時候，布里史托克的辦公室房門是敞開著的，他正在講電話，但一看到他們，他立刻示意要他們進去，並且吩咐基絲頓把門關上。

索恩看到布里史托克的表情，也不打算坐下來了。他一聽到督察長向對方講出的話，心裡已經有數，「你確定嗎？因爲這個案子聽起來不太一樣。」等到布里史托克講到塑膠碎片與封鎖媒體消息的時候，索恩已經確定了答案。

他與基絲頓交換眼神，靜靜等待。

布里史托克掛上電話，發出一聲疲倦的長嘆，哀號。

「另外一片拼圖？」索恩問道。

羅素．布里史托克的臉色依然一片煞白，「這次是兩個人。」

8

麥肯兄妹，二十歲的葛瑞格與十八歲的艾莉克絲，於早晨九點三十分剛過沒多久的時候，在霍樂威的租屋處被房東發現屍體——他是名伊朗人，名叫達瑞許——他本要過去修理漏氣的暖氣管。樓下的鄰居老太太算是證實了他們的身分，她說她聽到他們兩人週六回來時的聲響，也就是兩天前的晚上，但自此之後就沒聽到他們的動靜。

「他們在不同時間回來，而且我先前絕對聽到了兩個男人的聲音。」她很確定這一點，但她也同時表示自己無意探問別人隱私。之後，她淚流滿面說道：「他們比時下的其他學生好多了。」她堅持要請那名制服警察寫下這句話：「從來不吵鬧，每次見面都會打招呼，我去住我姊姊家裡的時候，甚至還會幫我餵貓。」

這間公寓有兩個房間，兩名死者都陳屍於較大的那一間。葛瑞格全裸，躺在床上，妹妹穿著睡衣睡褲，倒在地板上。兩人手裡都有黑色的塑膠碎片，而且透過他們臉上沾滿血跡的塑膠袋，可以看到明顯的頭部傷口。

不到一個小時的時間，鑑識小組已經開始工作。某個當地派出所的制服女警正傾盡全力安慰達瑞許先生，讓他趕緊恢復平靜提供證述，同時他們也已經派出聯絡家屬的警官、通知受害者的血親，第二天必須做正式的屍體身分確認。

如果他們還承受得住的話……

「我一直不懂，怎麼會有人選擇從事那種工作，」索恩說道，「我的意思是，像我們當警察的人，偶爾總得面對這種案子，但你爲什麼會投入這種必須一直處理別人悲劇的工作？要怎麼……承受？」

「因爲你太有同理心了吧？」

「因爲什麼？」

「掛念心頭放不下。」

「但得一直這樣？」索恩搖頭，喝了一大口咖啡，「我寧可去和持槍歹徒對戰。」

「別忘了你們的再培訓課程，」漢卓克斯說道，「面對死人沒有這個煩惱。」

現在將近傍晚六點鐘，索恩與漢卓克斯在犯罪現場已經待了超過七個小時。當夜色降臨之際，他們走到數百碼之外的宏賽路，找了間咖啡店打發時間，等待他們搬出遺體。

「哥哥比她早死了多久？」

當然，他們先前早已挑選角落的位置坐下來，兩人若要聊公事，只要進了餐飲空間，一定是距離其他客人越遠越好。

「十個小時，也許是十二個小時，」漢卓克斯回道，「妹妹的死亡時間差不多是一天，所以他被殺的時間應該是三十六小時之前。」

「所以，週六晚上與週日凌晨？」

漢卓克斯點點頭，猛喝了一口茶，「《週六晚上與週日凌晨》，好看的電影，那時候的亞伯特．芬尼還很帥。」

「你覺得他是同志？」索恩問道。

「你說的是亞伯特．芬尼？」

索恩沒理會他朋友的問題，繼續等待答案。他在思索那位樓下鄰居的述詞，想要整理出事件發生順序的時間表。妹妹雖然早已到家，打斷了行兇過程，但當時兇手並沒有在那個時候殺死她。

兇手刻意在等她。

「好，我明天可以告訴你到底有沒有性行為，」漢卓克斯說道，「誰對誰做了什麼，還有為時多久。如果你覺得這對案情有幫助的話，好吧，麥肯絕對是同志。」

「同志雷達對屍體也適用，是嗎？」

「他的書架上有亞米斯德．莫平與艾德蒙．懷特的作品，音響裡面是洛福斯．溫萊特的CD❷。」

索恩聽過洛福斯．溫萊特的歌，「你這麼說，我就信了。」

「兇手也可能是同志，」漢卓克斯說道，「但如果你真要問我的話，他其實要當什麼都可以，只要能順利進入那道大門就好。」

「接下來，進去之後需要怎麼配合都行，」索恩喝完咖啡，自言自語，也算是在對漢卓克斯講話，「他……手段很靈活。」

「我不確定我們是否有機會知道到底發生了什麼事，」漢卓克斯說道，「他到底是怎麼讓那女孩進去房間，他有沒有躲起來什麼的。不過，這一次他隨身帶了兩個塑膠袋。」

「兩個袋子，但只有一個鈍器。」索恩說道。他們在床邊找到一只沉重的玻璃碗，底部有硬化的蠟油，側邊沾黏了像是腦漿與乾涸血塊的東西。「他計畫周詳，而且還會隨機應變。」

漢卓克斯點點頭，「他這一點的確很厲害。」

有個女服務生走過來，問他們還要不要繼續加點飲料。漢卓克斯說他不需要了，但索恩又點了一杯咖啡，他還想要繼續坐一會兒。

「那十二個小時他在做什麼？」索恩問道。

「誰？」

「我們的兇手，在他殺死了那個男孩之後。」

「可能在睡覺吧，」漢卓克斯回道，「看書，打手槍。」他聳肩，「我知道這些瘋子的腦袋長什麼樣子，但不要問我它們哪裡有問題。」

索恩整個人靠在椅背上，「打手槍？」

漢卓克斯咧嘴一笑，「很多兇案都與性有關，你說是不是？」

當然，有些是這樣沒錯，但索恩早就發現這幾起命案與性無關，原因絕對不僅是現場缺乏證據而已。兇殺案當然非同小可，但一旦與性、復仇，或是金錢扯在一起的時候，好歹多少可以理解，而當它與這些因素都毫無瓜葛的時候，就會令人不寒而慄。

索恩的恐懼油然而生。

❷上述三人皆爲美國當代知名同志作家、歌手。

有人突然猛敲窗戶，他們嚇了一跳，轉頭，看到剛才曾經經過窗前的某名醉漢，把他那紅通通的大臉壓在玻璃上。索恩把頭別過去，但漢卓克斯卻面露微笑，還對那個人揮揮手。女服務生剛好在他們附近的餐桌，她連忙道歉，走到門外要趕人，不過，那名醉漢早就向他的新朋友送出最後的飛吻，開始在人行道上搖搖晃晃。

索恩瞪著對面的漢卓克斯。

漢卓克斯咧嘴大笑，雙手一攤，「我剛講過了，同理心……」

又有人敲窗戶，索恩這一次看到的是戴夫．賀蘭德，他走進咖啡店，眼看著他就要接近桌邊，索恩也想趕緊解決手中的咖啡，「他們把屍體送出來了？」

「沒有，但反正你也應該要回去了吧，」賀蘭德說道，「馬丁．麥肯已經到達現場——他們的爸爸。」賀蘭德補充說道，「氣急敗壞。」他望著索恩手中的杯子，彷彿自己也想要來杯濃烈的咖啡。

犯罪現場的交通管制造成鄰近街道車流嚴重阻塞，而封閉路段兩側的駕駛放慢車速、想要一探究竟，更讓堵塞的狀況雪上加霜。要是酋長球場有比賽的話，北倫敦的許多區域立刻就會動彈不得。

麥肯兄妹的公寓外頭停滿了警方與鑑識人員的車輛，所以聯絡家屬警官的藍色紳寶汽車只能停在對面，夾在發電機卡車與三明治熱飲的小餐車之間。

索恩猜紳寶就是他要找尋的目標，因為那裡傳來了嘈雜的人聲。他與其他人走過去，看到一名年輕的便服警官以及好幾名制服員警正在努力安撫某名大吼大叫的男子，他拚命想要衝到馬路的另一頭。

他猜那男人就是馬丁．麥肯。

在他們距離車子還有二十碼的時候，索恩把漢卓克斯拉到一旁，吩咐他先進去公寓裡面、讓他們晚一點再把屍體送出來。漢卓克斯快步過馬路，索恩趨前自我介紹，並且表達自己的遺憾之意。

麥肯嚷嚷不休，自然不可能聽到索恩所講的話，他又試了一次，最後乾脆站在一旁，等待對方喘氣或是氣力放盡。這男人五十多歲，顯然把自己打理得很好，但現在他站在索恩面前，卻是瀕臨崩潰的狀態。原本應該整齊後梳的頭髮卻散黏在臉上，頸脖肌腱暴脹。他的細唇泛白，布滿點點唾沫。他一直想要衝到對面的那間房子，頻頻呼喊孩子的姓名，充滿血絲的眼神凌厲狂暴。

「拜託，麥肯先生……」

突然之間，他看到大門有動靜，似乎分了神，不再掙扎。索恩向他點點頭，走了過去，而每一個原本低頭盯著鞋子、微施力道攔阻麥肯的警員，也都在此時退到一旁。

「麥肯先生，我是索恩探長。」

麥肯臉色發紅，上氣不接下氣，伸手指向那個正朝他子女的公寓大門移動的人影，「那個人是誰？」

索恩嚥了嚥口水，看著漢卓克斯消失入內，那個男人，將要在今天早上切開你兒女的屍體。

「我們的其中一名成員。先生，每一個人都在盡力辦案。」

麥肯的目光落在二樓的窗戶，他的喉底發出呻吟。制服員警們一陣緊張，彷彿擔心他隨時會衝過馬路。等到確定他不會做出這樣的舉動之後，負責聯絡家屬的警探，名叫亞當．史特朗的蘇格蘭人，走到索恩的身旁。

「我一直勸他不要過來，」史特朗說道，「我們要到明天才需要找他，但他就是不聽。直接走出家門外，坐在我車子後面，我只好回頭進去屋內，把燈都關了……」

索恩點點頭，表示理解，又邁前一步走向麥肯，「先生，怎麼不回去車上？」

麥肯的目光依然緊盯著窗戶，他搖搖頭。

「難道你不覺得先回家比較好？」

「我想要看我的孩子。」麥肯的聲音低啞，聽得出是個教養良好的人。

「恐怕狀況還不許可，」索恩把手擱在麥肯的臂上，「要不要讓我們先載你回去……」他四下張望。

「金斯頓。」史特朗接腔。

「有人可以陪伴你和……你太太，是吧？」索恩眼角發現史特朗在搖頭，但已經太遲了。

麥肯突然轉頭，惡狠狠盯著索恩。他張大嘴巴，彷彿某個可怕的畫面再次浮現，出現了某種類似絕望的神情；是一種懇求，也是祈願。「小莉之後，我沒有別的女人，」他說道，「伊莉莎白出了那樣的事之後，我就沒有和別人在一起了。」

索恩望著史特朗。

「長官，我猜，麥肯先生的太太……」史特朗壓低聲音，「從金斯頓過來的路上，他一直在哀嘆這件事。」

「天，不要，天哪……」

「你太太還好嗎？麥肯先生？」

「伴侶，不是太太，我們不覺得有必要結婚。」

「她怎麼了？」

「小莉被殺，」麥肯的回答簡短而悲傷，「十五年前，就和她小孩一樣遭人殺害。」

當索恩一開口發問、看到麥肯的表情，他就立刻感覺到那股刺癢，悄悄在他的後頸發作，麥肯的話還沒有講完，那股感覺已經開始不斷擴散。

他聽到站在後方某處的賀蘭德喃喃自語，「我的天哪。」

他們從來沒有結婚，也難怪索恩先前不覺得「麥肯」這個姓氏有哪裡不對；這兩個小孩的姓氏承襲自父親，但他們的亡母卻沒有冠夫姓。現在，他想起來雷蒙德．賈維殺死的七名女子名單：第三個就是「伊莉莎白．歐康納」。

索恩低聲說出殺害她的兇手姓名，只能看著馬丁．麥肯靠在車邊低喊，「天……天……天哪……」

索恩已經伸手拿電話、快步走開，他知道史特朗在背後叫他，問他現在該怎麼處理麥肯先生。在索恩開始找尋手機聯絡人名單的時候，正好大步經過賀蘭德旁邊，索恩順便告訴他趕快打電話給他女友，讓她知道他今天要拖到很晚才能回家。

然後，賀蘭德也在他背後大吼大叫。

打到蘭開斯特的偵查室很容易，但他先連哄帶騙，然後又叫罵了一兩分鐘，才終於拿到了保羅．布魯爾家裡的電話。

「這麼急著要約酒局啊？」布魯爾問道。

「我今天晚上就會過去蘭開斯特，」索恩說道，「我要找凱瑟琳．伯克的男友好好談一談，需要你幫我安排。」

「安排？」

「確定他知道我要過去，確認他在家等我們。」

「天，是不是與凱瑟琳的母親有關？」聽起來布魯爾差點要狂吼出來，「我告訴過你，我已經問過他這一點了。」

「保羅，我知道，」索恩說道，「但問題是，他撒謊。」

9

傑米・派斯的兩房公寓外頭，有個「待售」的招牌，不過，就在三個禮拜之前，這還是他與凱瑟琳・伯克共有的房產。索恩緊盯著那塊招牌，大門打開了，一名穿著牛仔褲與蘭開斯特城足球隊球衫的年輕男子開始咆哮，抱怨現在已經這麼晚，他實在看不出有什麼事如此緊急，還有，他才剛忙完女友下葬的事，對於回答問題感到十分厭煩。

索恩介紹了自己與賀蘭德之後，開口說道：「替我們準備咖啡就好了。」

他們跟隨派斯上樓，他直接進入小廚房，索恩與賀蘭德則自行進入客廳，黑皮沙發與相襯的手扶椅佔據了大半的空間。有名年約二十多歲的金髮女子手裡拿著一瓶啤酒，坐在大型電漿電視的前面。他們大眼瞪小眼了一會兒之後，她終於心不甘情不願關了電視，自我介紹，她名叫唐恩・透納。

「我只是朋友，」他們沒問她，她自己倒是先開口，「我是凱瑟琳的朋友。」

索恩點點頭。她穿了一件對自己身材毫無加分效果的超短袖T恤，雙肩上還看得到透明肩帶。屋內熱得要命，索恩與賀蘭德脫下外套、坐在沙發上。

「傑米很痛苦，」透納說道，她把啤酒瓶放在自己座椅的旁邊，「這幾個禮拜相當難熬。」

「我想也是。」索恩接口。

離開倫敦的時候，交通十分順暢，雖然索恩一路都在當優良駕駛人、讓自己的寶馬汽車保持時速七十五英里的速度，但依然在離開霍樂威不到一個半小時之後就到達了蘭開斯特郊區。

傑米．派斯拿著兩杯咖啡、還有給他自己與他「朋友」的兩瓶啤酒，慢慢晃進客廳的時候，已經將近十點鐘了。他一屁股坐進扶手椅，看著自己的手錶，刻意盯了好久。

「老實說，我是好心幫忙，」派斯說道，「所以最好是有什麼要緊的事啦，不過我看你們這個樣子，也不像是要來告訴我抓到了殺死小凱的兇手。」

索恩微笑，彷彿把他的話當空氣，「傑米，要賣房子？」

派斯望向透納，搖頭，一臉不可置信的模樣，「你們跑這一趟就是要問我這個？現在是要開價嗎？」

「只是好奇罷了，我看到有售屋招牌。」

「我們本來就打算賣房子，在小凱遇害之前，我們已經看了好幾個物件。」

「警方認為可能與兇案有關，」透納說道，「他們覺得兇手可能曾經假裝有意購屋而過來查看，我猜他們應該有追查仲介什麼的吧。」

「我相信他們一定有。」索恩回道。

賀蘭德坐在沙發邊緣，屁股一直很不安分，雙眼一直盯著派斯。他的下巴朝透納的方向點了一下，開口問道：「你知道我們要過來的時候，是不是特別找你朋友過來陪你？」

「我幹嘛要做那種事？」

「尋求一點精神支持。」

派斯沒說話，只是拿起酒瓶灌了一大口酒。

「所以，她才來這裡的吧？」

「布魯爾說你們有事要找我談一下，」派斯身體前傾，張開雙臂，「可以開始了嗎？」

「在凱瑟琳被殺的時候，你正在市中心逛街是嗎？」賀蘭德開口。

「天，又要來一次啊？」

「根據你的說詞，你要找一款電玩遊戲，但最後什麼都沒買。」

「那不是我的說詞，而是事實。」

「這太好笑了，」透納插話，「警察已經全部確認過了，他們還去了傑米逛的店問話。」

「我們隨時可以再次查案。」索恩回道。

「隨便你啦，」派斯回道，「也許我應該要找律師談一談，問問看如果我告你們這些王八蛋需要多少錢。」

「也許你眞的該考慮找律師了。」賀蘭德開口。

「什麼？」派斯突然臉色大怒，開始在椅子裡慢慢搖晃身體，抓住瓶口的指關節已經泛白。

「傑米，沒事啦。」透納狠狠瞪著賀蘭德，又走到派斯旁邊，坐在椅子的扶手上面，伸手按住他的肩膀，告訴他必須要冷靜下來；如果太激動的話，一點好處也沒有，也無法讓凱瑟琳死而復生。

「她說的都是實話，」賀蘭德回道，「現在也輪到你講實話了。」

索恩樂得坐在一旁，讓賀蘭德對付傑米．派斯。他們很清楚，他的不在場證明沒有問題，而且他們開了一百英里、特地來到這裡，也並非認爲他是殺死凱瑟琳．伯克或其他人的兇手。但他會對保羅·布魯爾撒謊，一定有隱情，他們對這一點倒是非常確定，遇到這類狀況的時候，只要逼對方居於下風，必定奏效。

賀蘭德漂亮出擊，而且這也不是第一次了。大約在一年多前，索恩曾經告訴賀蘭德，他的表現讓他十分驚豔。賀蘭德哈哈大笑，然後告訴了索恩這麼一段話，他之所以能夠讓對方坐立不安，都是向大師學來的，「我的意思不是在偵訊室觀摩你問案，」賀蘭德講得好開心，「只是呢，嗯，研究你和大家一貫的相處方式……」

「先前警察問你凱瑟琳的母親怎麼死的，」索恩等到派斯看著他的時候，才開口說道，「你鬼扯。」

「布魯爾打電話來問我的時候嗎？」派斯似乎眞的是一頭霧水，透納緊捏著他的肩膀，想要開口，但他不肯讓她說話，「我告訴過他了，我不明白你的問題是什麼意思。」

「你說凱瑟琳的母親死於癌症。」

「對，就和她爸爸一樣，我記得他是五年前死於癌症，而小凱的母親在她小時候就過世了，我不確定是哪一種——」

「你爲什麼要撒謊？」

「我沒有，她的確死於癌症。」

「不是，」索恩回道，「她不是。」他非常確定凱瑟琳·伯克的母親在十五年前遭人謀殺，就和艾蜜莉·沃克與麥肯兄妹的母親一樣。收摺在索恩口袋裡的那份名單，並沒有姓氏爲伯克的女子，不過，也看不到麥肯與沃克這兩個姓氏。父母與小孩的姓氏兜不起來有諸多原因，但這最近四起謀殺案的親子關聯性絕對無庸置疑。

「你們瘋了。」派斯身體前傾，想要從椅子裡站起來，但卻被人輕輕壓回去。

「傑米，沒錯，」透納說道，「小凱的母親在十五年前被謀殺，兇手叫雷蒙德．賈維。」

派斯抬頭看著她，當他想起這個名字之後，不斷搖頭，「妳在開玩笑吧？他殺了一堆人，是不是？」

「七個，」透納說道。她望著索恩，看到他微微點頭，表示這數字無誤，「我記得小凱的母親應該是第三或第四個受害者。」

派斯灌了一大口酒，含著不動，過了好幾秒之後才吞下去，「好，那她爲什麼沒告訴我？爲什麼要編出這套罹癌的謊話？」

「她煩死了，」透納回道，「大家都想要知道那是什麼樣的狀況。嗯，不然他們到底覺得那是怎樣呢？」現在，她講話的對象還包括了賀蘭德與索恩，而派斯現在低頭把啤酒瓶身上的標籤撕成碎片，「一直有寫書與拍紀錄片的人去騷擾她，她甚至還有個約會對象，知道這段過往之後，她覺得他……突然興奮異常，你知道嗎，就是個變態。好，幾年前，她覺得自己已經忍不下去了，改名換姓，搬到這座城市的另外一邊，絕對不要再和任何人提起這件事。我和小凱在念書的時候就認識了，而在這些知道她過往的人當中，她只有和我繼續聯絡而已。除了我之外，大家都不知道，同事不知情，傑米也一樣。」

索恩看著派斯，「你們兩個人在一起多久了？」

派斯看起來驚駭不已，「一年半。」他把啤酒瓶舉到自己的面前，死盯著不放，「天……」

「為什麼要取『伯克』？」賀蘭德問道。

透納把那揉成一團的啤酒標籤碎紙丟向角落的籐編垃圾桶，「那是她母親的娘家姓氏，」她開始解釋，「她沒有母親的遺物。事發之後，她父親開始酗酒，最後淪落到把家裡的東西全賣了，只求籌得買酒錢。她母親的名字，是小凱唯一的紀念品。」

索恩知道問到這個地步，已經可以走人了。他瞄了一眼自己的外套，剛才坐下來的時候，他把它順手擱在沙發旁邊的地板上。「事發當時她幾歲？」

「十一歲，」透納回道，「我們念中學的第一年。」她閉上雙眼，足足有五到十秒之久，然後，她站起來，回到自己的座位，「你知道嗎？這件事真的毀了她的人生。」

「嗑藥，對嗎？」

「哦，誰沒有呢？」

索恩拿起外套，看到坐在扶手椅裡的那個男人的眼神飄向自己的腳，他知道傑米・派斯一定覺得女友要是還在身邊該有多好；靠著凱瑟琳從醫院偷渡出來的各種藥丸，兩個人可以一起逃避現實。

「賈維在凱瑟琳母親做日光浴的時候，趁機殺了她，」透納說道，「光天化日之下，翻牆，把她活生生打死。」她看著自己瓶中的殘酒，一口氣喝光，「凱瑟琳放學回家的時候，在花園裡發現了母親的屍體。」

十五分鐘之後，在距離M1公路還有一英里左右的地方，賀蘭德開口說道：「看來除非運氣不錯，才能在十二點前趕回去了。」

「我看還是留下來過夜吧。」索恩說道。

「什麼？」

「喝幾杯酒，休息，一早回去。」

賀蘭德看起來沒有很興奮，「我沒有告訴蘇菲恐怕得過夜。」

「哦，我們兩個的狀況是半斤八兩，」索恩放慢速度，開始研究路標，「我們就在途中找個地方，一大早上高速公路也方便。」

「靠……我沒有帶過夜的用品。」

「到處都可以買到牙刷，」索恩說道，「還有，別說你不曾兩天都穿同一件內褲，我不信。」

「但這還是很扯，」賀蘭德說道，「再開一小時左右就可以到家了。」

「我很累。」

「如果你想睡覺，我很樂意接手開車。」

「我就是想要在外頭過夜。」索恩說道。

這地方既像是廉價旅館，又像是少年感化院，每一個看得見的平面區域都貼上了木紋塑膠板，掛得太高的喇叭傳出排笛音樂，牆壁都要被震碎了，而大廳裡所散發的氣味更令人坐立難安。他們趕緊登記入住，不敢用力呼吸，索恩拚命裝出開心又幽默的模樣，但櫃檯後的那名女子卻不為所動，連嘴角也沒牽一下，然後，他與賀蘭德都覺得，要是沒有酒精壯膽，他們絕對不會有勇氣面對即將入住的房間，所以他們直接進入勉強算得上是酒吧的豪華接待區。

還不到十一點鐘，但這個地方——六張空桌加某些塑膠花草——幾乎是一片空蕩蕩。兩個穿著西裝的中年男子窩在靠近門口的小桌，還有個三十出頭的女子坐在吧檯的尾端，翻閱雜誌，看不到任何的工作人員。

「生意眞好。」賀蘭德說道。

幾分鐘之後，身穿棕櫚色背心的禿頭男現身吧檯後方，索恩也買到了飲料：他為自己點了一杯花山酒，賀蘭德喝的則是時代啤酒。他本來還想點三明治，但對方告訴他現在廚房沒人。他們帶著飲料、走到角落的小桌，索恩趁機抓了三碗鄰桌吃剩的花生米之後，才坐定下來。

「上面都是尿。」賀蘭德說道。

索恩已經吃了一堆花生米，現在正忙著清理手裡的鹽粒，他望向賀蘭德，嘀咕了一句，「什麼啊？」

賀蘭德的下巴朝小碗點了一下，「有人上完廁所不洗手，花生米當然就沾了尿。有一次我看《歐普拉脫口秀》，他們做了測試，發現這些放在酒吧櫃檯上的花生米、蝴蝶酥啦，全都沾了尿。」

索恩聳肩，「我餓了。」

賀蘭德自己也抓了一把，開口回道：「只是提醒你而已。」

排笛音樂沒了，現在喇叭傳出的可能是麥可．波頓的歌聲，但也可能是某種大型動物的痛苦哀號。不過，索恩的酒倒是很順口，而且賀蘭德虧他喝玫瑰紅酒，也把他逗得很樂。索恩告訴賀蘭德，開始買這種酒的人是露易絲，根據他看過的某篇文章的說法，這可是超夯的風潮。

「超娘啦。」賀蘭德回道。

索恩原本想告訴賀蘭德，除非是菲爾．漢卓克斯自己講出這種話，不然被他聽到的話，他一定會很生氣。不過，他只是把自己的空酒杯推過去，提醒賀蘭德現在輪到他去買酒了。過了一會兒之後，賀蘭德從吧檯回來，又帶了另一杯紅酒、半杯淡啤，還有四包保證沒沾尿的薯片。

「難道你不會覺得有點內疚嗎？」賀蘭德問道，「我說派斯的事。我的意思是，顯然他根本不知道賈維的事。」

「我不知道什麼算是『顯然』。」

「你有看到他的表情吧？」

索恩沉吟了一會兒，「也許這是他和他新女友瞎編的故事。」

「他們爲什麼要這麼做？」

「媽的我怎麼知道。」

「如果他們眞的在演戲，那已經可以得奧斯卡獎了，」賀蘭德喝光了自己剩下的啤酒，又把剛買的淡啤倒入空杯裡，「對了，有誰說她是他的女友？」

「我猜的，」索恩回道，「我剛走進去的時候，直覺就來了。」

賀蘭德搖頭，「我根本沒想到這個，有些人就是思想晦暗，生性猜忌。」

「很難不這麼想。」

「你覺得那種思維會讓你變成好警察？」賀蘭德微笑，但他的語氣聽起來不像是在開玩笑，「還是壞警察？」

「這可能只是在這一行待太久的職業病。」

賀蘭德傾身向前，想知道袋子裡還有沒有薯片，全空了。他開口問道：「好，你到底是從什麼時候開始就不再相信無罪推定這種事？」

「那是法官的事，和我無關。」索恩回道。

「正經一點啦。」

「我覺得我從來……從沒有想過這件事。」索恩喝了一口酒，和露易絲上禮拜從森寶利超市所買的紅酒相比，這杯酒的甜度比較高。「如果你開始覺得每個人都是混蛋，那麼就不會對人性大失所望。」他望向吧檯，發現坐在那裡的女子的目光也正好飄向他們的方向。他笑了一下，又看著賀蘭德，「好，我承認我是有那麼**一點點**罪惡感，」他繼續說道，「而且我還滿蠢的，居然覺得傑米．派斯可能是關鍵人物。」

「這種事很難說，」賀蘭德舉起酒杯，「現在，就讓我們以這杯有點貴的酒；乾杯慶祝一下目前的成果，」他灌了一大口啤酒，專注盯著酒杯，「在我們走運或是這個傢伙出包之前，就算是犯蠢也沒關係，但絕對不能遺漏任何一條線索。」

「我希望他已經出包了，」索恩說道，「我可不想再看到什麼X光碎片。」

幾分鐘之後，賀蘭德問道：「好，我們來這裡的目的究竟是什麼？」

「我聽不懂你在說什麼。」

「坐在這種爛地方，卻不肯回家躺在自己的被窩裡。」從賀蘭德的表情看來，顯然他在等待索恩說出自己如何被露易絲羞辱，或是想要逃避與她家人和朋友無聊共進晚餐之類的事，他期待聽到的是能讓他哈哈大笑或是寄予同情的遭遇；他準備露出不可置信的表情，大搖其頭，又是女友相逼、害他們必須承受的種種鳥事。「好啦，」他說道，「不講也沒關係。」

索恩很想講出答案，他有某種難以名狀的情緒，讓他心生抗拒，根本不想回家，同時卻又充滿了罪惡感。但就算他找出了合適的措辭、講出來讓賀蘭德或其他人知道，他也會渾身不自在。「我剛講過了，」哈欠來得正是時候，他乾脆誇張作態，「我只是很累罷了。」

「說的也是。」賀蘭德起身，他說他準備要睡了。

他們相約早上七點吃早餐，賀蘭德說他會設定手機鬧鐘。索恩本來要與賀蘭德一起走向電梯，但卻突然改變心意，他說自己還想要多喝一杯，「可以讓我一夜好眠。」

「再喝個兩杯吧，」賀蘭德說道，「你會睡得像小嬰兒一樣。」

索恩已經猜到接下來會聽到什麼話，但他只是微笑，等賀蘭德說出笑點。

「你醒來的時候一定會哭，因爲你尿濕了褲子。」

索恩走到吧檯前，又點了一杯酒。與他相隔好幾張椅子的女子放下雜誌，「你被同伴拋棄了，是嗎？」

「顯然是因爲我思想晦暗，生性猜忌。」索恩回道，他的下巴朝酒杯點了一下，「要不要來一杯？」

那女子向他道謝，移了過去。她點的是可樂加蘭姆酒，她一開口說話，就聞得出來她顯然已經喝了酒。她皮膚白皙，一頭及肩的深色長髮，奶白色的丹寧外套，搭配稍嫌短了一點的咖啡色迷你裙。酒保的棕櫚色背心上有名牌，原來他名叫崔佛，他開始準備調酒，趁那女子沒注意的時候，挑眉看著索恩。

「我叫安琪。」

那女子主動伸手過去致意，索恩與她握了手，他發現當他講出自己名字的時候，居然臉色微紅。

「湯姆，那你從事什麼行業？」

「我賣堅果，」索恩說道，「洋芋片、花生米……我算是賣零食的業務。」

她點點頭，露出淺笑，彷彿不知道是否該相信他的話。酒保把飲料放在桌面，她舉起酒杯，等到他離開之後才開口說道：「好，湯姆，現在已經快要十二點了。如果你想要在這裡喝得爛醉，我可以奉陪，或者，我們不如就乾脆帶著酒去你房間吧。」

當她在啜飲飲料的時候，目光一直不曾離開他的雙眼，現在索恩覺得自己眞的是面紅耳赤。他知道體內的血液正竄流到其他的地方，他很慶幸自己現在是坐在椅子上。

剛才在停車的時候，他曾經打電話給露易絲，賀蘭德也在同一時間打電話給蘇菲。她說他要在外頭過夜當然沒關係，聽到他說出本來以爲她會介意的時候，她甚至還有些不太高興。露易絲還說，她能早點上床當然開心，他問她第一天回去工作的感覺如何，她說很好，請他不要擔心。

「我……有女朋友。」索恩說道，還自顧自點點頭，彷彿是講給自己聽的一樣，但那女子只是盯著他，等他繼續說下去。他想要嚥口水，但卻口乾舌燥，他心想，其實自己也不是很哈這女人，要是他眞的答應的話，不知道自己的身體等一下會作何反應。「你知道，不然我就……」

那女子雙手一攤，慢慢旋轉椅凳、面向索恩，「沒問題。」

索恩依然像白癡一樣在猛點頭。她說出這句話的語氣就和露易絲一樣：態度輕鬆卻冷若冰霜。他打開皮夾，拿出十英鎊的鈔票付酒錢；他突然聽到那女子飆髒話，趕緊把頭轉過去。

她指著警證，搖頭，「通常我在大老遠的地方就可以認出你們這些混蛋。」

索恩眼角瞄到崔佛在吧檯的另外一頭喝酒竊笑，他現在才發現這女子的示好其實不過就是要做生意而已，雖然過度驚嚇，但他也只能強作鎭定。

「別擔心，親愛的，」他開始解釋，「我不是本地警察，希望這能讓妳心情好一點，我也以爲我的專業雷達和妳一樣厲害。」他靜靜聆聽音樂好一會兒，手指敲打著吧檯桌面，然後，他舉起酒杯，「敬妳，安琪。」

「其實我叫瑪麗。」

「瑪麗，好漫長的一夜，妳說是嗎？」

「媽的眞是悶死了。」她回道。

10

他們離開蘭開斯特，正好遇到前往倫敦通勤尖峰時段的尾聲，毛毛細雨更讓車況雪上加霜。在快要十點的時候，布里史托克打電話給他們，兩人還得開二十英里才能回到市區，而他們對於兩個小時前吃下肚子的超油膩早餐依然後悔不已。

「早知道吃麥片就好。」賀蘭德說道。

索恩調低收音機的音量，「那你還要取笑玫瑰紅酒？」他按下手機按鈕，啓動擴音模式，將手機交給了賀蘭德。他一直都是邊開車邊講手機，這已經算是最接近使用免持功能的通話模式了。

「派斯那裡查得如何？」布里史托克問道。

「沒什麼特別的，」索恩回道，「凱瑟琳·伯克從來沒有告訴他自己的母親出了什麼事，如此而已。」

「還是值得追下去，」布里史托克說道，「得要證明你們這趟出公差的花費還是有點價值。」

「可能等一下還有食物中毒的醫療費得報帳。」賀蘭德說道。

布里史托克告訴他們，漢卓克斯等一下就會進行麥肯兄妹的驗屍工作，現在他們已經確定了有某個DNA與兇手的相符，所以他也要求法醫鑑識實驗室優先處理那兩片剛發現的X光碎片，看看是否能找出更多的線索。

「我覺得很有機會，」索恩回道，「他刻意留下這些東西給我們，所以他一定希望我們知道這些碎片到底是什麼意思。」

「或者只是故布疑陣，浪費我們的時間而已。」

背景傳來別的電話鈴響，布里史托克忙著接聽，出現了無聲空檔，然後擴音喇叭傳出了約一兩分鐘之久的模糊人語。

「你真的那麼想？」賀蘭德面向索恩，「那是他刻意留給我們的嗎？難道不是他的……某種儀式？」

索恩其實也沒有答案，但他還沒來得及說出口，心思卻飄向後頭的那台車，「你看看我後面的那個白癡。」他目光兇狠看著照後鏡，還刻意急煞了好幾次，等到索恩確定後頭的駕駛知道他在不爽才罷手。

布里史托克又回到線上，問他們還得開多久，然後告訴他們別急著進辦公室，「直接去霍樂威路吧。」他說他們一大早已經針對大學宿舍展開逐房的訪查，果然找到了好幾個曾經在週六晚上去過火箭俱樂部的大學生。「如果能一次把他們找來問案，應該可以省一點時間。」

「有道理。」索恩回道。這也讓他有機會造訪麥肯兄妹生前被人看到——當然，兇手不算——的最後一個地方。

布里史托克還有一個更充分的理由，「有好幾個學生提到那個哥哥在酒吧裡與某名男子聊天，應該之後就隨他一同離開。」

「這條線索似乎值得追下去。」賀蘭德說道。

「嗯，我不確定他們當時有多清醒，但好好問一下他們，應該有機會聽到嫌犯長相的精確描述。要是運氣夠好……其實成果可能會更豐碩。」

索恩看著賀蘭德，「監視攝影機。」

「算你聰明，」布里史托克回道，「沒錯，伊芳已經去找了，不知是否有可用的畫面。」

「可能得辛苦檢查好幾個小時，全都是學生在階梯上嘔吐、躲在陰暗角落打砲的畫面。」賀蘭德說道。

索恩哈哈大笑，「我相信這樣一定會有許多志願者看片。」

「不用給我看了，」布里史托克掛掉電話之前，又講了這一段話，「等到我家老大吵著要去念大學的時候，再拿給我太太看。」

他們又行進了好幾英里，接近M25匝道的時候，車流變得壅塞，索恩必須把他的寶馬汽車退到一檔。他隨著電台播放的歌曲、在方向盤上敲打節拍，但力道也未免太過兇狠了一點。

「我們爲什麼不走路肩就好？」賀蘭德問道。

索恩向他解釋，只要過了交流道之後就不會堵車了。而那些學生也不會去其他地方，而且他不想事後花好幾個禮拜的時間寫報告、證明自己當初是因爲執行正當警務而走路肩。

「只是建議罷了。」賀蘭德回道。

索恩看了一下車鏡，把車切到了內線道，若有所思，他把雨刷的速度又調快了一點，雨勢越來越大，突然之間，宛若潮濕水泥色澤的天空，落下了如針般的雨滴。

索恩看著這些坐在自己面前的學生，臉色蒼白，衣裝隨便，頭髮亂七八糟。他實在很難想像當那些制服警察在早晨七點半去敲這些學生的房門時，他們到底是什麼模樣。雖然他心裡在想著這件事，還望著賀蘭德記下他們的姓名，但索恩的耳邊卻只聽到露易絲在開玩笑，嘲笑他越來越像他爸爸。當然，是他父親過世之前，還沒有罹患阿茲海默症的時候，那時候的父親依然可以把話講得一清二楚、不會得罪一大堆人。

露易絲從來沒有見過索恩的父親，但她知道他很愛嘲笑兒子與他自己如出一轍的生活習慣與態度，索恩一直想要反擊回去，但總是遠居下風。

幾個禮拜之前，她曾經說過這樣的話，「現在的狀況更糟糕，因爲你馬上就要當臭老爸了！」

「葛瑞格很少來這裡，他不算常客，」開口的是個超短金髮女孩，下唇還有穿環，要是漢卓克斯也搞了一個唇環，鐵定是洋洋得意。「我覺得我在上學期的時候根本沒看過他。」

「我看過他一次，」某個滿臉鬍碴的高瘦男孩說道，「看起來有點彆扭。」

其他人有的點頭，有的低聲附和。他們七個人坐在火箭俱樂部的主吧檯角落：一共是四女三男。有幾個人盯著自己眼前的販賣機咖啡杯，另外有三個人拿著大瓶礦泉水輪流傳喝。這裡散發出啤酒的臭氣，而且吧檯附近未鋪毯的地板也十分黏滑。

「葛瑞格喜歡待在家裡看書，」賀蘭德問道，「是嗎？」

瘦排骨男孩聳肩，「對，他超級用功，但他倒不是什麼書呆子啦，我覺得他只是討厭這裡的音樂。」

「他喜歡聽爵士樂，」金髮女孩說道，「古怪的北歐音樂，我們經常開玩笑，那聽起來跟鬼叫一樣。」

索恩差點笑出來，他和葛瑞格．麥肯一樣，都具有某種會引發別人質疑的音樂品味。「好，那爲什麼週六晚上他會出現在這裡？」

「上週六也有，」男孩說道，「自從這學期開學之後，他已經來過好幾次。」

「好，他爲什麼變得這麼不一樣？」

大家安靜了好幾秒，只聽得到有些詭異的雙腳摩擦與啜飲咖啡的聲響。有個挑染一綹紫髮的亞洲胖女孩露出悲傷微笑，伸手拿水瓶，開口說道：「他很哈那個人。」

「有些人說看到他和某人講話，指的就是他嗎？」

好幾個人點點頭。

索恩很清楚他們爲什麼如此遲疑。本來是平日的八卦素材，如今當事人慘遭謀殺，自然就變得難以啓齒。索恩開口問道：「上個禮拜六，妳也看到他與同一個人在一起是嗎？」

亞洲女孩說她的確在上週末也看到了，「你知道嗎？一開始的那幾次，我以爲他是在盯著自己的妹妹不要出事，然後，他看到了那個他很哈的男人，他就開始常去俱樂部了。」

「以前看過他們交談嗎？」

「沒有，從來沒有，星期六是第一次。」

「星期六出了什麼事？」

「我覺得就是葛瑞格憋了好久之後，終於鼓起勇氣。」

「他不是……有自信的人。」唇環女孩開始大哭，鬍碴男孩把椅子移過去，伸手環住她的肩頭，「也許得要先喝幾杯壯膽才行。」

索恩點點頭，無論是同性戀或異性戀，十八歲或八十歲，他知道暗戀的情愫是怎麼回事。不過，索恩不在意葛瑞格．麥肯到底生性有多麼害羞，讓他直到週六晚上才敢有所行動，但殺死他的兇手居然如此自信滿滿，倒是讓索恩嚇了一跳，見獵心喜，然後等待受害者自己跨出第一步。

「依妳判斷，葛瑞格喝醉了嗎？」賀蘭德問道，「我指的是他離開的時候。」

亞洲女孩搖頭，「算是喝了點酒壯膽，但不過如此而已。我發現他離開之前的半小時還曾經與他講話，聽起來很正常，」她低頭，「他……很興奮。」

葛瑞格．麥肯遇害當夜究竟喝了多少酒，驗屍報告將會告訴他們答案，索恩也很有興趣想要知道藥物反應的報告。他們懷疑兇手可能偷偷在麥肯的飲料裡加了東西——羅眠樂❸，也可能是液態搖頭丸——不過索恩對此持保留態度，要是兇手真的下了毒，何必還需要先砸昏麥肯、再把塑膠袋套在他頭上？

「所以，有誰看到他們一起離開？」

金髮女孩說她沒辦法確定，「不過，你知道嗎，葛瑞格離開之後，和他講話的那名男子也不見了。」

❸ 俗稱迷姦藥丸。

「我曾經看到他們兩個人站在門口，」瘦排骨男孩回道，「等到我再次回頭的時候，他們已經不見了，所以我想……」

索恩揚手，讓他們知道這一點不是很重要。如果閉路監視器有拍到的話，他們有沒有看到就沒差了，他開口問道：「跟我說那傢伙長什麼樣子。」

「和這裡大多數的人相比，他比較老一點，」亞洲女孩說道，「應該是三十多歲。」

索恩詢問他們這種狀況是否異常，學生們向他解釋，樂團演奏的夜晚，只要是付錢就可以進來，而且，有些學生的年紀本來就比較大。

「他看起來……很有自信。」金髮女孩說道。

瘦排骨男孩也同意她的說法，「老實說，我覺得那傢伙看起來就是很臭屁。」

亞洲女孩則說這男子看起來態度輕鬆自若，甚至可說是非常開心，最後，她終於承認——只不過當她講出這些話的時候，雙眼只敢看著地板——若非葛瑞格表現出對那傢伙有濃厚的興趣，她自己可能也會去找他搭訕。

學生們開始仔細描述那個人的長相特徵；曾經仔細看過那男子的其中三名學生挨近桌邊，賀蘭德忙著抄寫下來。正當他們在爭論那男子襯衫顏色以及他的頭髮與衣領的距離時，索恩拿了張椅子，坐到某個從頭到尾都沒說話的女孩旁邊。

她留著一頭深色長髮，身穿樸素外套，看起來只有十四歲。

「我猜妳應該沒太注意現場狀況吧。」索恩開口。

「我沒待在那裡，」女孩回道。她聲音輕柔，倫敦郊區口音，「我是艾莉克絲的朋友，我們在一起看樂團表演。」當她一說出那個名字，嘴唇立刻開始顫抖，索恩趕緊把手伸進皮衣口袋裡掏出面紙。女孩的手裡早就握住一坨面紙，她擦拭雙眼眼角，一邊發出如孩童般的細聲啜泣，一邊講話，「我們本來要在星期天一起吃午餐，」她說道，「一想到我們離開時的爛醉程度，要是能依約見面也未免太樂觀了一點，但這的確是我們的預定計畫，找家酒吧吃頓燒烤大餐。艾莉克絲的食量可以代表英格蘭出戰大胃王比賽，你知道嗎？」她的雙手垂放大腿之間，緊捏著面紙，「第二天，我覺得好難受，我明明應該要打電話給她才對。」

「千萬別這麼想。」索恩回道。就算打了電話，也永遠不會有人接聽，但他已不忍多說。

「然後，嗯，她週一早上沒出現，我再也沒辦法和她講話了。」她的雙手又貼住她的臉，最後，她拿開那一坨濕透的面紙，看得出她鼻子與手指之間有一條亮晶晶的鼻涕，索恩傾身靠過去、幫她擦理乾淨的時候，她動也沒動一下。

等到對嫌犯的長相取得了共識之後，學生們終於可以離開了，索恩與賀蘭德還提醒他們，若想起其他的事情，一定要與警方聯絡。他們慢慢走出去，正好與進來的伊芳．基絲頓錯身而過，索恩注意到那個瘦排骨鬍碴男孩刻意回頭看著她，基絲頓也注意到了，但似乎並沒有不悅的神情。

「妳也有點節制好嗎，」賀蘭德說道，「那小孩才剛成年而已。」

「是嗎？」基絲頓一臉無辜，「所以你們對那個金髮女孩都沒興趣嗎？」

他們兩人都沒講話。

基絲頓微笑，坐了下來，「好，很不幸，酒吧裡沒有攝影機，但樓梯間、門廳、前門都有。

所以，傍晚的時候應該可以過濾完所有的畫面。」她伸手到手提包裡，取出唇膏重新補妝，「有沒有拿到對嫌犯長相的具體述詞？」

「有，」索恩回道，「和蘭開斯特同仁提供的版本不一樣，艾蜜莉．沃克鄰居講的又是另外一套。」

「所以，都不可信。」

「這種事總是很難說。」

「或者，我們要追查的這個人在刻意改變外貌。」

賀蘭德來回看著這兩名探長，「好，他這麼做的目的是什麼？難道你們覺得他是在搞笑取樂嗎？」他搖搖頭，彷彿在自問自答，「也許這是多重人格者的犯罪事件。」

「不可能，」基絲頓搖頭，把唇膏丟回包包裡，「等到上法庭的時候，再把這種鬼話留給他的辯護律師們去說吧，這傢伙可能只是覺得要我們很好玩而已。」

「我也這麼覺得，」索恩拾起地板上的空杯，將它們放到桌上，「他們這種人通常就是毫不在意。」

「就和賈維一樣，」賀蘭德說道，「最後栽在我們手裡。」

「對，但那時候已經葬送了七條人命。」基絲頓回道。

索恩站在一旁，把手伸進口袋找車鑰匙，他開口說道：「這傢伙的進度已經超前一半了。」

11

先前在索恩從蘭開斯特開車回倫敦的途中，曾接到露易絲的簡訊：小心駕駛，搞不好你還醉醺醺的！等到他們離開火箭俱樂部之後，索恩在中午打電話給她，但她正在忙，講話的口氣很差。就在五點鐘之前，正當他與賀蘭德要前往布里史托克辦公室、察看監視錄影帶畫面的時候，又一封簡訊過來：先前態度不好，抱歉，今晚還是吃外帶好嗎？我懶得煮。今晚早點上床休息？

索恩坐在布里史托克身邊，回傳了一個與他自己笑起來幾乎一模一樣的笑臉。

一整天下來，這是他心情最舒緩的一刻……

索恩忙著在蘭開斯特向傑米．派斯問案、到霍樂威查問學生的時候，小組的其他成員也正逐一清查確定受害者關聯性之後的其他線索。目前已經排除了雷蒙德．賈維生前的好友，而且他也沒有在世的男性家屬，住在艾塞克斯安養中心的老邁大伯，是大家能夠追查到的唯一血親。

他們討論了各種可能性，而基絲頓也提出了自己的想法，「所以，算不算是模仿犯？」

「這些不是模仿案，」賀蘭德說道，「不完全一樣，賈維是活活把人打死。」

「你知道我的意思，戴夫。」

「而且他都在戶外行兇。」

「那就算是某種變態至極的……致敬好了，看你要怎麼說都好。」

「嗯，我想應該是很容易。我的意思是，要找到賈維的受害者其實很容易。」

「簡單至極，」基絲頓回道，「至少有兩部紀錄片，而且還有一大堆的專書。」

基絲頓與賀蘭德都望著布里史托克，而布里史托克則看著索恩。

「可能吧。」索恩回道。

他看過一堆這類的書，當他第一次在網路上搜尋雷蒙德．賈維與其他類似罪犯資料的時候，它們的絢麗封面——最常出現的配色是深黑與血紅——立刻浮現在他的面前。他後來又造訪了其中的某個網站，訂了兩本內容沒那麼聳動的書。不過，案情眞的那麼簡單嗎？以縝密預謀和殘暴手段取走四條人命的兇手，只是一個期待能向他的英雄看齊的瘋子而已？只是希望自己也能成爲絢麗封面書籍的主角？「可能吧……」

現在，第一次看到他的時刻，馬上就要來了。

基絲頓一下午都忙著轉檔，將火箭俱樂部的監視錄影帶燒成DVD；先在數小時的影像裡海底撈針；找出可能派得上用場、光照充足的所有段落；最後再把它們燒在同一張片子裡面。基絲頓早就已經把放置電視與放影機的推車送入辦公室，現在，索恩與布里史托克已經準備就緒，她拿起推車上的遙控器。

「好，葛瑞格．麥肯在週六晚上、到火箭俱樂部酒吧搭訕那個男子的畫面，一共找到了三段。」

「我覺得葛瑞格才是被搭訕的人。」索恩說道。

「兩種說法都成立。」

「妳看起來好像沒有很興奮。」布里史托克說道。

基絲頓按下播放鍵，讓到一旁，「你們自己看吧。」

影帶是黑白畫面，無聲，螢幕最上方有時碼在不斷跑動。

「畫質非常好。」賀蘭德說道。

「俱樂部正好剛剛更新過設備，」基絲頓回道，「畫質不成問題。」

他們看到了走廊，螢幕左側是樓梯口，石面欄杆旋繞而下，消失在景框之外。

「這是位於二樓酒吧的樓梯間，」基絲頓說道。有四個女孩朝攝影機方向走來，頻頻點頭，自得其樂。「音樂顯然是從樂團表演的地方傳出來。」女孩們走向階梯，消失在畫面裡，「準備囉。」

他們看著葛瑞格．麥肯與另外一名男子步出走廊另外一頭的幽暗處，直接朝攝影機方向走過去。索恩看不清楚他們的臉，但看得出來麥肯的同伴正在講話，惹得麥肯哈哈大笑。索恩把椅子往前推、湊到螢幕前面，滿心期待想要第一次近距離觀察兇手。

「不用那麼興奮。」基絲頓提醒他。

就在這個時候，那名男子低下頭，然後，避開了攝影機。

「幹……」

「更糟糕的還在後頭。」基絲頓回道。

畫面靜止不動，然後突然跳到建物大廳：灰色石材的廣大空間，兩側有樓梯通往咖啡店、餐廳以及樓上的酒吧。

「他們消失在樓梯間，五分鐘之後，我們抓到他們走入大廳的畫面。」

「他們那五分鐘跑去哪了？」布里史托克問道。

「可能其中一個人尿急吧，或是去玩親親？誰知道？他們出現了……」

葛瑞格．麥肯的瘦小身形，還有他那身材比較高大壯碩的朋友，出現在右側階梯的下方，走向攝影機。那男子一頭深髮，穿著牛仔褲與丹寧外套，但索恩依然沒辦法看清楚他的臉。他們走到了攝影機可將五官照得更加清晰的地方，那男子隨即把手放在麥肯的肩上，靠過去低聲講話，然後臉又刻意側過去、避開了攝影機。

「他知道每一個監視攝影機的位置。」

基絲頓點點頭，準備播放最後一段畫面。大門上頭的攝影機拍到這兩個人走出去的情景，幾乎是緊接在他們消失於第二段畫面之後。這一次，那張臉孔完全背向攝影機，而且一直維持這個姿勢，越走越遠。基絲頓按下暫停鍵，最後的畫面也出現在他們眼前，這傢伙與麥肯走向人行道的清晰背影。

基絲頓把遙控器丟回到推車上面。

布里史托克起身，把椅子拖回他的書桌後方，「某些學生說他到過那裡好幾次，對嗎？」

「沒錯，」索恩回道，「讓麥肯可以把他好好看個清楚，而他也可以趁機好好看清楚所有監視攝影機的位置。」

「爲什麼要這麼大費周章？」賀蘭德問道，「反正我們知道他一直在改變外貌。」

索恩覺得賀蘭德講的很有道理，但他們也沒辦法確定。正如同基絲頓稍早之前提到的一樣，證人供詞之間的落差，說穿了，就是對於陌生人的描述缺乏可信度。幾乎很少有人能夠記得陌生人的長相，所以某些警察根本也懶得把他們的證詞記錄下來。證人堅持兇嫌是是六英尺高的壯漢，結果抓到的兇手卻是瘦不拉嘰的小不點——索恩自己遇到這種狀況也已經多到數不清了。

不過，無論原因爲何，這三份證詞只有兩項共同的特徵：這名男子約二十多歲或三十出頭，身高六英尺。「他知道自己會被人看見，」索恩說道，「我覺得他似乎不怎麼擔心。但他卻小心避開攝影機，他不想冒險。」

「從火箭俱樂部回到麥肯的公寓，應該是十分鐘左右的步行距離，」基絲頓說道，「在這段路程當中，應該還可以找到三、四台有拍到他的攝影機。」

布里史托克基於職責，告訴她要繼續追下去。基絲頓說她已經在處理了，不過，根據他們剛才看到的畫面，再追查下去恐怕也只是浪費時間而已。

索恩搖頭，他說他早就知道會有這種結果。他望著螢幕，「我先前說他毫不在意，就當我沒說過吧。」

有人敲門，是薩米爾．可林，他探頭進來，手裡揮舞著一張紙，「法醫鑑識實驗室那裡的結果出爐，」他開口說道，「他們把麥肯兄妹手裡的X光碎片與先前的那兩小塊拼起來了。」

索恩探頭出去，準備把那張紙拿進來。

「他們準備要以高解析度掃描X光片，」可林說道，順手把東西交過去，「約在一個小時之內，即可利用電郵傳過來。不過，他們說現在會先把手邊的資料傳真過來，要是我們有任何問題，隨時都可以打電話過去。」

索恩立刻進入走廊，從可林身旁擠過去的時候，低聲向他道謝，然後，又立刻轉向偵查室。

一分鐘之後，他已經站在角落的傳眞機前面，立刻打電話到維多利亞區的法醫鑑識實驗室，唸出可林剛才潦草寫在字條上的那個人名，想要立刻與他通話。

「我的天，怎麼這麼快，我還沒傳過去哪。」克萊夫．凱利博士請索恩稍等，在翻動紙張的沙沙作響、還有略帶不爽的碎碎唸結束之後，他終於聽到電傳訊號的連續嗶響，博士又回到了線上，「好，傳送中。」

「我就站在傳眞機前面。」索恩說道。

「雖然正在傳送中，但我也沒辦法告訴你現在進度是到了哪裡，」凱利說道，「這種東西對我來說太神秘了。」

傳眞機發出悶哼聲響，甦醒了過來，慢慢吐出了感熱紙，索恩回他，「你明明是科學家。」

凱利哈哈大笑，「這不是我的專長，」他繼續說道，「你給我一份文件，我可以告訴你這紙是從哪裡來的，還有墨水的生產日期，要是我心情好，也許甚至能夠告訴你那個傢伙在寫東西時抓屁股的次數。不過，讓我把文件放入機器裡、按下按鈕，然後你在十幾英里外的某個房間裡、從另外一台機器把它取出來……這簡直是巫術。」

傳眞接收完成，索恩立刻從紙盤中拿起文件，望著那一組完整拼湊出來的新序號，有字母也有數字：

VEY48

ADD597-86/09

SYMPHONY

索恩問道，「這是什麼？」

「我們先從最底下開始看起，」凱利說道，「那個最簡單。只是核磁共振掃描儀的某種機型，基本上，就是拿來拍攝那張X光片的機器名稱，當然，嚴格說來，那不是X光片，因爲它運用的是核磁共振，而不是放射線，不過——」

「那張X光片拍的是什麼？」

「恐怕我還沒有辦法告訴你，但我們知道那是在哪裡拍的。看到第二行了嗎？」

「正在看……」

「我們原本以爲那組數字應該是某間醫療機構的編號什麼的，結果是健保信託基金劍橋大學醫院的郵遞區號，至於那三個字母——ADD——就是醫院本身的代號。」凱利靜默等待，彷彿在期盼索恩猜出答案。

「嗯……？」

「艾登布魯克。」

「在劍橋？」

「知道答案之後，一切都變得很簡單，是吧？我們能幫的忙不多，恐怕就只有這樣了。」

索恩說沒關係，其實這樣就夠了。艾登布魯克距離懷特摩爾監獄有四十多英里，並不是距離最近的醫療院所，但這間醫院的神經外科名聲享譽全球，現在，索恩已經知道那些碎片的原始

X光片到底是什麼了。

「第一行倒是讓我們絞盡腦汁。」凱利說道。

VEY48

索恩感謝凱利大力幫忙，繼續開口說道：「我覺得『四十八』應該是患者拍攝這張X光時的年紀。」

「知道答案之後，一切都變得很簡單。」

「而『VEY』——維，是他姓氏的最後一個音節。」

第二部

重大意外

其後

莎莉與巴茲

這是莎莉今天第三度擱下電話，然後，她開始慢慢走向自己的手扶椅。巴茲睡在瓦斯火爐前面，身體正在抽搐，彷彿在作夢追貓咪什麼的，她必須跨過去，才能坐到自己的椅子。在她入座之前，她把手垂下去，撫摸牠的棕色軟耳，這是巴茲的最愛。

自從出事之後，她天天打電話，想要探聽一點消息。「我在浪費時間，」她告訴自己的好友貝蒂，「大家什麼都不肯說。」事發之後接下來的那幾天，她在好幾個不同的場合將狀況告訴了警察，最後還做了完整筆錄，但現在他們對待她的態度卻彷彿是她在騷擾他們一樣，似乎還有其他正經事得忙，這種態度總是讓她啞然失笑。

就她自己的認知，她倒不是想要知道什麼他們無法透露給她的內幕，她只是想要知道發生了什麼事。如果是需要上法院的案件，想必有人必須爲整起事件負責不是嗎？

他們只是在唬弄她，總是搬出同一套說詞，正在進行調查。那天接電話的警察不知道是誰，但她幾乎可以聽到對方的嘆息聲。

「哦天哪，又是那個公園裡的笨蛋老女人……」

外頭的某個地方傳來貓門關上的響聲，巴茲起身，衝到門邊狂吼，她隨意亂轉電視頻道，對狗兒喊話，不要再耍笨了。牠又回到原來的地方，把自己的頭枕在她的大腿上，尾巴搖得超快。

「我知道，」她說道，「巴茲底迪，對不起，我還沒辦法，好嗎？」

狗兒越來越胖，她看得出來，而且她得負起完全責任。自從出事之後，她就足不出户，而貝蒂雙腿有狀況，也沒有辦法幫她遛狗。莎莉的女兒偶爾會帶牠出去，但巴茲想念過往天天去公園的日子，其實她自己也是。

她的確走到大門口好幾次，但雙腿卻立刻開始顫抖，逼得她只好回到屋內。

「這種反應不意外啊，」貝蒂回她，「捲入那樣的事情，一定嚇死了。」

但貝蒂錯了，那不是驚嚇，而是罪惡感。

那女子顯然是非常匆忙，不想逗留閒聊，但莎莉覺得她應該還是找得出辦法絆住那對母子才是。要是她只對那個男孩講話，時間能夠再撐久一點，掩個幾分鐘就夠了，也許可以叫他丟棍子，讓巴茲去撿。在那個時候，她只覺得男孩好安靜，如此而已。等到事後報紙刊出消息，她才知道原來他是個有狀況的孩子。

天，光想到那可憐的小男孩，就讓她幾乎整晚都無法闔眼。

最蠢的事情，莫過於當她看到這對母子匆匆離開、那個警察的識別證在她面前揮舞的時候，她立刻一股腦全講出來了，她果然就是個笨蛋老女人，講出他們剛才還在這裡，他剛好錯過了，而且還把他們的行進方向指給他看。

當他開始狂奔的時候，她就應該發現有狀況才是。

莎莉起身，走向廚房，為自己泡茶，再從櫥櫃裡拿包消化餅乾。她把東西放在貝蒂從邵森德爲她買的小托盤上面，又回到自己的手扶椅裡面，她開始翻閱電視節目表雜誌，想知道現在有沒有她喜歡的益智節目。

她提醒自己，明天最好還是要帶巴茲出門，不過放棄也沒關係，反正氣象預報說天氣不是很好。

她坐在椅子裡，一邊看著《流行金句》的重播節目，一邊喝茶，她的大腿與心頭依然在顫抖，她的手也一樣，連茶碟上的杯子也跟著微微震搖。

12

當車子逐漸接近醫院的時候，賀蘭德說道：「我還是覺得我們佔上風。」他們到達劍橋火車站之後，開始一路閒聊，在等待計程車的時候，突然蹦出了這個話題，賀蘭德依然講得很起勁。

「什麼遊戲？」

「警察抓小偷。」

「了解，」索恩回道，「所以，我們不知道他是誰，也不知道他的下落，更不知道他爲什麼要布這個局給我們，這還叫佔上風？」

「不過，我們已經知道了他鎖定的其他目標，這算是很不錯的成果吧？」

「還可以而已。」

計程車慢慢駛過通往醫院大門的減速坡，賀蘭德也掏出錢包、準備付錢給司機，「至少我們可以確定不會有其他人受害了。」

「前提是我們可以找到他們的話，」索恩說道，「我的意思是，現在也沒什麼重大進展，不是嗎？」

他們立刻發現還有另外四個人，也可能慘遭毒手：雷蒙德．賈維一案的部分受害者子女，還沒有成爲兇嫌的下手目標。小組在當天早上只找到其中一個，而且之所以能這麼快追蹤到她的下落，是因爲她有前科。

「四個只找到一個？」索恩又怒又驚，「太扯了，羅素，我們要找到其他三個人，一定要快。」

「你眞這麼覺得？」布里史托克的語氣和索恩一樣尖銳，「也許應該要換你坐在這裡才是。」

「我只是要告訴你，我們必須全力追查到他們的下落，讓他們接受保護留置什麼的。」

「這一點當然沒有爭議。」

「需要優先處理。」

「湯姆，我當然很清楚，所以我下達了命令，除了清潔工之外，每一個人都在忙這件事。」

索恩站在布里史托克的辦公室門口，點點頭，他突然發現自己可能有點太自以爲是了。「我不是在批評……」

「好，那可以請你不要繼續擺出只有你一個人在乎的樣子好嗎？你現在可以出去辦案了吧？」

計程車停下來，賀蘭德把車錢遞過去，給了豐厚的小費，並且向他要收據。司機一面忙著抄寫，一面透過後照鏡在偷瞄他們。顯然從車站出發之後，他一直在偷聽，等到他把收據撕下來、交到賀蘭德手中的時候，他問賀蘭德是不是要與朋友到這裡抓人。

索恩下車，用力關車門。

「你知道誰是壞人？」賀蘭德反問，一隻腳已經踏出了車外。

司機咧嘴大笑，「我可以跟你講幾個可怕的故事，保證是眞的。」

賀蘭德關上自己那一側的車門，跟在索恩後頭，終於在一小群癮君子聚集的大門入口跟上他，「你的玻璃杯曾經全滿過嗎？」

他們穿過自動門，經過一間販賣雜誌與巧克力的小店，它還兼售絨毛玩具以及花束，讓這個與車庫一般大小的地方看起來像是肯辛頓區的花藝店。

「你覺得我應該要更樂觀一點？」

「至少承認這可能是一個突破的機會吧。」賀蘭德回道。

他們經過急診室的接待區之後，決定停下來詢問方向，最後他們終於看到了腦神經部門的指示牌，過了幾分鐘之後，他們走向電梯，等一下就可以抵達正確的樓層。

「你有沒有薄荷之類的東西？」索恩問道。

賀蘭德搖頭，「我們可以回頭去那家商店。」

索恩說不要緊，他只是不怎麼喜歡那股味道，漂白水之類的東西，他一邊走，一邊抬頭研究沿路的指示牌。

腫瘤學。失智症病房。待產區。

「反正，這種講法超蠢，」他努力壓低自己的聲量，「你杯子裡面裝了什麼東西才是重點啊。」

「應該吧。」

「那如果是髒兮兮的杯子，裡面裝了一半的熱呼呼的尿呢？」

他們終於在某一繁忙的病房區後頭找到了那個房間，它位於某條亮灰色地板走廊的尾端，牆上所掛的畫似乎是出自頭部創傷尚未復原的病患之手。房門外頭掛的門牌是「腦神經科秘書處」，當索恩與賀蘭德一走進去的時候，裡面的三名女子同時轉頭盯著他們。賀蘭德開口，聲量比索恩平常聽到的小聲多了，他讓她們知道已有事先約訪，年紀最大的女子起身，經過他的面前，走到隱身在巨型檔案櫃後面的房門前面，敲門，在她與醫生低語了一會兒之後，索恩與賀蘭德終於進入帕維許．坎巴爾醫生的辦公室。

索恩回頭，下巴指向秘書問：「她們都是你的秘書？」

「我和大家共用的秘書，」坎巴爾回道，他講話的語氣彷彿像是第四廣播頻道的新聞播報員，「這裡的狀況頗符合啄食理論。」

「你說的是醫生還是秘書？」

「兩者都是，」坎貝爾的下巴也朝索恩剛才凝望的方向指了一下，「但那裡的廝殺比較激烈。」

坎貝爾年紀五十多歲，身材保養得很好，濃密的頭髮，和整齊修剪的鬍鬚一樣都是銀灰色，深色西裝與漆亮的雕花鞋雖然看似低調，但顯然是相當昂貴。相形之下，他的辦公室就寒酸多了，沒有窗戶，整個空間還不到秘書辦公室的四分之一，除了他自己的座位之外，只有一張椅子。索恩自己坐了下來，只能讓賀蘭德以略嫌彆扭的姿勢、靠在門上。牆上掛著年度計畫表，賀蘭德的頭剛好靠在某層書架的末段，另一側放置的正好是人腦模型，藍色、白色、粉紅色的明亮塑膠模塊，標示出不同的區域。

索恩轉頭，瞄了一下賀蘭德，又望向那個人腦模型，「搞不好它比你的腦袋還大。」

索恩向坎巴爾提到他們的北上過程，而這位醫生也開始感慨倫敦到劍橋的這一段鐵路服務江河日下，賀蘭德從公事包裡面拿出拼湊好的X光碎片的影本，遞了過去，「這就是我們在電話裡提到的東西。」

坎巴爾點點頭，端詳了好一會兒，他面向電腦，敲打鍵盤，「資料在這裡……」

索恩挪動椅子向前、盯著螢幕，乍看之下，一模一樣的三張圖像：腦部的黑底灰色剖面圖，底部有一坨近乎渾圓的白色團塊。

「我已經印了一張給你，」坎巴爾打開抽屜，取出一張類似大型X光片的東西，「最近這種圖檔全都以數位化處理，儲存在硬碟裡面，但如果偶有需要，我們還是會沖印出來。」

他把那張X光片固定在他書桌後方牆面的大燈箱上面，仔細研究，宛若先前從來沒有看過一樣。

「所以原始片檔怎麼了？」索恩問道。

「沒有所謂的原始片檔，」坎巴爾說道，「我解釋過了，掃描結果都儲存在電腦裡面。」

索恩指了指坎巴爾桌上的那張複印資料，「所以它們是怎麼流出來的？」

「嗯，除了我之外，不可能有人會需要印出這些資料，」坎巴爾回道，「所以，我猜應該是雷蒙德．賈維死亡的幾週之前、我印出來給他的那一組X光片，每一個病人都有權利保留他們自己的醫療紀錄副本。」索恩盯著那些圖像，坎巴爾也順勢指給他看，「顯然，白色的那團東西是腫瘤。」

賀蘭德湊過去，「看起來好大。」

坎巴爾握起拳頭，「有這麼大。」

「你擔任他的主治醫生的時間有多久？」

坎巴爾玩弄著鉛筆，開始簡述賈維歷經診斷、治療，乃至最後死亡的過往。賀蘭德做筆記，索恩靜靜聆聽，目光偶爾會飄向燈箱上的顯目圖像，那純白色的陰影，圓潤光滑，看起來完全沒有殺傷力。

「大約是三年半前，賈維在懷特摩爾的囚房裡出現癲癇症狀，撞到牆角，頭部裂傷出血。他後來又發作了好幾次，所以他們把他帶到彼得伯勒的地區醫院做電腦斷層掃描，他們對於自己看到的畫面不得其解，不過我們與大多數的醫院都有影像互聯系統，所以他們可以請我們幫忙判讀。我們……倒是心中有了底，過了幾個禮拜之後，他到這裡做了核磁共振掃描。」

坎巴爾起身，從書架上取下人腦的塑膠模型，「前額葉底部長了一顆巨大的腫瘤，也就是所謂的良性腦膜瘤。」

「良性？」賀蘭德驚呼，「我以爲只有惡性腫瘤才會要人命。」

坎巴爾在手中轉動那顆塑膠人腦，「惡性腫瘤的殺人速度比較快一點，如此而已。要是良性腫瘤長得夠大，頭蓋骨內部的壓力依然足以致命，所以我們必須要動手術，這裡……」他舉起模型，另外一手拿著小鑷子指著腦後，「這裡是嗅葉溝。」

「嗅覺區，對嗎？」賀蘭德問道。

坎巴爾點點頭，「賈維的腫瘤就在那裡，非常巨大的嗅葉溝腦膜瘤。」他望著賀蘭德，「其實，患者的嗅覺問題通常是最早期的症狀之一，賈維說他出現這個問題已經有許多年了，總是莫名其妙聞到燒焦或是汽油的味道，但最常遇到的狀況是什麼味道都聞不到。不幸的是，這些症狀出現過後沒多久，他的腫瘤越來越大，發現的時候已經太晚了。」

索恩接下坎巴爾手中的模型，拿了一會兒之後，覺得自己有點愚蠢，於是又把它交給賀蘭德、由他放回書架上。「所以，是由你動的手術？」

「那是好幾個月之後的事情，」坎巴爾回道，「當然，頭蓋骨內的壓力會不斷蓄積，但也沒有理由斷定會立刻出現生命危險，反正，他花了好幾個禮拜才下定決心，這個步驟的風險很高。」

「但他還是決定要做。」

「他的確陷入了天人交戰，」坎巴爾說道，「聽從他周遭親近的人所提出的建議。當然，這樣的人也沒幾個。」

「會想念他的人應該不多吧。」賀蘭德回道。

「的確。」

「所以他死在手術台上？」索恩問道。

「手術過後沒多久，」坎巴爾回道，「硬膜外出血，再也沒有醒過來。」他關掉燈箱，取下X光片，交給索恩，「不知道會不會派得上用場，這就給你留著。」

索恩看著雷蒙德．賈維腦部的三張影像，還有腦內的那顆腫瘤。賈維生前痛下毒手、殺害了七名女子，雖然臨死之前的狀況應該不甚如意，但最後他自己走得倒是相當安詳。現在，三年過去了，有人又開始犯案。但原因爲何？爲了賈維？這個人留下這幅特殊影像的碎片、留待警察解謎，但他們依然不知道為什麼這傢伙會拿到X光片，也不知道他和雷蒙德·賈維到底有什麼關係。

「你知道他找誰討論過病情嗎？」索恩問道，「你剛才提到有某些與他親近的人。」

坎巴爾咬著鉛筆末端、想了一會兒，「我想應該是他的兩三名獄友，和他一樣病弱的囚犯。」

「我想你應該記不得他們的名字吧？」

「這就抱歉了。」

索恩轉向賀蘭德，「也許我們今天下午應該要去懷特摩爾監獄一趟。」

賀蘭德微笑，「你又想趁機在外頭過夜？」

「當然，還有他的兒子。」坎巴爾說道。

「我們今晚一定回——」索恩突然停下來，他看到賀蘭德的目光飄向坎巴爾，也看到他臉上的困惑，他自己在椅子裡旋身過去，「抱歉，你剛才說什麼？」

「嗯，說到這個，應該是他兒子拿走了賈維的遺物，」坎巴爾說道，「在葬禮結束之後，X光片之類的東西。」

「賈維沒有親戚，」索恩說道，「哦，是有個住在別的地方的大伯，但絕對沒有兒子。」

坎巴爾臉色變得很難看，彷彿正在苦思超級難解的字謎，「嗯，真的是有個人自稱是他的兒子，而且在賈維死亡之後的那幾個禮拜，害我過得苦不堪言，到處留言給我，在我的答錄機裡面咆哮。我很確定懷特摩爾的典獄長也有相同的遭遇，這可憐的傢伙被騷擾了好久。」

「他叫什麼名字？」

「安東尼・賈維。」

「『安東尼』是雷蒙德・賈維的中名，」索恩說道，「我覺得這聽起來很奇怪，」他身體往後一靠，搖頭，「不……怎麼可能。」索恩望向賀蘭德，但他也只能雙手一攤作爲回應。

「嗯，賈維認爲那個人眞的是他兒子，」坎巴爾回道，「那人每個禮拜會去看他好幾次，長達好幾年之久，而且還寫了好幾百封信給他。」

「你剛才提到，這人害你的生活苦不堪言，是什麼意思？」賀蘭德問道，「因爲他父親病故而責怪你？」

「這不是主因，」坎巴爾回道，「當然，手術結果讓他很不高興。但他惱怒的不是這個，他覺得應該要重啓審判——」

索恩立刻挺直身子，「什麼？」

「他要我幫他的父親作證。」

「爲什麼要重新審判？賈維罪證確鑿啊。」

「當然，就他所犯下的謀殺案來說，是沒有問題。」

「我不懂你的意思。」

「安東尼・賈維認爲，要是能夠重啓審判的話，他父親就可以翻案了。在賈維第一次被診斷出病因的時候，他們就討論過這件事。」他以鉛筆筆尖戳了一下索恩大腿上的X光片，「他們覺得是腫瘤改變了他的人格；都是因爲發病所造成的影響，而害他變成了另外一個人，殺害了那些女子，他希望我可以爲他的父親洗刷名譽。」

索恩再次望向正在急忙抄寫的賀蘭德，他抬頭，聳肩，又低頭看著筆記本。索恩又轉向坎巴爾，但不知該說些什麼才好。這個消息依然令他震驚不已，諸多線索纏結在一起，他想要趕緊釐清。

「兩位還是沒有告訴我爲什麼要詢問這些事，」坎巴爾說道，「畢竟雷蒙德．賈維已經死了三年多了。」

賀蘭德暫時停筆，「我們其實無權透露細節，相信您一定可以諒解這一點。」

「當然，」坎巴爾似乎有點尷尬，開始整理文件，「只是好奇罷了，要是能知道出了什麼事也不錯。」

「有一堆人比你更好奇。」索恩回道。

13

在艾登布魯克的員工餐廳吃午餐，其實也沒比貝克大樓好到哪裡去。食物可能好一點，餐桌之間的談話水準也是，但就算位於專供行政部門使用的大樓頂層，依然無法擺脫醫院的氣味。漂白水之類的東西。

他們帶著自己的餐盤、走到角落的桌旁，放下餐盤與餐具，還有一瓶無氣泡的礦泉水與健怡可樂。他們兩人都喜歡千層麵，不過醫生搭配的卻是生菜沙拉，害他的客人差一點也做出同樣選擇，但最後他還是堅持所愛，拿起了薯條。

「你同事這時候在做什麼？」坎巴爾問道。

「不是很確定。」索恩回道。他們已經打過電話，緊急約找懷特摩爾的典獄長，如果確定的話，賀蘭德就必須搭計程車回到劍橋車站，再從那裡搭三十分鐘的火車到馬奇這個小站，再搭一小段計程車即可抵達監獄。

「也許來得及和典獄長吃午餐。」

「可能吧。」索恩回道。他猜賀蘭德應該另有打算。既然離開這棟大樓之後，那股氣味會久纏不去，就算待在監獄用餐也一樣。「他應該會在火車上隨便買個三明治。」

索恩與坎巴爾開始用餐。

「人格突然轉變這種事情，」索恩問道，「有可能嗎？」

「哦，人格轉變當然有可能，我處理過許多案例，但轉性到會去殺人的地步？」

「而且是殺七個人。」

「我們在討論的幾乎是《變身怪醫》等級的劇情。」

「所以？」

「我……是抱持懷疑態度。」

「你也沒有否定是有這個可能？」

「就腦部病變來說，這麼劇烈快速的轉性幾乎是不可能的事，」坎巴爾說，「但我們真的不能排除任何的可能性，不過，我絕對不可能在法庭裡說出那種話。」

索恩伸手拿薯條，開口回道：「我想我了解你的意思。」

「很好。今天千層麵的水準不錯，不像平常那麼硬。」

索恩知道有許多醫生與科學家很樂意站上證人席，爲的可能是博取名聲或是豐厚的酬金。他們就是會說出雖然某種狀況出現的機率很低、但不能排除有其可能性的人，對於爲雷蒙德·賈維這種人脫罪的律師來說，那種類型的人——其實其中有許多都是專家證人——等於是他們的大禮。這種證詞幾乎就是準備在大家心中埋下合理懷疑的種子，就連生性最多疑的陪審團成員也難以倖免。

那些賈維的受害人家屬應該會非常感激帕維許·坎巴爾。

「就你經手過的這些案例看來，」索恩問道，「這些轉變是怎麼發生的？」

坎巴爾舉起手來比劃，看起來差點把叉子插入自己的額頭，直到他終於想起來，才放下了餐具。「前額葉控制我們的認知功能，」他開始解釋，「腦部天然抑制劑的位置就在這裡，含量固定，造就了我們每一個人的行爲模式。」

「腫瘤會對它造成影響嗎？」

「只要是影響那個區域的異物或是損傷都有可能。要是腦部受損，人格可能就會受到影響，發生改變。」

「我曾經在報紙上看過這樣的事，」索恩說道，「因爲車禍而造成頭部重傷的女子，甦醒之後說的是完全不同的語言。」

坎巴爾點點頭，「我也看過類似的報導，」他說道，「不過我持保留態度，我只能說那種故事編得有模有樣。」

「所以，你看過的改變有哪些？」

「原本個性害羞的人變得非常合群，這通常是抑制劑的濃度問題，心理障礙的門檻變低了，酒精也會在前額葉發揮同樣的解放效果。你可以把它想成某人喝得爛醉，只是不會摔倒也不會胡言亂語而已，完全看不到……拘謹，你懂嗎？社交禮儀拋諸腦後，超出了原有的界線。」

「我看過那種狀況。」索恩回道。

坎巴爾把最後一口千層麵送入口中，等待索恩繼續說下去。

索恩顧不得沒吃完的午餐，開始向這個認識不過只有一小時的男人說起父親的阿茲海默症，它毀了他爸爸的最後那幾年，連他自己也跟著遭殃，還有父親的詭異偏執，還有越來越古怪與惱人的生活習慣。坎巴爾告訴他，這種病症對於腦部所造成的影響，的確會發生他剛才所描述的狀況。

「大家以為那只是忘記親友姓名或是弄丟鑰匙之類的事，」坎巴爾說道，「但最可怕的其實是你忘了什麼才是合宜的行為舉止。」

索恩放下刀叉，把它們擱直，「基因的影響呢？」

坎巴爾點點頭，很清楚為什麼對方會提出這個問題，「好，這絕對沒有定論，不過有百分之十五左右的阿茲海默症患者的父母也深受其苦；就算是與遺傳性相關度最高的失智症，其實都是罕見的病型，比方說早發型失智症，你們家的不是這種吧？」

索恩搖頭。

「你父親罹患了這種病，可能會讓你懷疑自己變得有點疑神疑鬼，」坎巴爾微笑，「不過，失智症是很普遍的疾病，無論有沒有基因遺傳，都有可能會得病，所以我根本就不會去煩惱這種事。」

「有時候很好玩，」索恩說道，「嗯，我指的是和我爸爸在一起的時候。比方說，有天下午，我們在碼頭邊玩賓果，他輸了，開始罵人，大吼大叫，什麼髒話都出籠了，搞得大家都很生氣，而我的反應是很害怕。他知道這很好玩，我從他臉上的表情看得出來。」

「幸好你們的狀況沒那麼悲慘，」坎巴爾回道，「最後呢？」

索恩突然發現自己的食慾又回來了。他最近才驚覺，父親之死，以及他在父親死亡事件中所扮演的角色所引發的痛苦折磨，正要開始而已。他一直沒有把父親死亡的眞相告訴任何人，就連露易絲也一樣。他聽到坎巴爾在餐桌的另外一頭告訴他不要緊，他並沒有探人隱私的意思。

坎巴爾的呼叫器響起，索恩有點嚇了一跳，他起身，向醫生伸手致意，「您幫了大忙，感恩。」

「我得要告退了，我很想騙你等一下我要動某個重要的腦部手術，」坎巴爾說道，「但我接下來其實是要打壁球。」他把手伸進外套裡面，揉了揉肚子，「應該要早點吃東西才是。」

「都是我的錯。」

「不要緊。」

「有人在謀殺受害者的子女。」索恩突然說道。

「抱歉？」坎巴爾又出現了在苦思困難字謎的表情。

索恩看到醫生鬍鬚的角落沾了一小塊的醬汁，衣領下方也有一條細小污痕。「雷蒙德．賈維殺死的那些女人的小孩。」索恩突然一陣暈眩，他覺得可能是自己起身的動作太急躁了一點。他楞了幾秒，希望坎巴爾誤以爲這短暫的停頓是爲了要讓他平撫震驚之情。「那個持有賈維腦部掃描X光片的傢伙，已經殺死了四個人。」

坎巴爾的表情似乎是很後悔剛才問了這問題，他鼓起雙頰吐氣，「幹。」

索恩聽到醫生爆粗口，驚訝之情全寫在臉上。

「這是醫學用語，」坎巴爾回道，「當你聽到某些事情、覺得自己簡直像個口袋裡裝滿水蛭的無用庸醫的時候，這個字就可以派上用場。」

「我也是這麼用的，」索恩說道，「只是講出口的頻率很高。」

「許多狀況都會讓我們的大腦變得不太正常，但當我們面對大多數病患的時候，其實都無計可施。」坎巴爾搖頭，他的無可奈何全寫在嘴邊的溝紋裡，「有時候，它所帶來的傷害……是看不到的。」

「祝你玩壁球玩得開心。」索恩回道。

等到醫生離開之後，索恩再次走到櫃檯前面，買了咖啡與一大片起司蛋糕，拿回餐桌前。從窗戶看出去，是一整片平坦盈綠沼澤地的美麗景觀：北端是葛蘭契斯特的一小撮聚落；東側的數英里之外，劍橋大學的尖塔正好映入眼簾；底端可見M11公路的部分灰色流脈。

索恩往外眺望，一邊享受自己的甜點，一邊努力回想父親那天在碼頭到底在叫嚷什麼。根據坎巴爾剛才告訴他的話，要是他的父親犯下了謀殺案，應該很有機會可以脫罪。可惜他父親一直不知道這件事，有時候，他是個反覆無常又無情的老番顛，尤其在最後幾年的時候更是如此，搞不好他心裡早就擬好了一長串的暗殺名單。

「賈維的兒子認爲父親不該坐牢，要是早一點發現腫瘤的話，他其實不用入獄服刑。所以在父親死後就怪天怪地怪別人。」

「我還是很難相信那個瘋子是賈維的兒子。」索恩說道。

「不過，這種行爲有賈維的作風。」

「好，如果眞要考量這個可能的話……」

「所以，兇手之子開始謀殺那些被害人的子女，你仔細想想，其實不無道理。」

「道理？」索恩反問。

「你明明知道我的意思。」

索恩正在劍橋火車站的W.H.史密斯小書店附近來回踱步，等待下午三點二十八分前往國王十字車站的列車，月台的如刀強風逼他只能往後退。他講電話的時候，刻意讓手機緊貼著嘴邊，所以當他與布里史托克提到關鍵的時候，他可以壓低聲音說話。

「全英國有二十六個安東尼．賈維，」布里史托克說道，「可能是好消息，也可能讓案情更加膠著。」

在早上與坎巴爾的第一次會面結束之後，索恩曾經與布里史托克通過一次電話。賀蘭德與懷特摩爾典獄長見過面之後，也已經向督察長回報過了，所以，現在輪到索恩補上進度。

「我覺得我們在浪費時間。」索恩說道。

「對，你還是不信，你說過了。」

「就算他眞的是賈維的兒子好了，我覺得這名字也很可疑。如果是眞名，一定會有留存的紀錄，我們早就該知道了。」

「湯姆，我們還是得逐一清查。」

「我知道。」索恩回道。他自己也很清楚，無論這男子究竟是什麼人，親生父母是誰，但他的確以這個名字探監、騷擾帕維許．坎巴爾。而且他也知道在辦案的時候不能有任何疏漏，不是資深長官的人，批評起來當然很容易。

「自從我們中午通過電話之後，這份名單裡的人已經刪去了一半，」布里史托克說道，「所以花不了多少時間。」

「那些可能受害的人呢？」

「沒什麼進度，還有三個在失蹤狀態。」

「失蹤？」

「有一個顯然是健行度假去了，但他的妻子也只能告訴我們這些，或者基於某種原因，她不想多說。其他兩個不知是什麼原因就是查不到下落，但我們一定會找到他們的。」

「只要我們能比兇手先找到他們就好。」索恩回道。

布里史托克沒接腔，背景出現了好幾個人的聲音。索恩駐足在男性雜誌區的前面，目光從《Mojo》與《Uncut》，跳到了《FourFourTwo》，最後停留在高層架的《Forum》與《成人DVD評鑑》。

「你覺得這個人格轉變的理論怎麼樣？」

「你說呢。」索恩回道。

「但坎巴爾沒有否認它的可能性？」

「世事難料。」

「沒錯。」

「沒錯，我們不應該排除賈維其實是狼人的可能性，或者，他可能是不知被哪個吉普賽人下咒的倒楣鬼。羅素，你也幫幫忙好嗎……」

「你聽我說，某個對此深信不疑的男子已經殺死了四個人，所以我們怎麼想並不重要。」

「你還沒有說你自己的想法。」

「我保持開放態度，」布里史托克回道，「有時候你也不妨試試看。」

「又不是你把賈維送進牢裡，所以我真的不懂你幹嘛這時候要當騎牆派。」

「老弟，冷靜一下。」

「抱歉——」

「湯姆，抓人是我們的目標，所以我們必須要慎重其事，好嗎？」

索恩拿了一本《Uncut》，慢慢走到櫃檯。那裡有好幾個人在排隊，但是他的火車五分鐘之後就要開了。他開口告訴布里史托克，「我昨天睡得不太好。」

「你什麼時候會回到國王十字車站？」

「四點半左右。」

「直接回家吧，」布里史托克說道，「你今天起得早，回到這裡反正也是五點以後的事了，你只要明天早上能當第一個進來辦公室的人就夠了。」

「你確定嗎？」

「這就看你了，如果你想要花兩個小時的時間、打電話找尋我們那剩下的十二個安東尼．賈維……」

「明天一早見。」

「要是有狀況，我會打電話給你。」

索恩心想，嗯，比方說，那三名列入準死亡名單的失蹤者，其中一人的屍體突然找到了……

索恩又喝了一大口啤酒，感謝布里史托克，他終於能放心買酒、好好享受一下。他對面坐的是一位年輕女子，金髮，皮膚不太好，正在翻閱《heat》雜誌。每隔沒多久，她的目光就會移開光亮的雜誌頁面、抬望索恩手中的啤酒，彷彿在火車上喝酒精飲料是某種不能在大庭廣衆面前做出的行爲，和吸快克、或把大老二掏出來是同一等級的惡行。

他們坐在火車的「安靜」車廂，但他似乎並不是因爲喝飲料的聲音特別吵鬧而引發側目。

他把啤酒罐舉到嘴邊，又招來對方的白眼，他開始想要買杯飲料請她喝，搞她一下，或者，等一下大聲打嗝也好。再不然，就是在她面前發表一下他對於那雜誌裡的每一個皮包骨腦死廢人的看法，還有，看到名人從夜店踉蹌出來或鑽進汽車時、未穿底褲不愼走光的狗仔偷拍照片，居然會瞠目結舌的白癡，也沒有資格評斷任何人，然後，他想到了露易絲對這種刊物的評語。不過，他記得當她在做頭髮或是在候診的時候，偶爾也會翻閱《OK》或《heat》雜誌，而且看得津津有味。

他等那女人再次抬頭的時候，向她微笑，逼她立刻又把目光縮回雜誌裡。

其實不無道理。

有人因爲自己母親的身分而命在旦夕；有人因爲自己父親的可能遭遇而開始殺人。索恩喝了一大口味道奇淡無比的淡啤，心想在這種大家都看重名聲的世界裡、這種事的確有其道理，而你是因爲什麼而聲名大噪並不重要。在這個世界裡，可以看到連倉鼠都照顧不好的夫妻卻可以拖著六個小孩逛超市，某些女人生小孩和剝豌豆一樣簡單，但對某些人來說卻相對坎坷。

「還有沒有從劍橋出發的票？」

查票員第一次巡車的時候，索恩正好待在餐車裡，沒遇到他。等到查票員打票之後，索恩立刻起身，準備再次進餐車區，他使勁捏爆啤酒罐，然後又把它丟回自己的桌上。

車廂後頭有名男子在講手機聊天，他哈哈大笑，發出近乎咳嗽的嘶笑，他正忙著告訴電話另外一頭的人，某某搞出了某件事情，是他的「標準作風」。講話的聲量倒也沒有到惱人的地步。

索恩走到那男子的桌前，搶下他手裡的手機，下巴朝指示牌點了一下：手機被紅線貫穿的禁制圖示。索恩按下通話結束鍵，立刻以另外一隻手拿出皮夾，那男子怒吼，「他媽的你是——」但一看到警證就閉嘴了。

索恩朝餐車區走去，現在，他的心情好多了。

索恩到家了一個小時之後，露易絲才終於回來。

「你也知道這種狀況，」她說道，「休假個幾天，一進去就有一堆工作得追趕進度。」她告訴他，手中能有事情在忙的感覺很好，心思可以放在其他地方，她現在覺得舒坦多了。

索恩建議她既然現在做得這麼順手，應該趁這種時候多加班才是。

露易絲爲兩人煮了義大利麵，配上培根洋蔥與青醬，之後兩人又窩在一起看電視，過了好一會兒之後，她開口說道，「你也知道，我很想好好談一談這件事，我們應該要講清楚才是。」

「我們已經講過了。」

「不，根本沒有，我們沒有說出自己的感覺，」她微笑說道，「老實說，那聲音吵死了。」

「什麼？」

「你如履薄冰的聲音。」

索恩只是緊盯著電視。

「你有什麼感覺？」露易絲問道。

「我不知道，」索恩回道，「和妳想的一樣，難過。」

「你什麼都沒說。」

索恩突然覺得一陣不安躁熱，「我覺得我還來不及……好好處理狀況。」

「好，沒關係。」

他們又看了一會兒電視之後，上床依偎在一起，等到露易絲睡著之後，索恩開始看書，他最近在網路上買了好幾本眞實犯罪案例的書籍，趁空消化了好幾章。

雷蒙德·賈維是水晶宮足球隊的球迷，小時候養過寵物兔。他喜歡自己動手修理機車，第一次行兇時使用的是半塊空心磚，將受害者活活打死。

索恩關燈，側躺，發現露易絲挨到他後頭，柔軟的胸脯輕輕壓住他的背，他的罪惡感宛若胃食道逆流一樣、在體內翻騰不已。

14

懷特摩爾監獄

「進來眞是困難重重。」

「出去比較難。」

「他們拿走你所有的東西，檢查你身上的物品，而且還得經過許多道的檢查門。」

「所以你沒辦法走私任何東西進來。」

「像是什麼？」

「主要是香菸，毒品。不過大家還是偷渡得進來。」

「了解。」

「抱歉……這樣盯著你，好難相信你眞的出現在我面前。」

「難道先前我說要過來看你的時候，你覺得我在唬你嗎？」

「唉，只是太突然了，我從來沒想到……沒預料到你會找到我。」

「我不是故意拖這麼久，一直沒有人告訴我。」

「所以，你是怎麼——？」

「閣樓裡有些舊的信件，阿姨家裡也有一些官方資料。當我開口問她的時候，她立刻放聲大哭，所以我也證實了自己的猜測。」

「你當下的感覺是什麼？」

「生氣。很氣她，我的意思是……很氣媽媽，居然一直瞞著我。」

「她也從來沒有告訴我，關於你的事。」

「我知道。我找到你寫給阿姨的信，我知道你為什麼做了那些事。」

「哦，天啊……」

「沒什麼，真的，我懂你的感受，唉——」

「怎麼可能沒什麼。」

「我想我也會做出同樣的事。」

「我一直以為你會痛恨我的大膽妄為，所以我一直沒有主動聯絡。」

「從我六、七歲開始，她就告訴我你早就死了，她說我『父親』已經不在人世，她說他生前是工程師。她怎麼可以對我做出那種事？」

「我的確曾經是工程師，在英國電信工作，以前的事了……」

「我覺得她死了也沒什麼好難過的，你不用擔心。」

「你的長相和你先前寄來的照片不太一樣。」

「哎呀，都是我還在念書時的舊照片。如果你想要的話，我再寄一些近照給你。」

「你沒念書了？」

「這很重要嗎？」

「我的意思是，只要不是因為我妨礙到你就好了，我的意思是，不要因為找尋我的下落而耽誤了學業，如果有考試之類的事，還是應該要好好準備才是。」

「你的長相也變得不一樣。我在網路與舊報紙上看過一些照片，至於那些書，他們選用的全是同一張。」

「待在這裡的人都會變胖，我的運動量也比不上其他犯人……那些正常的囚犯。」

「太不公平了。」

「他們會把特殊犯與其他囚犯區隔開來，當過警察的、性侵犯之類的那種人。」

「你又不是那種人。」

「沒關係，我早就習慣了。」

「你為什麼在笑？」

「真荒謬。她從來沒在我面前提到你，她就這麼一走了之，卻拿我的中名當作你的名字。」

「不是，她哪有，她給了我一個蠢名字，當我發現那些信件之後，我立刻改名。是還沒有走法律程序什麼的，但我應該會處理好。」

「你自己決定吧。」

「不重要，反正，從現在開始我就是安東尼了。」

「很好。」

「姓氏也改了：現在我是安東尼．賈維。」

「一聽就是好名字。」

「東尼也沒關係，我沒差。」

「很好，感覺年輕一點。」

「所以如果我再來看你，應該沒關係吧？」

「你已經準備要走了？」

「沒，別擔心，還早，我只是想要確定你的意願。」

「我很開心。」

「我也是。」

「好……東尼這名字聽起來眞好聽……」

15

在早晨會報的時候，布里史托克看起來精神抖擻，但他其實也別無選擇。的確看到了辦案進度——雖然只能算普通而已，但方向很明確，不過，就算狀況不是如此，督察長的心情也還是一樣。身爲資深的辦案警官與團隊領導人，無奈撞牆的畫面絕對不能被別人看到，也不能告訴他的子弟兵繼續追查下去也不會有結果，一切只是白忙一場。

這也是索恩堅持不願升職的原因之一；雖然露易絲頻頻鼓勵，但他一直不願參加督察長的考試。薪水變多當然很好，而且職級越高，停車的空間也更加寬敞，不過，無論環境何其艱困、都得要裝出英勇的面孔，這實在不是他的強項。

「那種事情慢慢學就會了。」露易絲是這麼告訴他的。

但索恩不以爲然，「我不想學，」他嗆回去，「遇到第一個來向我假惺惺握手的混蛋，我可能會回敬對方一拳。」

簡報結束之後，索恩與賀蘭德一起走入偵查室。在他等待賀蘭德爲兩人準備咖啡的空檔，他的目光游移到了那片佔據大片牆面的白板。在最近遇害的那四名受害者照片的下方區域，有人拿黑色麥可筆在中間畫了一條並不算很直的粗線、將它分隔成兩半。左側是雷蒙德・賈維殺害的七名女子姓名；右側則是她們小孩的名字，母親與子女之間則以紅線相連。

索恩望著白板右側的姓名，後面還註寫了他們的年齡與死亡日期，這是一份包含了死者與準死者的點名簿：

凱瑟琳．伯克（二十三歲）九月九日（哥哥馬丁，死於道路交通意外）
艾蜜莉．沃克（三十三歲）九月二十四日
麥肯兄妹，葛瑞格與艾莉克絲（二十歲與十八歲）九月二十七日
安德魯．道迪（三十一歲）
黛比．米契爾（二十九歲）
葛拉漢．佛勒（三十歲）
賽門．瓦許（二十七歲）。

白板下方是三張電腦模擬繪像，供詞分別來自艾蜜莉．沃克的鄰居、看到與凱瑟琳．伯克講話的那個男子的目擊者，以及在火箭俱樂部目睹勾引葛瑞格．麥肯那名男子的學生們，每張圖像的下方所註記的名字都是「安東尼．賈維」。索恩一直懷疑它的眞實性，無論眞相是什麼，這依然是他們在辦案過程中、標明主嫌身分的唯一名字。

賀蘭德走到索恩旁邊，把咖啡交過去，索恩直盯著塑膠杯裡的液體。

「冰箱裡的牛奶沒了，所以我只好拿奶精代替。」

「我們應該要開始在牛奶盒上留字條宣示主權才是，」索恩說道，「就和那些學生一樣。」

賀蘭德的下巴朝白板點了一下，「好，道迪和他太太的狀況，你們怎麼看？」

布里史托克昨天提到的那個去湖區健行的就是安德魯．道迪，根據他妻子的說法，他在幾天前離家，自此之後就鮮少與她聯絡。她說她不知道先生的目的地究竟是哪裡，也不知道他是住哪家飯店或民宿，甚至連他預計的旅行天數也不清楚。事涉道迪的安全，這種說法當然引發了警方的關切，在他們與他的妻子懇談之後，他們終於確定這純粹是因爲這對夫妻的婚姻已經名存實亡。她告訴他們，安德魯離家時幾乎什麼訊息也沒有留下，他帶走了手機，但卻沒有拿充電器，在他離家的當天晚上，曾經打過一次電話回家，讓她知道他已經平安抵達。警方運用手機定位的高科技功能，證實了發話地點在凱斯維克，現在當地警方正鎖定這個區域進行清查。他們也發送手機簡訊給道迪，事況緊急，請他盡快與警方聯絡，不過，自從他打過那一通報平安的電話之後，手機一直就處於關機狀態，或者，也可能是電池沒電了。

「他們一定是大吵一架，」索恩說道，「她不肯承認他就是離家出走，所以就佯裝這也沒什麼大不了，他經常做出這種事，閉關個好幾天，可以尋找自我什麼的。」

「他想要爲自己尋找一個新老婆吧，」賀蘭德接腔，「現在的那一個聽起來像是母夜叉。」

「沒有人知道〈緊閉的大門〉之後出了什麼事，」索恩看到賀蘭德的斜眼神情，「查理．里奇，一九七三年的暢銷金曲。」

「另外兩個呢？」賀蘭德問道。

要是道迪下方的那兩個人有手機的話，那麼一定是使用易付卡，因爲他們完全找不到合約紀錄，什麼都找不到。

賽門．瓦許在最近十八個月總共換了七次戶籍地址，曾經在六間不同的失業補助辦事處註冊過，但最後系統完全沒有資料。他唯一的親人，某個阿姨，宣稱這十年來都沒有他的消息；而在最近半年曾經看過他的某個朋友，認爲瓦許應該服用抗憂鬱藥品已經到了成癮的地步。警方沒有講出他們爲什麼要找尋瓦許，但說來諷刺，這名朋友告訴他們，他一直覺得遲早會聽到尋獲賽門屍體的消息。

根據葛拉漢．佛勒分居妻子的說法，自從日益嚴重的酗酒問題害他接連丟了工作與家庭之後，最近的這兩年，他一直在倫敦東南區的街頭流浪。而那個名字從來沒有在任何正式的救濟中心或收容所出現過。

「嗯，看來沒辦法透過信用卡簽單找尋他們的下落了，」索恩說道。幾年前，他曾經當過臥底、睡在西區的街頭，想要找出殺害流浪漢的連續殺人犯。他遇過許多類似賽門．瓦許與葛拉漢．佛勒之類的人，不喜歡與體制有瓜葛，「這兩個人看起來都似乎是那種不想被找到的人。」

「也許這樣剛好救了他們的命，」賀蘭德說道，「我的意思是，如果連我們都找不到的話……」

索恩看著剩下的最後一個名字，被紅色麥克筆塗畫了好幾個圓圈，彷彿是火冒三丈時所做的記號。「就算找到了人，也不代表問題就結束了。」

危險名單上唯一可以追查到的對象，結果卻是個難搞人物。雖然負責聯絡的警官不斷懇談訪視，但黛比．米契爾就是不肯入住保護留置的處所。

「唉，她瘋了嗎？」賀蘭德說道。

「她有狀況。」

「與她小孩有關。」

黛比・米契爾是單親媽媽，小孩有嚴重的學習障礙。她曾經因爲賣淫攬客被逮捕了三次，而因爲持有A級毒品被逮捕的次數就更多了。

「關於吸毒這件事，很詭異。」賀蘭德說道。

「怎麼說？」

「凱瑟琳・伯克吸得不少；現在又加上黛比・米契爾，我覺得瓦許與佛勒應該也很有可能。」

「這也沒什麼好奇怪的，」索恩回道，「你要是沒把這些人聯想在一起，也不會去注意他們的共同點。如果你問我的話，我覺得那些不吸毒或者不酗酒的才奇怪。」

他們周圍一片鬧哄哄，有的同仁邊喝咖啡邊盯著白板，彷彿把麥可筆畫出的線條與潦草的文字與數字當成了複雜等式裡的符號，只要緊盯不放，也許就會突然冒出答案。

三個小時之後，索恩站在另外一塊板子前面，盯著「皇家橡樹」酒吧特選午餐的選項。先前這間在地酒吧所謂的「特餐」，幾乎是把只要能吃的東西都算了進去，不過，新老闆卻大幅提升了餐飲水準。他自己以前也曾在警界服務，他知道就算是幹警察的人，對於午餐的要求也不只是塡飽肚子而已。當然，這根本無法與美饌酒吧相比，但總算不再是逼不得已的下下之選。

索恩點餐之後，拿了一瓶健怡可樂與檸檬汽水，回到水果自動販賣機旁邊的餐桌，坐在伊芳・基絲頓的旁邊。兩人互相碰杯，喝了飲料，從他們的表情看來，顯然一個希望喝的是一品脫的烈啤酒，另外一個想喝的是冰涼的白酒。

「忍一下吧。」基絲頓說道。

索恩拿起啤酒杯紙墊，以有條不紊的方式、將它撕成碎片。「這起案件創下破天荒的紀錄，」索恩說道，「變成了『現在誰不是』的刪減法。」

基絲頓微笑，很樂意奉陪玩遊戲，「好，那麼現在誰不是？」

「嗯，既然妳問起的話……不是唐卡斯特的小學老師，也不是住在雷克斯漢姆的影印機維修員兼業餘拳擊手，當然，也不是高齡七十八歲、現在與妻子住在葡萄牙的退休商船水手。對了，今天那裡的天氣很不錯，他告訴我好幾次，今天他打算與妻子在游泳池畔共進午餐。」

「你負責的那三個安東尼・賈維？」

「耗了我一整個早上。」

「總是得完成啊。」

「哦，我知道，」索恩說道，「而且這種極其重要的事，讓我幹勁十足。我一直在拚命刪除調查清單上的名字，彷彿今天就是世界末日。槓掉他們的姓名，在前面打勾，你也知道，一切要謹慎爲上。一整天都在刪刪刪，我是《魔鬼刪除者》……！」

基絲頓啜飲自己的飲料，「好，但今天早上我也沒聽到你講出什麼建設性的想法。」

索恩已經把啤酒紙杯墊撕得精光，現在，又把碎片攏成一堆整齊美觀的紙屑山。他其實也想不出什麼回應的話，就算有好了，一看到羅素・布里史托克從吧檯前轉身過來、向他們招手，他也寧可把話吞回肚子裡面。他與基絲頓運用基本的手勢技巧、就立刻將自己加點飲料的想望傳達出去，布里史托克幫他們買了飲料之後，立刻坐到他們旁邊。

「你們點餐了沒有？」

兩個人都點點頭。

布里史托克喝了一大口氣泡礦泉水，靠在椅背上，「我白白浪費了十五分鐘的午餐時間，這都要歸功於蠢蛋豬頭黛比小姐。」

「還是沒辦法搞定？」基絲頓問道。

「你知道有個叫亞當．史特朗的家屬聯絡警官？」

索恩點點頭，他在麥肯兄妹的兇案現場遇過這個蘇格蘭人。

「好，今天他幾乎花了一整個早上在勸她，但她就是打死不聽。」

「他透露了多少案情讓她知道？」

「顯然不是全部，但也夠了，或者，能說的都說了。」

「其他的選項呢？」

布里史托克搖頭，似乎一想到這個就渾身不自在，「只因爲她犯蠢，就得派台警車二十四小時守在她家外面，我會很不甘願。」

「安裝緊急按鈕呢？」

「這樣還不夠，」索恩回道，「就算艾蜜莉．沃克或葛瑞格．麥肯有這個設備，應該也來不及按下去。」

「好，那我們能怎麼辦？」布里史托克問道，「逮捕她？」

基絲頓的鮮亮紅指甲敲打著自己的水杯邊緣，「看看她的前科，這種事也不需要等太久。」

女服務生送來食物：索恩的是燉羊肉，基絲頓的是魚排。布里史托克無精打采看著自己的義大利麵，又指了指索恩的盤子。

「我很想吃那個，但某人在我之前點走了最後一份。」

「這種事就要快狠準。」索恩回道。

他們低頭猛吃了一分多鐘，沒有人講話，索恩打破沉默，「我們為什麼不找媒體協力處理？」

布里史托克趕緊把口中的食物吞下去，「我想我們先前已經討論過了。」他又望向基絲頓，尋求她的確認。

她點點頭，「不要洩漏這起連續殺人案。」

「沒錯。」布里史托克回道。

「我說的不是這個，」索恩繼續解釋。「我們為什麼不把道迪與其他人的照片發布在報紙電視什麼的？我們可以藉由它們的力量改變現況。」

這一次布里史托克就變得細嚼慢嚥，而且回答的聲量也比較小，「這個……有難度。」他張望四周，大部分的小組成員都在他們附近用餐。

索恩推開自己的餐盤，傾身靠向布里史托克，就在這個時候，某個實習警員正好走過來，花了五分鐘的時間將手中的大把零錢投入水果自動販賣機，在他結束之前，索恩絕口不提案情，只在一旁說這台販賣機很難搞。等到實習生走遠之後，他又面向布里史托克。

「你說有難度?」

「我和傑斯蒙德講過了。」布里史托克說道。

當長官提到總警司的名字時,索恩的臉誇張抽搐了好幾下,「抱歉。」

「總是得有人開口。反正,對於你所建議的方法,顯然是有人覺得不太妥當。」

「爲什麼不行?」

「因爲這等於是在警告兇手,我們已經盯上他了。」

「這樣有什麼問題嗎?」

「他們覺得如果我們想要緝捕兇嫌歸案,這麼做可能會橫生枝節。」

「好,難道我們的首要目標是要抓到兇手而不是保護那些生命受到威脅的人?」

布里史托克嘆氣,「唉,我知道。」

「這簡直瘋了,」索恩說道,「他當然知道我們在追查他的下落。拜託,他留下了X光碎片,還希望我們把它拼出來。」

「我只是轉告我聽到的話好嗎?」

「最重要的是,我不覺得這傢伙看到報紙上的幾張照片就會收拾行李滾蛋。」

「知道了。」

「我覺得他不是那種會善罷甘休的人。」

「好,你對我發飆也沒有用,我只是告訴你,不同的……優先次序之間……有其衝突。」

「第一優先當然還是要保護受害人吧?」基絲頓說道。

「那種話就去和黛比．米契爾說吧，」布里史托克面向索恩，「其實，你也可以自己去找總警司，看看你還會不會這麼堅持。他們正在討論要籌設重大事件應變小組。」

「我還不如死一死算了。」索恩回道。他曾經參與過幾次這樣的小組會議，當那些身著制服的政客喃喃講出媒體策略的時候，他只能勉力裝出有興趣的模樣，他發誓，自己絕對不要再碰這檔子事。

「好，不管怎樣，你別再擺出高高在上的姿態，少給我惹麻煩，」布里史托克吃下最後一口義大利麵，把椅子往後退，「夠了沒？」

布里史托克離開之後，索恩與基絲頓也吃不太下了，等到女服務生再次經過的時候，他們請她收走餐盤。

「高高在上？」

「高傲至極。」基絲頓回他。

「拜託，我說得沒錯吧，妳說是不是？」

「我認為他倒不是反對你的意見，但他的著力空間很有限，如此而已。」

再過十五分鐘，他們就得回到貝克大樓，索恩一口喝光了飲料，「好，所以妳眞的想要繼續花一整個下午的時間打電話嗎？詢問那些明明就沒有嫌疑的人，還要逼問他們有沒有殺人犯案？」

「你終於有了建設性的想法？」

「妳剛才提到逮捕黛比．米契爾。」

「我只是半開玩笑。」

「我們開車過去一趟吧。如果我們逼她的話，搞不好會讓她抓狂攻擊我們。」

基絲頓從手提包裡拿出粉盒，重新上了口紅，說道：「等一下上車的時候，我們丟銅板決定看誰犧牲好了。」

16

托特里奇位於北倫敦、是個綠意盎然的近郊住宅區，心臟地帶是眞正的寧靜村落，能住在這裡的人如果不是足球球會的老闆就是球星，身旁還有猜忌多疑、冷若冰霜的妻子。不過，若是再往巴尼特的方向走個幾英里，你會發現自己已經身處大北路旁邊，某個顯然不是那麼高檔的區域，會在這裡玩足球的人多半都是在星期天早上互踢對方屁股，中場休息的時候聚在開球區吸菸，等到結束的哨聲一響起、就會立刻奔向油滋滋早餐的懷抱。

黛比．米契爾住在多利斯公園四層樓國民住宅的頂樓，這是在六○與七○年代、散漫無章的混合業權住屋發展計畫下所形成的產物，與巴尼特足球場比鄰而居。從滿是菸味的小客廳的窗戶向外望去，索恩只能勉強看到下丘足球場的泛光燈，還有球場看台的角落。

「比賽的時候一定很熱鬧。」基絲頓說道。

「等等，我們在講的是巴尼特球場，」索恩說道，「大家看到我們四個人，很可能會覺得我們是溫和客氣型的球迷。」

基絲頓聽了只是微笑，索恩又看著窗外，這次凝望的是另外一個方向，映入眼簾的是大馬路。綿延的綠蔭遠方有加油站，還有一間「地毯快速取件」的大型連鎖店。

「我只能理解『眼鏡』快速取件，」他伸手指向招牌，「就算是『鞋子』快速取件，也還在我理解的常理極限之內。嗯，掉了一隻鞋子，卻得急忙參加派對不然要遲到了什麼的，但到底什麼樣的人得要……急需地毯？」

「你講這個是什麼意思？」

「我的意思是，到底有多麼十萬火急呢？」

兩名女子緊挨在沙發上，其中一個抬起下巴、朝索恩的方向點了一下，然後又對著坐在大門旁餐椅邊緣的基絲頓說道：「我懂了，」她說道：「他們發現派那些易怒或是愛鬼吼鬼叫的警察過來都沒有用，所以找了一個自以為是喜劇演員的條子過來。」

妮娜．柯林絲比黛比．米契爾的年紀大多了，應該是四十出頭，而當索恩與基絲頓到來的時候，也幾乎是她在開口應對。剛才是妮娜開的門，她劈頭就說自己是黛比的朋友，最好的朋友，還說黛比待在裡面，想要清靜一下，也要穩定傑森的情緒，黛比累壞了，要是每隔十分鐘就有警察打電話過來、逼人搬出自己的家，有誰不會累呢？

「這次換你來煩我們了是吧？」她對著他們吐菸氣，然後轉身，走回到屋內。

現在，索恩從客廳的窗前再次轉身，聳肩，「其實呢，」他開口說道，「很多人都覺得我滿好笑的。」

柯林絲捻熄香菸，「他們搞錯了。」

索恩拉了張椅凳，坐在電視機前面，打量面前的這兩名女子。柯林絲個子嬌小，大胸部，黑髮，抓成一撮撮的尖髮，遇光的時候可以看到髮尖是紅色的。她身著條紋橄欖球緊身球衣，炫示她的大胸部，臉上有一股柔和的神情，與她的肢體語言和冷淡的沙啞語調不太搭調（許久之後，當他們開始被新案搞得焦頭爛額之際，索恩喝下兩三杯啤酒，將會向基絲頓坦白，其實那時候他很哈妮娜．柯林絲）。

「他說得沒錯，」柯林絲身旁的女子開口，「那個店名的確很蠢。不過，我還是要說句公道話，裡面賣的地毯眞的超便宜。」

黛比．米契爾比她的朋友高瘦。深金色長髮，兩側剪齊，緊貼坑坑疤疤的臭臉，粉底也沒辦法掩飾她某側鼻孔附近那一團怒放的白頭粉刺。她沒穿鞋子，盤腿而坐，一手垂放在沙發邊緣，幾乎一直與身旁那個在地毯上玩遊戲的男孩講話。

「他看起來好開心。」基絲頓說道。

柯林絲轉頭看她，彷彿剛才根本忘了有基絲頓這個人一樣，「他是眞的很開心，只要和他媽媽在一起，他就會開心得不得了。」

「他有沒有什麼……保母？」

「只有我，」米契爾回道，「只有我們兩個而已。」

就傑森的年齡來看——根據他母親的說法，八歲——他的個頭算是很高大的了，而他身上的睡褲小了一號，似乎是他六、七歲時的衣服。他正在推某台巨大的塑膠火車——小一點的小朋友可能可以騎在上頭、四處兜繞的那一種——以直線行進方式在沙發四周繞圈。看得出來他常玩這遊戲，褐色地毯上已經有了轍痕。

「學校呢？」索恩問道。

「他有去某間特教中心，一個禮拜三天，」米契爾回道，「在海特費德。不過我得要陪著他，要是我不在他身邊，他的尖叫聲會把那地方震垮。」

柯林絲舉起兩根手指頭，「社福機構曾經帶走傑森兩次，沒辦法看到媽媽，對他來說根本是可怕的惡夢。」米契爾搖頭，似乎希望她的朋友不要再說下去了，但柯林絲再次舉手，執意要把話講完，「他們以為逼他離開母親身旁，就是對他好，他當然是恨死了。」她把手伸過去，掐了一下米契爾的手，「不過，每一次她都洗心革面，解決了問題，親愛的，是吧？」

「我們現在很好。」米契爾說道。

「巴士加火車要搭三趟，才能到達海特費德，」柯林絲說道，她搖頭，滿臉嫌惡，「你覺得政府應該會幫忙安排交通吧？是不是？但他們忙得要死，根本沒辦法籌建女同志的育樂中心什麼的。」

「我們沒差，」米契爾說道，「只要天氣還可以，出門就像是一場探險，」她望著基絲頓，「妳知道嗎，他不像其他小孩一樣，動不動就覺得無聊。」

「他是自閉症嗎？」基絲頓問道。

米契爾聳肩，「他們說不是。我覺得他們自己也不知道答案。老實說，我們現在也不擔心這個了，無論到底是什麼，大家都無能為力，所以我們對一切都淡然處之。」

索恩看著小男孩推動火車，不斷來回，當他發出幾乎聽不到的「噗」響的時候，可以看到他的下巴在顫抖。他與母親一樣，都有雙藍色大眼，不過他的雙唇比較肥厚紅潤。每隔個一分鐘左右，他就會沒來由微笑，大門牙咬住下唇、快速來回移動。索恩不知道黛比．米契爾會不會也有同樣的習慣，他還沒看過她展現笑容。

「他懂得多少？」索恩問道。

妮娜．柯林絲再度點菸，「拜託好嗎，你們這兩個人是警察還是社工啊？」

「我只是不想讓他心情沮喪，」索恩說道，「畢竟等一下我們就會開始討論了。」

米契爾搖頭，彷彿覺得沒問題，但她的手卻伸向兒子的頭，以手指梳理他的髮絲。

「又要跟我們說那個男人的事？」柯林絲問道。

索恩點頭，「那些易怒或是愛鬼吼鬼叫的警察透露了多少案情？」

米契爾深呼吸，「他們說那個瘋子可能因爲我媽媽的事而傷害我。」

索恩再次點頭，「好，而且他們應該也說出類似這樣的話，『我們認爲妳現在的處境可能很危險。』」

「差不多是那樣。」

「好，其實呢，如果妳依然留在這裡，就沒有所謂的可能，知道嗎？」

基絲頓把她的椅子往前挪動，「黛比，我們提到的這個人，妳絕對不能輕忽。」

「她從小到大周圍到處都是這樣的瘋子，」柯林絲說道，「想要知道她母親的遭遇，想要聽到廉價的驚悚故事什麼的。」

「這個超級瘋子已經殺死了四個人，黛比，」索恩說道，「這四個人的母親的死法和妳媽媽一樣。」

柯林絲伸手抓頭，猛扯自己的髮尖，「他們從來沒有提到過四個人……」

「我以爲是兩個人，」米契爾說道，「嗯，可能是被同一個人所殺害。」

索恩看著基絲頓，他不知道是誰有這個權力決定在這女子面前說出多少案情。他們先前曾經仔細討論過可以講出幾起謀殺案嗎？難道說兩個人遇害就沒問題，三個人就會有狀況？這聽起來好荒謬，尤其是急忙要讓人入住安全處所的主事者，居然沒有回頭想到這一點，更令人匪夷所思。不過，無論讓黛比．米契爾不願離開的原因是什麼，還有他自己的片面決定可能會招引多少麻煩，索恩都覺得這種節骨眼不該繼續畏縮下去了。

「妳們想不想知道他的犯案手法？」索恩問道。

「不需要。」看得出柯林絲的臉色已經發白。

「我讓妳們知道他到底是怎麼跟蹤、謀害這四個人，兇器又是什麼，這樣一來，會不會讓妳們認真考慮一下？趕快起來收拾行李？」

「沒差，」米契爾回道，同時也提高了聲量，「我們得留在這裡。」

那兩名女子挨得更緊了，索恩發現傑森也不再玩火車，只是跪坐在沙發旁邊，拉住母親的手，想要把自己的臉頰靠過去輕輕揉磨。

「妳是不是在擔心傑森？」基絲頓問道，「這才是癥結對嗎？你們不能分開。」

米契爾開始頻頻搖頭，但不知道她究竟是在回答問題，或是不相信基絲頓講的話。

「我們有安置家庭的特殊機構。」

「不要。」

「妳必須離開。」

「他闖進他們的家裡，」索恩說道，「妳還搞不懂嗎？他們都覺得自己很安全，結果他進入屋內、殺死他們。」

「我會照顧他們。」柯林絲說道。

索恩的目光飄向柯林絲，「哦，妮娜，晚上也一樣？妳得要工作不是嗎？」索恩早已查過柯林絲的前科紀錄，她因為賣淫攬客而遭到逮捕的紀錄比黛比．米契爾還多。他看到她眨眼，也剛好瞄到基絲頓一閃而過的神情，他突然心中湧起一股強烈的罪惡感，發現自己正在嘆氣。無論這兩個女人有多麼愚蠢頑固，但顯然妮娜．柯林絲與黛比．米契爾母子緊緊相繫在一起，她對他們的愛好強烈，而且毫無保留，「好，我只是要告訴妳……」

柯林絲回望他，講話的聲音也小多了，她吸菸入口的動作斷斷續續，吐煙講話時也變得結巴，「可以請你們保護我們嗎？」

「所以我們一直在努力不懈。」索恩回道。

「我們沒辦法離開，」米契爾回道。她盯著傑森，看著兒子捏自己的手、門牙在下唇來回移動。「你們不懂，他需要固定的作息，我和他都一樣，這是唯一能夠平穩過日子的方法，你們知道嗎？只要稍有差錯，一切就毀了。」

在那充滿絕望的臉龐之下，索恩還是看出了她的苦衷——改變可能會讓她重拾毒品、很可能會因此再次喪失小孩的監護權，這種創傷所帶來的憂慮——甚至超過了生命受到威脅的恐懼。

「他會變得很不開心。」

索恩了解，只是，那一點根本不重要，「要是妳死了，他還能開心得起來嗎？」

米契爾突然失聲大哭，硬把自己的手從傑森嘴邊抽回來，男孩正捏著她的手，想要親下去，這個動作也讓她的指關節碰到了男孩的牙齒。他的臉因為驚嚇而僵了好幾秒，她立刻離開沙發，想要好好安慰他，但他已經開始嗚嗚哀叫，又回到塑膠火車的旁邊。

柯林絲也起身，「我想，這也夠了吧。」她準備送客，等索恩和基絲頓一站起來，就立刻引領他們走向大門。

基絲頓停下腳步，在門廊的盡頭轉身，「妮娜，請妳勸勸她，要講道理給她聽。」

柯林絲走過她身邊，開了大門，「你們這些人不要再過來糾纏我們，趕快抓住這個瘋子，是不是比較合理一點？那麼我們之間也不需要出現這種對話吧？是不是？」

「妳們要爲傑森著想。」

柯林絲幾乎是直接把他們兩個推出大門。她惡狠狠瞪著索恩，一開始的耀武揚威又回來了，「我覺得你在講那些爛笑話的時候還比較可愛。」

然後，她重重關上了門。

「好吧，看起來只能用逮捕的了。」在他們往停車方向走去的時候，基絲頓開口。

索恩搖頭，突然快步走在她前面，開口說道：「還有最後一個機會。」他打開他的寶馬汽車車門，從裡面拿出大型牛皮紙信封，又往回走，經過了基絲頓的身旁，前往黛比・米契爾的家門口。

「湯姆……？」

當妮娜・柯林絲開門的時候，索恩不發一語，只是把信封塞到她的手中，立刻離開，還沒走到車門口，已經聽到後頭傳來關門的聲響。

索恩準備發動引擎，基絲頓緊盯著他不放，「那裡面放的是不是我想的那個東西？」

「我沒辦法回答。」索恩說道。他大手一揮，阻止她繼續問下去，彷彿這個動作有助引擎點火，「我哪知道妳認爲信封裡是什麼東西。」

17

等到他們回到辦公室的時候，還有好幾個安東尼・賈維等著他們追查、排除嫌疑。除了監理處的文件資料之外，還有各式各樣的徵信單位的資料要過濾，這是追查葛拉漢・佛勒與賽門・瓦許下落的其中一部分工作內容；此外，還得與正在追查安德魯・道迪的北部同仁主動聯絡。所以，就緊張刺激的程度而言，這些事項都萬萬比不上索恩與基絲頓從懷特史東離開之後、在路上一時興起的小賭注。

「我猜，今天下班之前就會有結果。」基絲頓先前是這麼說的。

「不可能。」

「我說眞格的，柯林絲是那種有話就衝出口的人。」

基絲頓說得沒錯，但索恩當時就是想要拗，「明天吧，」他是這麼說的，「最快也是明天。」

「賭十英鎊？」

他喜歡與人辯駁——「愛回嘴」，他爸爸總是這麼損他——這一點固然很重要，但牽涉到貨眞價實的現金，那又是另外一回事了。索恩曾經讀過某篇文章，裡面提到賭博的刺激在於失去的恐懼，它遠遠超過了可能贏錢的快感，他最近才剛戒了一款線上撲克牌遊戲，想要找點讓心跳加速的東西玩一下，他回道：「就這麼說定了。」

距離下班時間還有十五分鐘，薩米爾・可林在布里史托克的辦公室門口探頭詢問長官，不知道還有沒有其他事情要交代。而索恩卻因為別的事情而心跳加快，「妳要怎麼花這筆錢？」在前往辦公室門口的途中，他開口問基絲頓。

「準備拿來買鞋，」基絲頓回道，「你要不要玩再加一把？」

「賭什麼？」

「明天熱刺出賽，我賭十英鎊熱刺輸球。」

明天是熱刺主場，對上阿斯頓維拉，理論上至少應該會贏一分。但這畢竟是熱刺隊……

「看來某人沒膽嘛。」基絲頓說道。

可林依然站在門口，「老闆叫你現在就進去。」

「給我閉嘴，」索恩回道，「你們兩個都一樣。」

「我覺得你也許應該再去找一下那個腦科醫生。」布里史托克靠在桌緣，雙手交疊胸前。

索恩不發一語，通常這時候最好的應對之道就是乖乖坐著聽。

「請他幫你診斷一下，看看能不能找到你的腦瘤。」

布里史托克的高分貝叫罵在此時已經告一段落——方才他花了十五分鐘的時間重述自己與妮娜·柯林絲的通話內容——現在他進入了譏諷階段。過沒多久之後，他就會邁入最後一個階段，也就是索恩最難熬的時候：長官的聲調突然變得低沉，語氣有哀傷也有失望，彷彿剛才狠狠訓人的怒火害他自己很受傷。索恩知道布里史托克「你讓我失望，也害你自己失望，整間學校也對你很失望」的這一招是從崔佛·傑斯蒙德那裡學來的，這位總警司一直覺得自己是箇中高手。索恩被罵過很多次了，也知道面對長官慢慢搖頭、露出那種「小狗需要找個家」的表情的時候，應該要擺出乖乖受教的樣子。不過，如果對象是傑斯蒙德，索恩總是喜不自勝，因爲他心裡自有一套準則，要是能把總警司惹毛，顯然自己一定是做出了正義之舉。

「米契爾嚇壞了，」布里史托克說道，「根據她朋友的說法，簡直是嚇到挫賽。」

「這就是我的目的。」

「嗯，還眞是謝謝你了。你膽敢把所有被害者的機密照片拿給她看，我覺得你簡直就是個不知天高地厚的白癡，很想穿回你的菜鳥制服是吧。你的尖頂警帽還留著嗎？」

「不是所有的被害人。」

「什麼？」

「不是所有的被害人，只有麥肯兄妹而已。」

「哦，好吧。」

索恩的臉上閃過一抹竊笑，「只是先給她一個樣本參考而已。」

「天，湯姆……」

「有用嗎？」

布里史托克瞪了他好一會兒，彷彿想要把最後的怒氣一股腦飆罵出來，然後，他還是走到書桌後面、坐了下來。「黛比·米契爾要搬到妮娜·柯林絲的家裡，」他開口說道，「距離她家只隔了幾條街而已——」

「不要緊，只要她搬出去就好。」

「她說，她想要住在公園附近，顯然是因爲小孩喜好的緣故。」

「嗯，反正她有好一陣子不能出門，就別多想了。」

「還有，小孩子認識妮娜，所以也不會造成太大的干擾，我知道他對於……環境變動的適應能力不是很好。」

索恩告訴布里史托克，一點都沒錯。他還記得男孩的微笑，想到他長期生活以來的顚沛流離，笑容依然隨時可見，何其可貴。「所以我沒那麼混蛋了吧？」

這次換布里史托克在賊笑，「好，別擔心，要是柯林絲或米契爾決定要提出任何正式控訴的話，我一定馬上讓你自生自滅。」

「你眞是好兄弟。」索恩回道。

「沒錯。」布里史托克開始低頭研究桌上的文件，看來已經等著索恩離開，「不然我早就讓你自生自滅了。」

索恩看出他的暗示，轉身走向門口，但布里史托克卻叫住了他。

「關於安東尼·賈維，顯然你是誤判了。」

「是嗎？」

「不確定他的眞實姓名，但我們很確定他的確是雷蒙德·賈維的兒子。」

索恩點點頭，「DNA……」

「父親的資料當然已經建檔，所以我們把凱瑟琳·伯克指甲裡取得的樣本進行比對，可以說百分之九十九確定他們是父子關係。」

「百分之九十九？」

布里史托克不能說出百分百這個答案，他知道索恩很清楚原因，但他還是說出來了，他喜歡自己揭曉答案的那一刻。「如果想要得到確認，我們必須要知道母親是誰。」布里史托克終於露出「現在算是講完了」的表情，目光又回到自己面前的那些文件。

他們走向停車場，基絲頓——現在她的口袋裡已經多了十英鎊——開口說道：「你記得上一回你在酒吧裡與布里史托克爭吵的事？關於抓到兇手與保護可能遇害者之間的『衝突』。」

「我記得他從那一刻之後就心情惡劣，」索恩說道，「或者，也可能是因爲我點了最後一份燉羊肉而開始不高興。」

「我是在跟你說認眞的。」

「什麼？」

「我在想，似乎大家並沒有使出千方百計要逼黛比・米契爾搬出來？」

「嗯，顯然她很偏執。」

「不過，只有你很拚命，爲什麼其他人沒有？」

天氣陰涼，而且開始下雨。他們在貝克大樓後門外的水泥屋簷下躲雨。索恩的車子在他的左側，距離他有五十碼，而基絲頓的車子停在另外一頭，距離更遠。

「妳的意思是說，他們寧可讓她留在那裡，算是充當釣餌？」

「哦，他們應該沒有事先做這種規劃。我的意思是，既然她不想離開，那麼也許就會有人想到不妨趁勢而爲。」

「萬一出包的話，也不能怪在我們頭上。」

「沒錯，」基絲頓回道，「他們會派幾台無塗裝的警車駐守在那裡，設置監視崗哨、攝影機什麼的。」

索恩點點頭，聽懂了她的話。「高層之所以這麼氣我，不是因爲我出示了犯罪現場的照片，而是因爲他們準備讓下一名受害者坐在家裡、等待兇手自己送上門來，但我卻出來攪局。」

「可能吧。」基絲頓的皮衣外套裡面穿了件灰色的連帽上衣，她拉起帽兜，望著連綿雨絲，「這只是我自己的觀點，好漫長的一天。」

「妳的想法很荒唐。」

「你眞這麼覺得？」

「當然，」索恩面向她，讓她看到他自己的嚴肅神情，然後，他又微笑說道：「我們明天對上阿斯頓維拉，絕對會贏球。」

「那你剛才就應該要接受賭注才行。」基絲頓回道。

索恩手機的簡訊提醒鈴聲響起，他從口袋裡取出手機，是露易絲傳來的：與同事下班後一起喝酒慶祝，我不會太晚回家，親一個。

「想不想喝酒？」索恩問道。基絲頓看了一下手錶，但索恩知道這只不過是作態而已，「去橡樹酒吧喝完一杯就走。」

「恐怕不行，你也知道，小孩——」

「那妳怎麼還在跟我聊天?」

「明天見了。」

「不確定我明天會不會進來,」索恩一邊回話,一邊忙著按手機按鍵、刪除露易絲傳來的簡訊,「中午得進市中心開會,所以就再說吧。」

「那麼,週一見了……」

索恩低聲應好,看著基絲頓小跑奔向她的車子。過了一會兒之後,他也衝入雨中,走向自己的座車。

之後,他癱坐在沙發裡,目光掃視整間客廳,看到窗邊的水漬,還有地毯上的小斑點,看起來絕不是織紋,其實,他早就想找清潔工幫忙打掃了。他專心聆聽查理.里奇的歌聲,〈在週日約會的女子〉與〈世間一無所有〉,他閉上眼睛,任由心思遊晃,樂聲裡漸漸混雜了其他的聲音,從羅素.布里史托克與伊芳.基絲頓口中而出、聽起來不是那麼悅耳的人語,妮娜.柯林絲的霸氣痛罵,還有馬丁.麥肯的尖吼,陣陣咆哮宛若踏板電吉他的甜美弦聲泛音的刺耳回授。

索恩想起了傑森.米契爾,他在來回推動火車時的專注神情,還有輕柔的「噗噗」聲,還有,突如其來的笑容。他不知道那男孩是否有意識到自己在笑,他也很好奇這小男孩的問題到底出現在腦部的哪一個區域。

白色、粉紅色,或是藍色?

會不會有哪個像是帕維許.坎巴爾之類的專家可以指著自己手上的多彩塑膠腦部模型,說出這樣的話，沒錯，問題區域就是在那裡，或者，他會說根本沒有問題，這只是某種他不擅長的腦部結構，他就是搞不懂。可能就在這時候，英雄無用武之地的感覺油然而生，平常鮮少派上用場的「幹」，可以派上用場了。

白色、粉紅色，或是藍色。

映襯在黑白方磚上的鮮紅血跡，地毯與窗邊發黃油膩壁紙上的褐色血斑，宛若將OK繃撕下來時的髒污內層。

CD的最後一首歌已經結束，所以索恩起身，從音響取出碟片、收好。電話擱在前門附近，他從桌上拿起皮夾，掏出某張卡片，上頭有潦草寫下的電話，他開始撥打號碼。

「喂？」對方的聲音戒慎恐懼，沙啞。

他看了一下手錶：剛過九點，還不算太晚。他不知道她是不是一個人。「我是湯姆．索恩。」

「你要幹什麼？」

這幾個字聽起來十分吃力，彷彿她剛睡醒，也可能是在喝酒。他看著自己手中的淡啤啤酒罐，還是努力把心裡的話說出口，「關於那些照片，」他繼續說道，「我不是有意嚇唬妳的。」

「對，你的確嚇到我了。」

「好，但正好可以讓你們離開那個地方。」

「正好？你覺得這種事情可以計算得出來？」

「抱歉。」

「我看了好想吐，萬一傑森看到怎麼辦？你有沒有考慮到這一點……？」

「我想不出其他辦法，」索恩說道，「我因為這件事也惹了麻煩，希望這消息會讓妳舒服一點。」

對方停頓了一會兒，「的確好多了。」

索恩大笑，原本以為對方也會有相同反應，沒有。「妳什麼時候要搬到妮娜那裡？」

「明天一早就搬，」米契爾說道，「我在忙著打包。」

「很累吧？」

「又不是去馬約卡度假兩個禮拜吧？」

索恩開始後悔自己幹嘛打這通電話，不知道剛才自己到底在想什麼，他早該猜到黛比・米契爾會給他難看。「妳自己一個人打包？」

「對，妮娜在……工作。」

「妳知道嗎？要是我們沒抓到他的話，」索恩喝了一小口啤酒，「他一定會來找妳，妳做出了正確抉擇。」他聽到打火機的喀嚓聲，還有，她吸菸時的沉默不語。

「你們抓得到他嗎？」她的聲音現在聽起來少了倦意，「剛才你說，『要是我們沒抓到他的話』，你覺得，這傢伙繼續逍遙法外的機率有多高？」

「我們會全力以赴。」

「如果以一到十的評分表來看，你覺得機率有多高？」

索恩想了一會兒，五？還是更高一點？不過，他反問對方，「妳的手還好嗎？」

「抱歉？」

「先前在流血，」索恩抬頭，他聽到大門口傳來鑰匙的聲響，「妳剛好撞到了傑森的牙齒。」

「沒事。」

「我只是要告訴妳，要是擔心的話，隨時可以打電話。」

「什麼？打給你？還是九九九？」

「打給我。如果妳……焦慮不安，或是遇到了什麼狀況。」當他向黛比．米契爾唸出自己的手機號碼時，也聽到了內門開啓的聲音，在他等待她抄下、複述一次給他聽的空檔，內門已經關上了。

「反正……」

「好，我趕快讓妳去打包吧。」索恩說道。

「嗯。」

露易絲穿過門廳，索恩舉起手指，張嘴默語，「再一分鐘。」當她從他身邊走過去、準備進入廚房的時候，他又想起還有句話忘了說，「幫我和傑森問好。」不過，他隨之一想，這聽起來太虛僞矯情了，所以他只說了一句，「再見，黛比。」

他跟在露易絲後頭進入廚房，他本想要開玩笑，「我和小三在通電話，正好被妳抓到了。」但當她從冰箱前轉身、手裡拿著酒瓶的時候，他發現到她的表情不太對勁。

「怎麼了？」

「沒事，不要緊。」

「我以爲妳會晚一點才回來，」索恩說道，「顯然不算是什麼眞正的慶祝活動。」

她爲自己斟了一大杯酒，靠在流理台邊，「的確。」她舉起酒瓶、送到索恩面前，擺出問他要不要喝的動作。

他舉起自己的啤酒，算是當作回答。「那個自大的女督察長過四十歲生日，對嗎？」

露易絲喝了一口酒，彷彿渴望已久。「不是爲了生日。」

索恩搖頭，「我以爲……」

「露西．費里曼懷孕了，」露易絲又喝了一口酒，這次露出的是顫抖的笑容，「她一直謹守規矩，刻意不說。」

「靠。」

「別這樣，眞的，我很替她開心，」她的目光飄向他的肩後，大口將如尿色般的酒液灌入口中，「我必須爲她開心才是。」

「何必這樣。」

「我是認眞的，你知道嗎，我眞的必須要趕緊調適過來，不能每次看到店門口外頭擺了嬰兒車就愣在那裡，也不能看到哪個人挺著大肚子就黯然神傷。」

「我知道。」索恩雖然這麼說，但其實什麼都不知道。

「只是……有點難。這就像是你十幾歲的時候被甩了，覺得收音機裡播放出來的每一首歌，似乎都在抒發你自己的心情。」

索恩點點頭。十五歲的時候，一聽到艾瑞克．卡門的〈獨自一人〉就讓他痛徹心腑，十年之後，《史密斯》樂團的〈我知道一切結束了〉依然有同樣的殺傷力。

「我會自己好好面對，」露易絲說道，「遲早得放下的，不是嗎？天哪，她的位置就在我隔壁。我先前買了一堆嬰兒雜誌，現在可以全部送給她了。」

「別這樣。」

「還有三套新生兒的連身衣。其實我不該買的，但我就是忍不住。」

索恩走到她身邊，拿走她的酒杯，「過來。」

幾秒鐘之後，隔壁房間的電話響起，她的臉原本埋在他胸前，立刻驚覺抬頭，想要掙脫索恩，但他卻緊緊摟住她。

「是你的手機。」

「不要緊。」他說道。

「快去接。」

「沒關係。」

露易絲硬是離開索恩的懷抱，走進客廳。索恩把自己的空啤酒罐拋入垃圾桶裡，他聽到她接起電話，說了聲「請稍候」，兩人在廚房門口交會，他接下露易絲遞過來的手機。

他認得來電者的聲音，語調裡的精準，「我剛好想到你。」

帕維許．坎巴爾哈哈大笑，「嗯，探長，我也是，因而我才打了這通電話，我們眞是心有靈犀一點通。」

索恩等待對方繼續說下去，他認識的人當中，只有一個也會使用「因而」這個字詞，就是崔佛．傑斯蒙德，「因而可以看出正確程序的重要性」、「因而我必須暫時中止你的職務……」

「我想到你應該要找某人聊一聊，」坎巴爾說道，「某個作家。」

「嗯。」

「他名叫尼可拉斯．麥耶。」

「等我拿支筆……」他在大門附近的小桌上找到了筆，從皮夾裡隨手撕了張紙片。

坎巴爾重複了一次作者姓名，將每一個字母逐字唸出來，索恩也趕緊抄下。坎巴爾告訴他，這名作家曾經在兩年前與他聯絡，也就是在雷蒙德．賈維死後的一年多左右，他自稱是在做研究。

索恩心想，又是一本緊張刺激、書寫眞實犯罪的大師鉅作。他不認得這個名字，兩個禮拜前他下訂、目前正在閱讀的那兩本書，其實他也不記得作者叫什麼名字，不過他很確定都不是尼可拉斯．麥耶。

「這傢伙在寫書，或者可能是增補自己先前寫過的書什麼的。他打電話給我好幾次，直接跑到醫院的次數也不止一次。顯然他知道雷蒙德．賈維的一切狀況，而且想知道我的說法。」

「你的說法？」

「他想知道我的意見，腫瘤是否可能造成他的人格改變？」

「賈維兒子一直在煩你的不也是這件事？」

「其實這就是我打電話來的眞正原因，」坎巴爾說道，「他宣稱他有來自賈維兒子所提供的資料。」

「這個作家一直與他有接觸？」

「他是這麼說的。他的語氣彷彿是有人委任他、負責撰寫雷蒙德．賈維的官方傳記什麼的。」

索恩在那個名字下方來回畫線，「所以，你拒絕了他的訪談？」

「當然，」帕維許的口氣儼然這是個超蠢的問題，「等到我發現了他的意圖之後，自然拒絕了。他還提到要給我一大筆錢，但我告訴他那筆錢可以省下來了，但他覺得我一定會回心轉意，他們那種人就是這樣，對吧？他有留下名片，你需要嗎？」

索恩抄下電話號碼與電郵地址，謝謝坎巴爾特地打這通電話。

「不客氣，」坎巴爾回道，「我們上次見面的時候，你似乎覺得這個自稱爲賈維兒子的人是關鍵人物，也許是你要尋找的對象。」

「的確有這個可能。」

「無論如何，你應該要找這個作家談一談。」

「麥耶認識賈維的兒子？他是這麼告訴你的？」索恩問道，「他們談過話？」

「嗯，當然，」坎巴爾回道，「根據麥耶先生的語氣來判斷，他等於算是安東尼．賈維最好的朋友。」

我的日誌

十月三日

我的任務不是很容易搞定，尤其是在倫敦這樣的城市裡，幾乎每個人都可以悄悄失蹤，就此隱姓埋名，不過，大多數的人都想要與人保持聯絡，每個人都渴望親密感。我其實也和大家一樣，不過我很早以前就放棄這個念頭了。好，我只是想說，這種人人都有的渴望，讓我的任務更加順手，更容易接近其他人的生活。你只要細心觀察，找出最合適的介入方式就可以了。比方說，要是對方是護士，理當會負責照顧病患，所以你可以自己製造相遇的機會，也許可以假扮成想要戒毒的毒蟲，你知道大家都會因此而心生憐憫。他們開始認得你的面孔，也信任你，直到看到危險降臨的那一刻才會驚覺大悟。你仔細觀察，了解生活作息與行爲模式，知道先生什麼時候會從學校返家吃午餐。等到時機到來的時候，你去拜訪這位太太，你是她曾經在超市或其他地方偶遇過好幾次、聊過天的人，她失去了平常應該具備的警覺心。你是熱鬧學生酒吧的常客，或是每週都會進入對方家裡洗車的工人，最後，你終於被請進去喝咖啡，對屋主的狀況越來越熟悉，你知道他們的作息、習慣，還有，發現你盯上的那個男人與妻子之間水火不容。

找到了能夠讓自己切入的角度。

現在狀況越來越棘手，但我知道遲早會出現這種狀況。我找到了容易下手的目標，先除掉他們；繼續準備接下來的行動。顯然，警方現在一定已經拼湊（我想，他們的確是一片片拼出來的）出了案情，知道這是怎麼一回事。不過，這樣也好。現在，他們可以替我完成艱鉅的部分，幫我找到我依然查不出下落的人，我衷心希望，他們還沒有參透我這一個階段的計畫。

✣

我再次拿出現金，搬到新的地方，相當整潔的一房公寓，靠近車站，就與我住過的其他地方一樣，這樣行動就方便多了。這一次，我選擇的是國王十字站，就算只在某個地方待幾個禮拜，我還是喜歡四處走透透，了解街頭巷尾的風貌。國王十字區理應是危險地帶，到處都是妓女，毒品氾濫，不過，截至目前爲止，我還滿喜歡這個地方。沒有人會多看你一眼，正合我意。我先前也提過了，有些人想要隱姓埋名，這裡似乎每個人都是如此，也讓我樂得輕鬆。

✣

今天早上我去買菸的時候，書報攤全是麥肯兄妹謀殺案的新聞，報紙上依然充斥著相關報導，家屬照片什麼的。不過，完全沒有提到與其他案件的關聯，這很可能只是警方的謹慎策略而已。店裡的那個傢伙激動到了極點，他是沒說應該要恢復絞刑什麼的，但也差不多是這個意思了。他們還這麼年輕，他嚷個不停，還有大好人生在等著他們。他們年紀多大很重要嗎？我實在搞不懂這一點。儼然年輕人就比其他人擁有更多的特權，好像他們比那些從樓梯上摔下來的退休老人還可憐。

「光明燦爛的未來」，報紙上所使用的就是那樣的語彙。書報攤老闆一直指著《太陽報》或《鏡報》之類的報紙猛搖頭，覺得他們好可憐。多麼不公平，一切就這麼沒了，他是這麼說的。被竊奪了一切。

比方說，明明不是自己的錯卻必須坐牢的多年歲月，比方說，正常的生活。比方說，可以四處走動而不會被人吐口水或痛毆，不必二十四小時忍受頭痛、被迫在囚房裡靜靜發瘋的基本權利。

最後，我只是點點頭，拿了我的香菸走人。我心想，他哪知道什麼叫作「公平」。我開始思索我在別人的未來當中所扮演的角色，可能是光明燦爛，也可能代表了其他的意義。

我在想，各式各樣的人都可能會被竊奪了一切。

18

索恩已經約了卡蘿·查姆柏蘭，兩人準備在牛津街圓環附近的星巴克見面，那一區有無數家分店，所以索恩還特別講明了到底要在哪一家碰頭。拜北線捷運之賜，他遲到了十五分鐘，而當他抵達的時候，查姆柏蘭已經喝完了咖啡，他們決定到外頭散步，晴朗乾爽的星期六早晨，牛津街人潮洶湧。十月才剛過了四天，看來許多人已經迫不及待想要提前好好採購聖誕禮品。商店已經掛上閃亮絲條，廉價商品堆積如山，門口不斷流瀉出了無新意的音樂。

Slade、Wizzard、Pogues這些樂團，還有他媽的克里夫·李察德的聖誕應景歌曲。

「這眞是太扯了。」查姆柏蘭說道。

「我也這麼覺得。」索恩回她。

索恩第一次見到卡蘿·查姆柏蘭，是四年前的事了，由於她介入調查了某起陳年懸案，也讓索恩手上的案子出現了他渴求的重大突破。那時候的她已經退休了五年，但加入了「重大案件審視小組」，這是個新單位，希望能夠運用退休警官的寶貴知識與經驗、爲懸案找出新的辦案角度。許多人戲稱這個單位爲「皺紋小組」，索恩也是，但等到他認識查姆柏蘭之後，他再也沒講過這種話。

藍色挑染的頭髮，穿著絨毛便鞋，推著格紋購物推車，在位於沃辛的自家附近晃蕩的她，看起來似乎是沒什麼殺傷力，但索恩見識過她的辦案技巧，他看過她逼問某個年齡只有她一半的男子供出線索，她的行事方式讓他頭皮發麻。他全程觀看，不發一語，因爲儘管他已經聞到那男人的肉焦味，但他很清楚這是必要的手段。

事情發生之後，他們一直閉口不談。

還有另外一起案件，讓他們都付出了不同的代價，最後還賠上了索恩父親的性命，兩人也就此發生了重大改變，他們從來不肯提這件事，但籠罩在彼此之間的陰影一直揮之不去，雖然兩人的年紀與經驗有一段差距，但他們就像是其他警察一樣，對於這種事只是含糊帶過。

擠過重重人群之後，索恩開始向她仔細講述這起案件；以及這兩起相隔十五年之久的連續殺人案之間的關聯性。她告訴他，她對於賈維的案子留有深刻印象，她曾經跟在資深調查警官身邊好幾年，所以也親眼看過一開始的那幾次晤談問案。

「他從來沒有提到自己爲什麼要犯案，對嗎？」查姆柏蘭說道，「就像殺人醫生席普曼一樣，一直不曾說出理由，最可怕的就是這種人。」

「也許沒有理由，他可能就是天生喜歡殺人。」

「不過，大部分的殺人犯通常還是有動機，不是嗎？聽到上帝的指示而下手，或是聽到小甜甜布蘭妮歌聲裡的魔鬼秘密訊息什麼的。」

「嗯，但這傢伙顯然有他的動機，」索恩說道，「或者他有自以爲是的動機，他想要我們知道他到底爲什麼要犯案。」

「好吧，那我剛才講的不算，最可怕的應該是這種人才對。」

在查姆柏蘭的堅持下，他們繼續朝托特罕宮路的方向前進，穿越了牛津街，因爲他們這樣才能繼續散步曬太陽。他告訴她，他們正在搜尋雷蒙德．賈維三名受害人的失蹤兒子，還有追蹤帕維許．坎巴爾那通來電的線索。

索恩已經先查了一些資料，發現尼可拉斯．麥耶在賈維死亡的前一年、曾經出版過一本書，《腦漿四溢——雷蒙德．賈維的殺人實錄》。索恩在搭乘捷運之前，先到自家附近的卡姆登水石書店買了一本。乍看之下，這本書與他先前網購的那幾本沒什麼不同，同樣的照片，書背的宣傳文案也都有些下流不堪。他從包包裡拿出了那本書，交給查姆柏蘭。

「你什麼時候要與他見面？」她問道。

「禮拜一，」索恩回答，「他正在美國『巡迴演講』，趁空回電郵給我，明天會回到英國。」

查姆柏蘭臉色一沉。

「我懂，他們那邊的大學是眞的會教這些有的沒的，『連續殺人犯初探』什麼的。他在電郵中提到這次的薪酬剛好可以支付他下次度假的費用，還有，他也很期待與我見面。」

「那種話讓我聽了很不舒服。」

索恩哈哈大笑，他當然很清楚她的意思。要是有人必須與警察見面、表現出過度開心的模樣，總是會令他起疑，他知道自己的職業並不討喜。

「我的意思是，我認識你，」查姆柏蘭接著說道，「但即便如此，我也不會講出我很期待見面這種話。」

他們穿越馬路，抄小路，進入了蘇活廣場。雖然天氣並非十分暖和，但還是看到許多人坐在長椅上，或是躺在草地上看書。他們勉強找到一張長椅、擠了進去，旁邊坐的是一位單車送貨員，手上的三明治已經快吃完了。他吞下最後一口，立刻起身離開。

「好，所以你需要知道哪些資料？」查姆柏蘭問道。

「我們需要知道這傢伙到底是從哪裡冒出來的。看來他應該就是賈維的兒子，所以我們就先從他的生母開始著手吧，她應該早就已經與賈維斷了聯絡。」

查姆柏蘭揚起手中的那本書，「怎麼不去問你的新朋友？」

索恩把書抽了回來，「我大略翻了一下，完全沒有提到兒子的事，我想安東尼．賈維是在他父親過世之後才聯絡上這傢伙。」

「你覺得他會不會是想找麥耶寫另外一本書？把腦瘤這一段故事寫進去？」

「星期一我就知道了，」索恩回道，「妳也可以開始準備查案，看看能不能挖出什麼線索。根據目前所有的供述看來，這傢伙應該是三十多歲，所以出生日期應該是在賈維犯案的十五年前。妳有興趣嗎？」

查姆柏蘭點點頭，「嗯，要選這個還是選園藝？好難。」

「『重大案件審視小組』沒有丟案子給妳？」

「他們沒辦法同時負擔我和催眠師的費用。」

「抱歉？」

「長官們認為，針對某些目擊者進行回溯療法的這個提案很不錯，希望可以知道他們還記得什麼。」

「對，聽他們講出『我上輩子是瑪麗皇后』之類的話。」

「他們覺得這傢伙可以讓某個證人想起看過的車牌號碼。我不知道……」

「天。」索恩一直覺得匪夷所思，總是有人為了要譁眾取寵而浪擲資源。「就因爲保羅・麥肯納這種所謂的催眠大師而被踢出來，一定很不好受。」

查姆柏蘭微笑，兩人沉默不語了好一會兒，只是看著來往的路人。有個尖嘴猴腮、瘦巴巴的十幾歲小孩朝草地上的群眾走過去，向他們討錢，大家都給他白眼，沒人要給他錢。投機份子。他看了一下索恩，但看來也懶得在這個人身上試手氣。

「顯然這個人是根本不想與你會上一面。」查姆柏蘭說道。

她詢問索恩現在追查安德魯・道迪、賽門・瓦許，以及葛拉漢・佛勒的進度，還有他們爲什麼不尋求媒體幫忙找人。索恩講出了布里史托克的說法，辦案重點在於抓到兇手，還有基絲頓的推論，他們想要利用黛比・米契爾當誘餌。

「我不意外，」查姆柏蘭說道，「一切都是爲了結果，對嗎？」

「要是他們不夠謹慎，很可能會出現他們最不想看到的結果，」索恩說道。他繼續解釋，他們運用傳統管道、竭盡全力找尋這幾個失蹤男子的下落——信用卡、手機通聯紀錄——但一無所獲。「如果道迪妻子的話可信的話，那麼道迪就是去追尋自我了。至於其他兩個則是完全失聯，可能是流浪漢；當然是四處漂泊，他們都有……問題。」

「他們聽起來問題都很大。」

索恩點點頭，看著那個尖臉小孩與某名社區服務警察在吵架，因爲對方想要勸他離開這裡。

「不管怎麼看，這些人都已經完蛋了。我們也不需要太吃驚，是吧？」

「我們每個人都背負著自己的過往。」查姆柏蘭回道。

「它們就像是我們口袋裡的微小陳垢，」她的語氣十分平靜，還輕拍著大腿上的手提包，「我們自己比誰都清楚，是不是？」

索恩沒看她，倒是注意到那個瘦巴巴男孩現在開始慢慢撤退，大吼大叫，揮舞著雙臂。社區服務警察哈哈大笑，對著躺在草地上的某個人講了幾句話。「傑克還好嗎？」索恩問道。

「本來擔心他得了癌症，」查姆柏蘭回答，「但應該是沒事。」她瞄了一下索恩，看到他想要努力擠出應對的話，於是自己先開了口，「露易絲呢？」

查姆柏蘭從來沒有看過露易絲，索恩自己與查姆柏蘭上次見面也是一年多前的事了，雖然這段期間他一直想要打電話給她，但終究沒有，一股奇怪的罪惡感突然湧上心頭。

「她很忙，」索恩回道，「妳也知道警察過的是什麼日子。」

「兩個警察在一起，永遠是大錯特錯。」

索恩突然想到他一直不知道查姆柏蘭的先生在做些什麼；或者在退休前是從事什麼行業。但他根本想不出有哪種探問方法可以完全不著痕跡。「也許妳說得沒錯。」

他們又坐了一兩分鐘，然後，彼此點點頭，起身，穿過廣場，朝希臘街的方向走去，進入蘇活區中心。

「等一下我會把資料送過去，」索恩說道，「還有賈維原始檔案的複本。」

「美好的睡前讀物。」

「那不然妳平常看什麼？凱瑟琳．庫克森❹的書？」

她對著索恩露出諷刺笑容，然後目光慢慢飄移到某間看似高檔的珠寶店櫥窗。她緊靠在玻璃前面，想要看清楚標籤上的價格，然後，又望向索恩，開口說道：「對了，謝謝你介紹這案子給我。」

「沒什麼。」

「我知道你可以在倫敦附近找到其他的合適人選。」

「我覺得只有妳能接下來而已。」

「這句話我就當讚美了。」她回道。

「要不要我陪妳走回去？」

「別鬧了。」

查姆柏蘭住在位於布魯姆茲伯利的某間小飯店，倫敦警察廳一直都會向這間旅館固定訂六個房間。除了提供其他地區來訪的同仁住宿之外，沒有地方可住的受害者親人也可以使用，偶爾，因爲種種原因而不想回家的高階警官，也會待在這裡。

「有時候住在飯店也不錯。」查姆柏蘭說道。

「要好好利用一下。」索恩回道。他突然發覺自己臉色有些漲紅，想起了上一次住在旅館的情景；酒吧裡的一場誤會。

「至少我可以好好睡一覺。」查姆柏蘭說道。

「傑克的打呼聲一直讓我很抓狂。」

「搞不好妳運氣好，房間裡的小冰箱可能會有阿華田。」

「給我閉嘴。」

葛拉夫頓阿爾姆斯酒吧樓上的撞球間，採行的是「贏家續盤」的規矩，索恩與漢卓克斯花了將近一個小時的時間，才終於輪到兩人對戰。某個穿著橄欖球衣的粗漢一直佔據桌台，輕輕鬆鬆打敗他們兩人，當他再度對上漢卓克斯的時候、不慎將八號球打入袋內而犯規，提前輸球。漢卓克斯贏了橄欖球衣男，對於接下來的哥德風年輕女孩也不假辭色。不過這女孩卻深情款款，凝望著這位病理學家身上各式各樣的穿環，看來她已經連球桿哪邊是頭哪邊是尾都分不清楚了。

「你好狠。」當漢卓克斯在撞球台前塞硬幣的時候，索恩冒出了這句話。

「我覺得她對我有意思，」漢卓克斯回道，「顯然是因此而失去了正常水準。」

「看來她不只球技很差，眼光也一樣。」

「五英鎊賭這一盤，行吧？」

趁漢卓克斯在排球的時候，索恩又到樓下買了兩杯健力士。這間酒吧人太多，週六夜更可怕，不過它距離索恩的公寓只需要步行兩分鐘，而且裡面的親切感令人心情舒暢。橡樹酒吧算是某種工作聚會場所，所以那種地方絕對不可能讓他全然放鬆。葛拉夫頓裡面不會有人認識他，也不會有哲學家型的酒客倚靠在吧檯，不過索恩喜歡自己與酒保之間的默契，對方一看到他就點點

❹ Catherine Cookson, 1906-1998，英國著名言情小說家。

頭；逕自走向健力士的酒桶，完全不需隻字片語。

「我走錯行了，」漢卓克斯彎腰，準備開球，「媽的居然有巡迴演講？」

索恩先前曾經告訴他尼可拉斯．麥耶的事，「你不也教課嗎？」

「對，我一個月賺的錢還沒辦法讓我去濱海韋斯頓度週末。」

「你教書是因爲有熱忱。」

漢卓克斯遇到了解球的難題，他開始在桌台四周走動，頻擦巧克，「也許我應該寫一本學術著作：《父親殺人，兒子再殺受害者的小孩：過去與現在之病理學意涵》之類的書。我想應該可以找到哪個地方出版吧。美國，絕對沒問題。」

「快去寫啊，」索恩回道。他知道漢卓克斯的這番話只是在開玩笑。漢卓克斯彎腰瞄球，索恩盯著那滿是刺青的結實前臂，想起漢卓克斯也曾經把它當成武器、猛壓住某個態度輕慢的現場鑑識人員的脖子。「嗯，如果你在巡迴演講的時候需要有人幫你提包包……」

輪到索恩上場打球。漢卓克斯拿著酒杯，對著另外一頭的哥德風女孩微笑，她正與自己的兩個朋友坐在角落裡。「那傢伙的書好看嗎？」

今天下午，索恩一邊在聽廣播的足球賽事報導，一邊在看那本《腦漿四溢》。「我覺得和其他類似書籍相比，並沒有什麼獨特的內容，訪談對象所講的話也是老調重彈，照片普普通通：賈維和他養的那些寵物兔，大部分的書都有。一切只是炒冷飯罷了，這種錢超好賺。」

「所以布克獎的評審就不用費心研究了吧？」

索恩明明有顆送分球，卻沒有進袋。他拿起酒杯，繼續喝飲料，「爲什麼大家會看這種書？」

漢卓克斯連敲兩球入袋，「就和那些悲慘傳記一樣，」他說話的時候目光依然緊盯著球台，「你走進史密斯書店，到處都是被關在地窖裡的小孩，或是得了十八種癌症的病人之類的書。」

「我不懂。」

「大家喜歡看到有人比自己生活得還要悽慘，也許這種故事讓他們覺得……更有安全感什麼的吧。」

「如果你問我的話，那就是廉價的驚悚類讀物而已，」索恩說道。他看到漢卓克斯已經將倒數第二顆色球擊入袋內，「算你走狗屎運。」

「老哥，我純粹靠技術取勝。」

漢卓克斯讓最後一顆色球留在袋口附近，而八號球則正好在球台的正中央。索恩還剩下四顆色球，他想要搞吊球，順便把黑球擠到顆星附近，但卻搞得一團糟，最後留給漢卓克斯順利清台的大好機會。

「也許大家看這種書的目的是爲了要知道爲什麼，」漢卓克斯說道，「他們想了解賈維、殺人醫生席普曼，還有其他連續殺人犯，究竟爲什麼會做出這種事情。」

「你把這些讀者吹捧得太高了。」

「我的意思倒不是他們眞的很清楚自己的閱讀目的，但你仔細想想，這種行爲也不無道理。就是基於這種心理，大家才會把兇手妖魔化，總愛說『邪門』什麼的，所以大家很容易就忘了兇手其實也只是建築工人、醫生，或是隔壁的鄰居。其實我們對於兇手本身並不害怕，但要是不知道這些人爲什麼犯案、接下來的那一個會從哪裡冒出來，才會產生眞正的恐懼。」

漢卓克斯還沒有打完，但索恩已經知道他的下一個對手是誰，坐在哥德風女孩那桌的雞冠頭男孩，他正在角落挑桿，等他們聊完之後就準備上陣。「他們喜歡看雷蒙德．賈維的書，隨便他們吧，」索恩說道，他想起自己與卡蘿．查姆柏蘭之間的對話，「對賈維來說，『爲什麼』犯案這件事沒有答案，他連自己的寵物兔都沒殺過。」

當漢卓克斯清台之後，雞冠頭男孩立刻趨前，把銅板投入撞球台的投幣口。漢卓克斯放下球桿，告訴那小孩他要休息一會兒，然後跟著索恩回到了他們自己的桌前，讓另外一名在排隊的客人接替他的位置。

「所以，也許腦瘤改變人格，是眞有這個可能？」

「坎巴爾說不可能。」

「但畢竟是個假設理論。」漢卓克斯說道。

「不是假設理論，是垃圾理論。」

「會不會像是你突然嚴重痙攣，害你身體不由自主亂動什麼的。」

「老弟，你眞的瘋了。」

「你在擁擠的酒吧裡不小心撞到某人，結果害對方頭破血流身亡，這也不能算是你的錯，對嗎？」

「這又不能相提並論。」

「我知道，我只是想要告訴你，就法律層面看來，這種事……很有意思。」

「如果『有意思』的定義是指一堆狡猾律師能藉此發大財的話，那麼好吧，可能算是有意思，眞是的，簡直像是他們添的麻煩還不夠多一樣。」索恩繼續喝酒，又盯著別人玩撞球約半分鐘之久，「反正，我剛才說過了，坎巴爾認定那是無稽之談。」

「好吧，他畢竟是腦科專家。」

雞冠頭男孩清台，橄欖球粗漢迎上去，從輸家手上接下球桿，不發一語，對著撞球台的投幣口塞銅板。

「就算他腦袋裡長了什麼好了，但賈維兒子可沒有得什麼鬼腦瘤。」

「也許他覺得自己也有。」

「抱歉？」

「有許多研究認爲某些腫瘤的部分成因可能具有遺傳性。」

「你害我心情越來越不好。」

漢卓克斯搖頭，喝光了最後的啤酒。「對了，還有一項研究報告指出，左撇子可能也是成因之一，所以……」

「靠，我們就是在等這種理論，」索恩說道，「以後就會有某個奸詐律師要求撤回他當事人的謀殺罪，原因就是這傢伙是左撇子。」

索恩堅持要把剛才輸球的錢拿給漢卓克斯，所以他就又跑去買酒了。兩人大啖薯片與炸豬皮，看著橄欖球粗漢連續表演了兩次長距離進球。

「其實我平常打得不錯。」索恩說道。

「老哥，你今天的表現有失水準，誰叫你一個人躲在家那麼爽。」

這算是今晚他們第一次談到了與露易絲有關的話題。漢卓克斯整個下午都在陪她，他們先去「馬上諾披薩」吃午餐，然後又去漢普斯特德與高門逛街。索恩則自己待在家裡啃麥耶的書，耳邊還有足球賽事廣播作伴。熱刺隊最後一分鐘居然出現不必要的犯規，給了對方罰踢機會而輸球。索恩滿是挫惱，後來，他在伊芳．基絲頓答錄機裡面得意留話，幸好那天他夠聰明沒下注，心情才稍稍緩解。

「你和小露今天見面開心嗎？」索恩問道。

漢卓克斯瞪他，「你怎麼沒問小露？」

「有啊，她說很棒。」

「好，那你為什麼——？」

「她回家之後，沒什麼機會多聊，小露沒講細節，她說她好累，只想趕快上床睡覺。」

「我們花了許多時間在散步。」漢卓克斯說道。

「她還好嗎？」

這句話又惹來漢卓克斯的白眼。

「天，」索恩把自己幾乎快喝光的玻璃杯重撞桌面，「我真不敢相信我必須坐在這裡問你小露怎麼了。」

「你何必這樣。你可以在她面前發飆，直接去問她就是了。」

「我有問。」

「然後……？」

「她說她沒事，但我不知道該不該相信她的話。那個懷孕的女同事一定讓她心如刀割，但她卻裝出一副沒什麼大不了的模樣。」

「也許她真的無所謂，」漢卓克斯回道，「嗯，你自己也知道，小露超級堅強。」

「我現在什麼都不知道了，」索恩喝光了自己的啤酒，「菲爾，你覺得呢？」

「我覺得……應該只是暫時的，一個禮拜左右吧？我覺得她可能想要一點空間，至於你，就不要再表現出那種對待絕症病人的態度了。」

「她有沒有說什麼？」

「有……基本上，就是那些話。」

「天。」

「她對你也有相同評語。她說你自稱沒問題，但她不知道該不該相信這種話。」

雞冠頭男孩的母球洗袋，橄欖球粗漢得意握拳，彎身拿起母球，準備擺放他的自由球位置。

「抱歉也把你扯進來。」索恩道歉。

「老哥，不要緊。」漢卓克斯把空酒杯交給路過的酒吧人員之後，面向索恩，「你真的沒事嗎？」

索恩點點頭，他說他很好，但從漢卓克斯的表情看來，剛才這句話脫口而出的速度也未免太快了一點。他沒辦法講老實話，無法坦誠以對。他無法把自己的感受告訴漢卓克斯或其他人；其實他憋在口中的話灼熱而苦澀。「這種事也只能慢慢調適，對嗎？」

「應該吧。」漢卓克斯回道。

「那你呢？又有新刺環要出現了？」

這次換漢卓克斯沉默了好幾秒。自從去年發生了那個案子，兩人之間就出現了疙瘩，只要牽涉到這類的話題，彼此的關係就會變得緊張不安，而且會持續好一段時間。當時索恩拚命追查的兇手，頻頻流連男同志酒吧，也因而鎖定了漢卓克斯，害他差點慘遭殺害。由於露易絲居中幫忙，他們也算是回復了原來的友誼，但自此之後，漢卓克斯的性生活也成了敏感話題，「我很好，」他終於開口，「沒有打洞，」他微笑回道，「只是戴單邊的夾式耳環而已。」

他問索恩他們是不是還要繼續喝下去，索恩說他準備離開了，「如果你還想喝，留下來沒關係，」他說道，「我準備要回去了，幫你準備沙發床，露易絲可能還沒睡，所以……」

漢卓克斯的目光又移到了撞球台，比賽已經結束，贏家正在找尋其他的挑戰者。他告訴索恩，自己等一下也會離開，「我現在還沒辦法走人，一定要再次修理那個穿橄欖球衣的混蛋，不然我不甘心。」

「何必去比撞球，」索恩說道，「把兩顆球塞進襪子裡，捅他就是了。」

「我會認眞考慮，」漢卓克斯起身，「好，如果我一小時之內沒有回去，我就是和那個長相酷似瑪莉蓮．曼森[5]的女孩回我家了，知道嗎？」

---

[5] Marilyn Manson，美國著名金屬樂搖滾男歌手，作風驚世駭俗。

19

尼可拉斯・麥耶住在伊斯林頓上街後頭的靜謐街區、某棟喬治亞式建築排屋的一樓。索恩把車子停在住戶停車區，在自己的寶馬汽車擋風玻璃上豎起「警察公務中」的立牌，今天的天氣依然很不錯。

索恩與賀蘭德被麥耶帶進豪華大客廳，他自己則去準備咖啡。地毯風格俗麗，但一看就知道價格不菲。火爐兩旁的書架堆滿了書，不過要是仔細一看，許多層架上除了麥耶自己的作品之外，根本沒有其他的書。客廳完美無瑕，兩張角落小桌上放置了精心設計的插花、搭配相襯的瓷器，火爐上的電漿電視光潔，一塵不染。除了躺在大門旁椅子上睡覺的那隻紅毛胖貓之外，這間公寓裡似乎只住了麥耶一個人而已。

「他還特地爲我們煮咖啡，」賀蘭德說道，「有人這麼費心招待我們，好窩心。」

「一點都不麻煩，」麥耶以手肘頂門走出來、將托盤放到了客廳的矮桌上。他的聲音低沉，充滿了抑揚頓挫，宛若深夜廣播節目主持人一樣。「我昨晚才剛從美國回來，所以沒什麼時間好好整理，我的書房可能還比這裡稍微亂了一點。不過，我平常可是很井然有序的。」

「這地方很不錯。」賀蘭德讚道。

麥耶指了指沙發，請他們就座，然後開始忙著倒咖啡，「寫作只能圖個溫飽罷了。」

「了解。」索恩點點頭，貌似驚訝，但其實卻與賀蘭德交換了眼神，兩人都心知肚明。索恩已經事先調查過了，知道尼可拉斯·麥耶還在攻讀新聞學學位的時候，得到了富商父親過世之後所留給他的這棟房子。

麥耶問他們需要放多少牛奶與糖，然後又把一疊餅乾推了過去。他穿著卡其褲，開襟的鮭魚色粉紅襯衫，棕色麂皮軟鞋，沒穿襪，身上的黃金飾品稍嫌多了一點。索恩心想，這傢伙的模樣眞像個豪宅仲介。

「你的曬痕眞好看。」賀蘭德說道。

「不需要被綁在室內演講廳的時候，我都待在外頭，那裡的天氣超好。」

「哪裡？」

「美國西岸，」麥耶回道，「洛杉磯、聖塔芭芭拉、聖地牙哥。你去過這些地方嗎？」

賀蘭德搖頭。

「謝謝你立刻與我們見面。」索恩說道。

麥耶拿了一塊餅乾，靠在沙發上，「像我這一行的人，怎麼可能沒有好奇心呢？」他看著索恩，又望向賀蘭德，然後雙手一攤，「所以是……？」

索恩把自己與帕維許·坎巴爾的對話內容告訴了他，包括了醫生提到的電話與面訪，以及麥耶自稱與安東尼·賈維的交好關係。

「我不覺得我先前騷擾過他，」麥耶說道，「但就我的寫作內容看來，坎巴爾醫生是我必須約訪的重要對象，所以我必須……有所堅持。這就是我的工作，我想，你的也一樣。」

「跟我們講賈維的事，」索恩說道，「我們要聽的是兒子。」

「你的意思是，我的那個超愚蠢計畫。」

「抱歉？」

麥耶再次揚手，彷彿表示自己上場的時候到了。他吃完餅乾，把襯衫上沾到的碎屑拍乾淨。

「嗯，我寫過一本關於雷蒙德．賈維謀殺案的書。」

索恩指著自己的公事包，「我有一本。」

「如果你想要的話，我可以幫你簽名，但我想這應該不是兩位來到我家的主要目的。簽完名的書，網拍至少五英鎊起跳。」麥耶哈哈大笑，但是他假意自貶的誠意與索恩硬堆出來的笑容一樣，沒什麼說服力。「有個人看過我的書之後，主動找我聯絡，後來我才知道他是雷蒙德．賈維的兒子。」

「什麼時候的事？」

「應該是在賈維死後的六個月，所以是兩年半前吧。」

「他怎麼找上你的？」

「找到我的官網，寫電郵給我。也許你想知道他的上網地點吧，我可以告訴你，他都是在網咖發信，我查過了。我們來往了幾封電郵之後，他告訴我，他覺得有件事我應該很有興趣，所以我給了他我家裡的電話，他打了電話，聊了一會兒之後，他告訴我他想要什麼。他說得沒錯，的確，我的興趣非常濃厚。」

「有沒有和他見過面？」

「可惜，並沒有。都是靠電話與電郵聯絡。」

「他是不是對你講了一堆腦瘤病變的鬼話，對嗎？」賀蘭德問道，「人格轉變什麼的。」

麥耶點點頭，彷彿他早已準備好要回答這個問題，「應該這麼說，安東尼堅信不疑，這才是關鍵點。」

「你信不信就不重要了？」索恩反問。

「我只是講故事的人而已，」麥耶說道，「無論你怎麼想，這充其量就是個故事。在過去五十年當中，最可怕的某個殺人魔明明殺了這麼多人，居然有機會脫罪，我怎麼可能放過那種題材？」

「我想你應該有要求他提出證據吧？」索恩問道，「既然這個安東尼自稱是他的兒子。」

「他寄了一些信給我，還有這些年來他持續前往懷特摩爾監獄、探視雷蒙德．賈維的這段期間所收到的信件副本。」麥耶看到索恩的神情，「你可以自己看一下啊，就雷蒙德．賈維的信件內容看來，他的確認爲安東尼是他的小孩。」

賀蘭德傾身向前，把咖啡杯放在桌面，小心翼翼放在主人所提供的杯墊上頭。「所以，他請你寫另外一本書，希望能讓這最新的……進展曝光？」

「沒錯。」

「他眞的認爲他父親死亡之後，他們會因此重啓調查？」

「他只告訴我，他希望讓世人知道眞相。」

賀蘭德搖頭，「我想，既然眞相這麼重要，你應該有計畫要找賈維受害人的家屬訪談吧。」

「沒機會走到那一步。」麥耶回道。

索恩瞄了一眼賀蘭德；這是他準備要開口接問的訊號。「你答應寫書之後，接下來呢？」

「嗯，當然，我去找了出版社，若說他們『爽翻天』，應該是再貼切不過了，他們開心得不得了，立刻掏錢出來。」

「錢？」

「安東尼想要拿這個故事換取四萬五千英鎊，我們可以使用他父親坐牢時的來信，還可以訪談他什麼的。可惜這些都言之過早，因爲坎巴爾醫生不肯與我們合作，他連腫瘤可能會改變賈維人格的那種話都不願意講出口。沒有醫學證據，我們也無可奈何，之後很快就沒搞頭了，當然，我也失去了那家出版商的青睞。」

「很遺憾。」索恩努力裝出這是自己的肺腑之言。

麥耶聳肩，「之後我只能當影子作家，替兩個資深警官代筆寫自傳。其實每個人都多少有幾個故事，探長，我想你一定有更多精采故事吧。」

「在你付錢之前，怎麼沒想到要先找坎巴爾聊一下？」

他再次聳肩，「又不是我的錢，對吧？而且，我們要打鐵趁熱，他也可能去找了別人。」

索恩突然看到一線曙光，「你支付這筆錢應該是轉帳什麼的吧？」

「抱歉，沒有，我是付現金。」

「什麼？把鈔票裝在牛皮紙袋裡？」

「其實是行李袋，放在派丁頓車站的賣票處。如果你問我的話，我覺得出版商也很喜歡這種搞神秘的手法，而且，大家都知道這絕對可以爲那本書創造最精采的開場：偷偷摸摸取款的照片，殺人魔之子幽影之類的梗。」

「有拍照嗎？」

「有的，他們派了攝影師過去，躲在通勤旅客裡面。我把照片放在書房，不知道你們有沒有興趣看一下。」

「可否請你……」

「當然，沒問題。」麥耶起身，走向房門，當他經過索恩身邊的時候還笑了一下，「我早在你們過來之前就準備好了。」

索恩沒接話。

「但別高興得太早，取走款項的不是安東尼·賈維。」

等到麥耶離開客廳之後，賀蘭德才開口，「這傢伙很自戀吧？」

「如果他早就預先準備好照片，」索恩說道，「就表示他知道我們來找他的目的。」

「你給了他什麼暗示嗎？」

索恩搖頭，「我只告訴他我們要借助他的專業長才，詢問他一些事情，幫助我們釐清手中的調查案，慣用的老詞。」

他們趁著等麥耶回來的空檔，又吃了好幾塊餅乾。當麥耶再次進入客廳的時候，一邊走路，一邊忙著對他們講話。

「當然，當錢被取走的時候，我們什麼也沒做，我剛才也說過了，我們不希望他去找別人。不過，之後我有問他那女孩是誰。」

索恩接下麥耶在手中晃揚的照片，六張，八吋乘十吋的黑白照。二十出頭的女子，穿著牛仔褲與羽絨外套，神情異常緊張。攝影師拍到她四處張望、以及取走留在櫃檯的袋子的全身照，還有其他的照片：最後一次打量周邊有沒有人在注意她；彎腰拿起旅行袋；還有她走向出口時的側照。

「他有沒有講出這女子是誰？」

麥耶站在椅子後方，從索恩的肩頭盯著那些照片。「他的女友。他說他給了她一百英鎊去取袋子，他猜我們可能會想要拍到『獨家頭條照片』，但他希望自己還是不要公開身分比較好，我問過他那女孩的名字，但他說不重要，她已經與這件事毫無瓜葛了。」

索恩把照片交給賀蘭德。「既然坎巴爾那裡得不到回應，後來你怎麼辦？」

麥耶坐回自己的椅子裡，「嗯，我們知道找其他的腦神經科專家是次等選擇，但也不得不如此，我們問了許多人，但得到的結論都一樣。我們得不到任何的……確證。所以，最後我只能告訴安東尼，既然找不到專家說法，出版社自然不肯繼續進行下去。」

「他的反應呢？」

「很不高興，」麥耶回道，「咆哮了好多次，還寫了許多辱罵的電郵，這實在過分，也不想想我的遭遇也沒好到哪裡去，我花了許多時間做背景研究，開始擬定大綱，寫作。到頭來只是浪費了一堆時間而已。」

「你是怎麼脫身的？」

「嗯，最後一次我與他談話的時候，他冷靜多了。我想，他知道出版社不可能拿回這筆錢，也許多少能讓他平抑一點怒氣。他說他正在考慮其他的選擇，非常神秘，但無論他到底想怎麼樣，我也只能祝他好運，我還能說什麼呢？」麥耶開始勻整卡其褲的皺痕，又開始捲袖口，直到比例滿意後才停手。

「天。」索恩不可置信，只能猛搖頭，他看著這位作家雙手一攤，儼然一副這世界本就荒謬的模樣。

麥耶又靠躺在椅背上，蹺腿，臉上悄悄出現一抹知情的神態，「所以……安東尼現在殺了幾個人？四個，對嗎？」

索恩大驚，他想要立刻回應，但他的遲疑顯然已經讓麥耶得意洋洋，讓他更難以開口回答。

「好，這也不是什麼了不起的謎團，」麥耶說道，「我研究雷蒙德．賈維殺人案已經夠久的了，所以當我看報紙的時候，那些受害人的名字雖然出現在不同的兇案裡面，但我一眼就看出來了。嗯，如果我沒記錯的話，凱瑟琳．伯克的弟弟幾年前死於車禍意外，所以照我的算法，」——他開始扳算手指——「也就是說，安東尼還有四個準備要下手的對象，我想警方已經都警告過他們了吧？」

「我不知道你打算從我口中套出什麼，」索恩聳肩，佯裝沒什麼大不了，「除了你已知情的部分之外，我也沒辦法再透露什麼，相信你可以諒解。」

「我倒是不覺得你真的還有其他內幕。」

「最重要的是，如果你對於自己已經知道的消息、能夠守口如瓶，我們會非常感謝。」

「你的意思是，不要透露給媒體？」

「不要透露給任何人知道。」

「這些殺人案之間有這麼巧妙的關聯，我能體會你爲什麼不肯向媒體透露口風，」麥耶說道，「不過，你知道嗎？但最後一定會有人嗅出端倪，一個好看的殺人魔故事，絕對可以讓報紙銷量大增。」

「書也一樣。」賀蘭德接口。

麥耶似乎很享受這樣的挖苦，「希望如此。」

「好，所以我們有共識了？」索恩問道。

「這個嘛，當然，我了解你的立場，但也請你不要忘記我還得討口飯吃。」

索恩等待對方說下去，他希望自己咬牙切齒的聲音不要讓對方聽到。

「我只是想要告訴你，等到你比較能夠暢所欲言、或者安東尼的案子有任何重大進展的時候，我希望你找的第一個人是我，反正，就是非警察身分的第一人。」他傾身向前，拿起最後一塊餅乾，「你意下如何？」

索恩看著麥耶大嚼特嚼，瘦弱的下巴動個不停，他心想，這種人的臉，就是你扁了一拳還嫌不過癮的那一種。他開口回道：「很好。」

麥耶點點頭，又伸手取托盤，「壺裡還有許多咖啡。」

十分鐘之後，他們沿著霍樂威路緩慢北行，賀蘭德開口，「你知道嗎？我現在已經可以想像安東尼・賈維是怎麼爲生的了。」

索恩無奈咒罵車況，然後看了一眼賀蘭德。

「我的意思是，他不可能做什麼正常工作吧，絕對不能留下任何痕跡，而且他如果還要東奔西跑、追查下手目標的行蹤，做正職就更不可能了。我看他從麥耶那裡拗到的現金，剛好足以支付他的開銷。」

「麥耶的說法是，」索恩說道，「賈維『正在考慮其他的選擇』。」

「媽的，這等於是在資助他犯罪。」賀蘭德凝望側窗外頭，足足有半分鐘之久，「而這傢伙最後還要把這當成他寫書的素材。」

索恩沒怎麼在聽，他想到了照片裡的女孩，還有麥耶先前曾經提到的事，也就是賈維所使用的措辭。

毫無瓜葛了。

20

懷特摩爾監獄

「你臉上的傷是怎麼回事？」

「不要緊。」

「天，我以爲你在這裡……有特別受到保護，你畢竟是處境危險的犯人。」

「很不幸，我待的牢區裡不是只有戀童癖強暴犯而已，各式各樣處境危險、必須隔離的犯人都關在這裡。某個以前當過警察的犯人揍了我一頓，我猜，他這個動作可以讓許多人暫時不再騷擾他，至少可以讓他清靜個幾天。」

「媽的這地方怎麼亂成這樣！」

「怎麼可能有好日子呢。對了，我們現在有PS可以打電動了……」

「你知道嗎，我在想，等到你出來的時候，不知道會是什麼情景。」

「不可能的，東尼，我早就告訴過你了。」

「想想我們可以一起做些什麼也無妨吧。」

「是啊，你和我一起在公園裡踢球什麼的嗎？」

「你要保持樂觀。」

「你一直在講傻話。」

「我只是要告訴你，我會一直等你。」

「好，很好。」

「不過，你一定有想去的地方，想看的東西吧。」

「哦，能進去酒吧一定很開心，我想看到眞正漂亮的巨乳，不是兩百五十二磅（約一一四公斤）持槍搶匪的抖晃男乳。」

「我眞不懂你怎麼還能開玩笑。」

「不得不如此。」

「顯然我沒有遺傳到你的這一點，我的意思是幽默感。我連自己上一次開心大笑都不記得是什麼時候的事了。我看大家盯著電視、因爲情境喜劇之類的節目就可以笑翻天，但我就是……不知道好笑在哪裡。」

「你只是先前的日子過得太辛苦了，如此而已。」

「我小時候會哈哈大笑嗎？」

「我怎麼可能知道啊？」

「我指的不是非常幼小的年紀，就是你看到我的時候？」

「我不記得了，也只看過兩次而已。」

「我們都知道那是誰鑄下的錯。」

「我們講點別的好嗎？」

「什麼？」

「你一講到你媽我就頭痛，我是認眞的。上次你走了之後，我就大吐特吐。」

「我告訴過你了，我沒差，那又不是你的錯。」

「當然是我的錯，那些女子喪命，我沒有藉口。」

「這就是隱藏秘密的下場。」

「我們可不可以聊點別的？」

「好啊。」

「你有沒有約會的對象？」

「什麼，女朋友嗎？」

「男朋友、女朋友都好，我不知道。」

「爸，別問啦。」

「所以是怎樣？」

「斷斷續續，都不是認眞在交往，這很重要嗎？」

「只要你喊出那句話，爸爸，我的頭依然還是會犯疼。」

21

如果把接獲消息之後的悲喜程度依序排列出來，頂端是贏得樂透，而最底部是診斷出癌症的話，那麼索恩昨晚接到那通電話之後的心情，幾乎與知道自己罹癌相差無幾。布里史托克講得很急，完全沒有停頓，他不想在自己講完之前、讓索恩有任何咆哮或哀號的機會。

「你記得嗎，我曾經提過他們打算召開重大事件應變小組？嗯，明天早上十點鐘，他們希望你要到場，所以你最好要準備一下西裝，抱歉，要穿那套西裝……」

「希望我要到場，我是還有其他選擇嗎？」

「希望你要到場，你自己說呢？」

「你不覺得讓我早上自己辦案會比較有效率嗎？也許可以找出麥耶照片裡的那個女孩究竟是誰？這只是我的建議罷了。」

「湯姆——」

「打手槍是不是也比較好？」

「我只是負責傳話而已，別把槍對著我。」

「我比較想勒死你。」

「明天不要惹毛太多人，好嗎？」

「你現在是眞的把我惹毛了。」

「祝你有個愉快的夜晚。」

「本來是很愉快的。」索恩回道。

現在，十二個小時之後，索恩坐在蘇格蘭警場的某間過熱會議室、眼前是擦得超級光潔的金黃色木桌，一共有六個人圍桌而坐，大家的面前都擺放了筆記本與兩支剛削好的鉛筆，大桌兩邊都放了水瓶與玻璃杯。大家寒暄了一兩分鐘，索恩只是一直保持微笑。他在想，在這種熱氣蒸騰的環境中、等待大家開始胡說八道的時刻，要是自己突然把頭貼靠在桌上，或是開口要杯冰涼的啤酒，不知道大家會作何反應。

負責籌劃這個小組的是高階警官協會，而負責主持會議的也是協會所推派的代表，地區兇案指揮官，艾利史達．瓊斯。他個子短小精悍，年紀約五十出頭，一直苦皺著臉，彷彿像是經常淋成落湯雞的倒楣鬼。他先請大家逐一自我介紹，確定與會者認識彼此。除了崔佛．傑斯蒙德與羅素．布里史托克之外，還有來自社區關係小組、臉色陰沉的警探，名叫波克托，以及某個名叫寶拉．休斯的女子，索恩猜測她應該算是行政新聞聯絡人。至於另外一名女警，索恩在強忍哈欠的時候忘了她的名字，她負責的是會議記錄。索恩看了她一眼，她似乎已經瀕臨忍耐的極限，或者也可能心思放在接下來的工作：將手寫筆記打字，發送永無止盡的電子郵件，從警長到市長、爲每一個人準備好膠圈裝訂的報告。

「我們要積極採取行動，」瓊斯說道，「我們的同仁依然在忙著偵辦這個案子，所以我非常感謝布里史托克督察長與索恩探長特地撥空前來。」

索恩望向布里史托克，但他似乎突然對桌面產生了濃厚興趣，緊盯著不放。

「不過，由於社會大衆注意到我們的辦案進度，所以我們應該要逐一釐清問題，現在，我們必須做出幾項決定。無論有沒有結果，他們一定會詢問某些問題，我們必須預先準備答案。」

「我們一定會有具體成果。」傑斯蒙德說道，又朝布里史托克點點頭，他現在對桌面的興趣似乎越來越濃厚了。當然，傑斯蒙德的自信並不令人意外；瓊斯最不想聽到的就是含糊不定的話語，而這位長官剛好總是看起來幹勁十足。

今天胡說八道的時刻到來得特別早。

當索恩第一次聽到重大事件應變小組的時候，他本來以爲是因應恐怖攻擊之類的事件而籌辦的小組，不過，他立刻就發現到這只不過算是減緩負面報導衝擊力的討論會而已；重點是可能會引發媒體或社群團體批評的案件，比較像是損害控管演習。通常，他們採行的策略就是先發制人。

「我們必須要討論一下媒體的事，」瓊斯說道，「當我們正在進行偵查的時候，該如何運用它們，或是避免驚擾到它們。顯然，還沒有人發現這些案件是連續殺人犯所爲，我們目前的口風守得很緊。」

「只能說還算緊而已。」索恩立刻脫口而出，傑斯蒙德瞪著他，示意叫他最好不要開口，但索恩卻與他四目相接，毫不退讓。「至少已經有一名新聞工作者拼湊出了案情。」

瓊斯低頭看筆記，「尼可拉斯．麥耶，不過他已經向你提出保證，他明瞭謹愼行事的重要性。」

「他知道自己要守口如瓶，才能換得我們提供他案情資料。如果他運氣不錯的話，搞不好可以再寫一本書。

「我們幫不上什麼忙。」布里史托克說道。

傑斯蒙德開始大肆抨擊尼可拉斯．麥耶以及他的「同類」，都是在靠別人的痛苦營生。他罵這些人「唯利是圖」，是「水蛭」，還說他們不過就是依附在殺人兇手的食物鏈之下。幾乎所有的與會者都紛紛點頭，發出讚許的低語，但只有一個人除外。傑斯蒙德的這番話聽起來很誠懇，但索恩知道總警司眞正關心的是他自己的仕途。他們兩人再次交換了眼神，索恩展現宛若乖巧男孩般的笑容，他忍不住心想，多年之後，不知道會是哪個唯利是圖的傢伙會爲傑斯蒙德代筆、撰寫他的自傳。

「我們會持續注意麥耶先生，」瓊斯說道，「但顯然我們今天早上的重點是兇手的那三名目標，」他低頭看著自己的文件，「安德魯．道迪、賽門．瓦許，還有葛拉漢．佛勒。」

「關於這一點，我們覺得現在也該是公布照片的時候了。」布里史托克說道。

索恩望著自己的督察長，頓時心中湧起一股敬意。在前來開會的途中，他一直表現出興味索然的模樣，令索恩十分擔憂，他也不敢賭督察長到底會支持哪一邊。

「這麼快就要走到這一步了？」瓊斯問道。

布里史托克點點頭，「佛勒與瓦許都是多年前的照片，但我們目前也只能找到這些：從交通管理局那裡取得的瓦許舊駕照的大頭照，還有佛勒父親找給我們的近照。只要我們一得到指令，也可以立刻從安德魯．道迪妻子那裡要到照片。」

「前提是她還沒有剪碎老公的照片，」傑斯蒙德回道，「這女人聽起來有點恐怖。」

瓊斯望向寶拉．休斯，這女子一頭亂糟糟的棕色捲髮，而且索恩覺得她微笑時露牙的部分也未免太多了一點。

「明天就可以讓所有的照片登上全國性報紙，」她說道，「如果我們動作快的話，傍晚六點的電視新聞就可以看到了。」

瓊斯點頭，草草寫下重點。

「我們還是……有疑慮，」傑斯蒙德說道，「這樣等於在警告賈維，我們已經鎖定他了。」索恩嘆了口大氣，桌邊的每一個人都聽到了，全轉頭看著他。「我認爲他早就知道了，」索恩說道，「而且這對他來說也沒差，不然他幹嘛要留X光碎片在現場？」

傑斯蒙德的目光突然變得嚴厲，「若想對安東尼．賈維這樣的人做出任何臆測，絕對是十分危險的舉動，我們交手的這個對象不是正常人。」

「因此我們絕對不能冒險。」

「我完全同意，所以爲什麼要公布他準備殺害對象的照片？」

「好讓我們可以找到他們啊。」*靠你眞是有夠白癡*。這幾個字在索恩的腦袋裡迴盪不已，有那麼一兩秒鐘，他懷疑自己已經脫口而出。他瞄到女警的眼神，顯然，大家都心知肚明。

「這麼做可能是在幫他，我們不能排除這種可能性。」

「我認爲他很清楚自己要找的人是誰，」索恩努力壓抑自己語氣裡的譏諷，「要是我們現在不全力找人的話，他的動作可能會比我們還快。」

「他怎麼可能會有這種能耐？」

「他搜索這些目標的時間比我們久多了，」索恩知道自己已經引起瓊斯的注意力，「就算我們不公布照片，他也會開始使出渾身解數找出這幾個人的下落。」

傑斯蒙德面紅耳赤，拿著鉛筆不斷敲擊桌緣。索恩十分開心，因爲發現他的沙褐色髮絲比上次見面時稀疏了不少，臉部的靜脈曲張也更加明顯。

「很抱歉，」索恩說道，「我眞的不明白你們爲什麼會這麼擔心。」

「萬一我們在媒體上公布照片之後，賈維殺了其中一個人呢？」

「萬一我們什麼都不做，他還是殺了人呢？」

「這個嘛，顯然不管是哪一種狀況，我們都應該要盡量避免才是。不過，我們必須要思考的是哪一種……比較不會有問題。」

「比較不會有問題？」索恩怒視傑斯蒙德，想起自己曾經看過一篇文章，某家美國汽車廠商發現旗下有款汽車出現可能會引發危險事故的瑕疵，管理高層考量諸多選項，最後決定還是不要對社會大衆發布警示。因爲他們精算之後，發現要是召回全國受影響的車輛所需的花費，其實比賠償傷者與死者家屬的費用還要高出許多。

問題比較大……

「這就是我們需要討論的議題，」瓊斯說道，「萬一消息曝光的時候，不要因爲我們未盡全力、而讓我們成爲千夫所指的目標。」

「要是不發布照片，就會有這種下場。」索恩說道。

傑斯蒙德搖頭，「我們只要對受害者之間的關聯三緘其口，不會引來那麼大的批判聲浪。」

「報紙一定會知道消息，」索恩說道，「我們周邊有太多的大嘴巴，還有太多對他們搖著支票簿的記者，而且，反正一等到麥耶出了下一本書，全部的案情一定都會曝光。」

索恩發現傑斯蒙德的臉龐閃過一抹焦慮之色，但瞬間就消失無蹤。傑斯蒙德知道，等到傷害開始出現的時候，他應該已經不在其位，必須收拾殘局的是他的繼任者，而不是他，索恩猜想瓊斯也在打同樣的算盤。

然而，索恩依然會留下來面對一切，凱瑟琳．伯克、艾蜜莉．沃克與麥肯兄妹的家屬也一樣。

傑斯蒙德取下眼鏡，開始以手帕擦拭鏡片，「我們繼續派出十多名警員去尋找安德魯．道迪與其他人的下落，而且我們也與相關地區的同仁保持密切聯繫，他們的失蹤人口調查小組幾乎都已經先暫時放下了其他案件。」他把眼鏡掛回去，環顧桌邊的與會者，與每一個人四目相接，但就是避開了索恩，「我們會找到人的。」

「崔佛，我再加派人手給你。」瓊斯說道，他瞄了一眼新聞聯絡室的那個女孩，她立刻記下長官的話，索恩知道他們也只想對媒體發布增派人手這個消息而已。

「而且，我們還有另外一條有利線索。」傑斯蒙德說道。

瓊斯翻閱文件，「麥耶照片裡的年輕女孩？」

「沒錯，」傑斯蒙德轉頭看著布里史托克，「羅素，我覺得這是一條有利線索。如果我們能找到她，就有機會在賈維找到道迪與其他人之前、先把他逮捕歸案。」

「我已經安排警力追這條線了。」布里史托克回道。

「我們至少可以發布她的照片吧?」索恩問道，他想要伸手拿水瓶，但發現他搆不到，而且其他人也不想幫忙，所以他的手又縮了回去。他望著社區關係小組的波克托，這傢伙從頭到尾都沒講話，索恩開口問道:「你來這裡到底要做什麼?」

瓊斯傾身向前，「好，沒有人說不能發布照片，我們只是在評估各種選擇，如此而已。」他目光凌厲，盯著索恩，「探長，我想你也不是三歲小孩，一定很清楚我們的立場。所以，我會把你的話當作是對於這些失蹤者的真誠關切，而不是冥頑不靈。」

「其實可能兩者都有。」索恩回嗆。

布里史托克清了清喉嚨，「湯姆……」

傑斯蒙德舉手，把水瓶推向索恩，「我覺得發布那女孩的照片沒什麼不妥，」他開口說道，「這應該算是很好的折衷方案。」

又來了，這是總警司最愛的用語之一。索恩好意外，已經好久沒聽到這句話了。

「好，就這麼辦，」瓊斯說道，「至於其他的照片，我們採取開放態度，隨機應變。」

「當然。」傑斯蒙德回道，露出他一貫的閉眼微笑的表情。

索恩倒水，啜飲了一小口，水有些溫熱，喝起來還有點鐵腥味，「要是狀況有變化……?」

「我們可以立刻發布照片。」新聞聯絡官回道。

索恩並不懷疑這句話的真誠性，不過他心裡有數，等到亡羊補牢為時已晚的時候，動作再怎麼迅速也來不及了。

布里史托克被傑斯蒙德留下來一對一談話，但索恩倒沒有因此而不高興，能離開這間會議室，走到外頭、盡情大口呼吸美麗的髒空氣，他樂意之至。

索恩搭乘捷運、返回科林岱爾的途中，目光一直盯著對面乘客上方的廣告。他現在覺得心情放鬆多了，開始胡思亂想，那些畫面逐漸佔據他的心思，他開始漸漸聽不見列車的噪音；想像力開始恣意漫遊。

他開始想像水瓶裡的水從傑斯蒙德臉上淌流而下的時候、長官會出現什麼樣的表情，還有那個女警的臉龐——充滿了慾念與崇拜——玉體橫陳在金黃色會議桌上、對著他解開雪白襯衫的鈕釦，乞求他上她。

他想像自己將好消息告訴了馬丁．麥肯，殺死他兩個小孩的兇手已經入獄，或者，可能去找某個他還不曾見過的父親、告知對方突如其來的可怕消息。

他想像露易絲在對他盈盈微笑，她在餐桌對面，在床的另外一頭，在某間豪宅裡的房間，那裡的牆上掛著畫，還有他叫不出名字的花朵、擺插在精心搭配的瓷花瓶裡面。

他想像她開始在他面前寬衣解帶。

✣

如果想要取某人的性命，而他正好又喝醉的話，那就簡單多了；和偷皮夾一樣簡單。葛瑞格．麥肯絕對就是一個最好的例子——反應能力鈍化，招架無力，就算在昏過去之前，眼神依然渙散。現在，他看著這名男子走出酒吧，很難判斷他是否已經喝醉了，不過，就算只喝了一兩杯啤酒，也會讓反射作用變得遲鈍。他走到對街，開始跟蹤。只要對方喝酒喝得夠多，就等於是到嘴的肉了，任你予取予求。

當然，大家都知道酒精讓人變得脆弱，而且無人倖免。要是他父親喝醉之後只會狂送飛吻，而不會出拳扁人的話，應該也不會與芬斯伯里公園的那個酒鬼發生衝突，可能永遠不會被警察逮捕。

可能，應該還活在人世吧。

他的身旁剛好是一大片龜裂的牆面，他迅速彎腰，撿起一塊和拳頭一樣大的石塊。他盯著在前方五十碼的人影，對方走到了馬路的盡頭，準備走入泥地。他稍微加快腳步，最後一次檢查口袋，確定塑膠袋與其他必要物件都已經準備妥當。

當兩人之間的距離只剩下短短幾碼，他從外套裡取出香菸，那男子回頭看他，他露出傻笑，默默比了一下劃火柴的動作；男子點點頭，他立刻道謝，又小跑過去，以免害對方久候。

「我借你火柴，給我一根菸吧？」那男子開口。

這樣更好……

在石頭彈飛的前幾秒鐘，他想到了他的父親。發黃的手指交纏在一起、擱在金屬桌面上，還有因猛吸那些細如針筒的捲菸而枯瘦的雙頰。父親開口說話的時候，露出了他的一口爛牙，「監獄外的所有地方幾乎都在禁菸，對嗎？不准大家吸菸，媽的真荒唐，這裡居然成了你唯一還能吸菸的地方。」

男子舉手護臉，石頭碰到了男子的手臂，彈開——其實，應該算是打斷了吧，不過，他隨即發動第二波攻擊，對方的痛苦喊叫才剛出口，就立刻消逝無蹤。男子一倒在草地上，他立刻跟上去，把他翻過來，跪坐在他的胸口，又痛毆了好幾回，直到對方停止反抗才住手。

他心想，不，沒喝醉，不過反正他已經拿出了塑膠袋，盯著對方的雙眼，等待死滅的那一刻到來。

到時候，那張臉已經無法辨別，不過是一團交融的血肉而已。

他又把石頭朝那團血肉猛砸了好幾下，終於濕糊潰散，開始脫落。

當車頭燈朝他的方向而來的時候，他把屍體推滾到了路邊，等待交會的那一刻。卡車轟隆隆駛過去，他的心跳開始趨緩，濕答答的草葉把他的臉搔得好癢。他起身，拍掉牛仔褲上最大坨的泥塊。那男子的火柴盒掉落在路緣附近，他折了根火柴，趁走回自己停車處的時候，順便點了菸。

22

星期三早上：距離某名學校老師下班返家、發現妻子的屍體，以及某名自稱爲安東尼·賈維的男子自曝身分，已經是兩個禮拜前的事了。

卡蘿·查姆柏蘭不知道這時候爲自己斟一杯酒，是不是太早了一點。雖然索恩之前對她開過阿華田的玩笑，不過，這並不是房間裡還有小冰箱的那種飯店，但過去幾天，她在附近的酒品連鎖專賣店選購的灰皮諾白酒，一直放在浴室浴缸冷藏，現在已經喝光了一瓶半。

傑克要是知道了，會說出什麼樣的話，她心裡有數，所以她決定還是等到晚餐再喝，又開始專注研究自己對安東尼·賈維殺人案所做的筆記。

當初她曾經向傑克約略描述了自己這一次的任務，但覺得不需要提起雷蒙德·賈維的名字，他當下的反應是，聽起來只是白費氣力，他難以體會她的熱情。

「爲什麼其他警察追查不到的事，妳卻覺得自己就能查出什麼眉目呢？」他當時這麼問她。

因爲我是警察，她眞想這麼告訴他。我有警察魂，而且我還有一流的辦案能力。

「妳這次要離家多久？」

這種性質的工作，也可以算當私家偵探吧——幾年前，當她被強迫離開警界的時候，她曾經想過改走這一行。但如果最後只落得呆坐在車子裡好幾個小時，腳邊全是吃光的洋芋片空袋，眼睛一直盯著無趣的屋宅，只求能夠拍到一兩張偷情老婆或丈夫的照片，她知道自己一定會痛恨當初做出這種決定。

她先前曾經以輕描淡寫的口吻，講出催眠師的事，但其實當下只是故作輕鬆，她非常感激索恩伸出了援手，她差點就開始過著遛狗與玩填字遊戲的愜意生活，但他又把她拉了回來。五年或十年之後，她應該就可以接受這樣的生活步調，但現在還不是時候。

天，她還不到六十歲啊。

週六見面的時候，她覺得索恩似乎有些心神不寧。但也很難判定他到底是不是有哪裡不對勁，老實說，她和他還沒熟到那種地步，無法得知他正常的狀態是什麼樣子，他有太多事情從來不曾說出口，而每當她拐彎抹角提到的時候，她總是覺得對方有一股隱隱抗拒的反應。

有時候，看著狗兒在海濱急奔，或是與傑克在他們的小花園裡消磨時光的時候，她總有股錯覺，彷彿那些事件都像是發生在別人身上一樣，但她對於自己的作爲無愧於心。在那個時候，問出結果勝過一切——只要一次漂亮的結案，就可以抵過十多次辦案未果的挫敗。就是這個想法，逼她採取了那樣的行動——她知道那正是她與湯姆．索恩的相似之處——即便到了現在，當她的雙眼盯著面前亂七八糟的文件、還有散落在床上的便利貼，她先前擔憂已經流失殆盡的那股衝勁，依然不減。

她心想，我得要暫時逃離這個令人窒息的家。

與湯姆．索恩見過面之後，她一整天都在研究多年前賈維犯案的調查資料。她倒是不期待會有什麼重大發現，但再次閱讀資料，看到隨機殺人的殘暴惡行，卻讓她怵目驚心。她和索恩一樣，很難相信這些案件是某個性格發生劇烈轉變的男子所爲；是性格異常所導致的可怕惡行。

今天剩餘的時間，她都忙著在打電話、或是使用筆記型電腦在工作，與老同事聯繫，許多人當初都曾經對這起案件投入甚深。她忙著探詢線索，請對方幫忙還當年的人情，對於好奇她近況的人，她也逐一講出自彼此的最後一次聯絡之後、自己的動態變化。

當他們逮捕雷蒙德·賈維的時候，這傢伙與自己的青梅竹馬已經結褵了十七年之久，事發之後，媒體對珍妮·賈維緊迫盯人自然不在話下，信箱裡被塞進大便的次數更是數也數不清，逼得她只好離開倫敦躲起來，等待這個她自以爲熟悉多年的男人入獄，接下來，繼續等待她的離婚判決。查姆柏蘭追查到她的下落，住在南安普頓的某間公寓，當這女子接到電話的時候，語氣聽起來十分戒愼恐懼，查姆柏蘭早就預期到對方會有這種反應，她向珍妮保證，她絕對不會揭開太多的傷疤，對方聽起來總算是稍微鬆了一口氣。

她第二天一大早就會搭乘火車前往南海岸，不知道與賈維前妻聊過之後會有什麼成果。當然，她知道安東尼·賈維不是珍妮的孩子，但現在能切入的線索很有限，她也沒有其他選擇，只能看看能挖出什麼。傑克覺得她會徒勞無功，但也許她會發現什麼蛛絲馬跡。

再過兩個小時，她就會接到他的電話。他們一天會講三次電話，有時候通話的頻率更高。通常，要是被他發現她在超市逗留的時間比平常久，他一定會多打一次電話，但她對此倒是不以爲意。

等一下應該還是日常的對話內容。

昨晚，她問他過得如何，他說自己雖然擺爛，但還是努力打起精神，還有，他很想念她的廚藝。她發出憐憫的聲息，但她心底很清楚，他一定是穿著背心在家裡晃來晃去，靠外帶與罐裝苦啤過日子。他撒了小謊，好貼心的舉動。不過，她最近一直在想的是那些告訴彼此與安慰自己、沒那麼可愛的謊言，他們還能長相廝守多年，而且癌症不會復發。

「親愛的，反正，妳不在家，」他說道，「感覺就是不太對勁。」

查姆柏蘭開始整理文件，好不容易才在床上挪出了一點能夠躺下的空位。對，她突然心一橫，既然她不在家，也沒有理由不能讓自己稍微放縱一下。所以，她拿起擱在電視旁小桌上的酒杯，進了浴室。

雖然安東尼·賈維這個案子的規模如此龐大，不過，索恩就和其他兇案調查小組的成員一樣，手邊還有其他的案子。那些謀殺妻子老公、或是因爲某人對自己運動鞋不敬而拿刀相向的案件，並不會因爲連續殺人犯佔用了大家的時間而暫時停頓下來。還有許多案件必須完成逮捕之後的程序，證據必須謹慎核對，在法院庭期到來之前準備就緒，此外，還有與檢方的耗時聯繫。當審判日期逐漸逼近的時候，檢方代表與警察通話的頻率可能高達一小時一次、傳達那些想爲當事人脫罪的律師的期待與想法。

既然索恩對於搜尋道迪、佛勒、瓦許使不上力，基絲頓也已忙著追查麥耶提供的照片，所以他早晨大部分的時間都忙著在處理積案：沃爾薩姆斯托公園的一群不良少女，把某名比自己年紀小了幾歲的十三歲男孩活活打死；漢默史密斯有對夫婦死於縱火攻擊案。就在午休剛結束沒多久，名叫霍布斯的檢方律師打電話給索恩，帶來了令人沮喪的消息。八個月之前，一名年輕女子在奇斯威克開車時因歹徒搶劫未遂而遇害。她買完東西之後，準備要開車，但看到自己後頭的擋風玻璃上被塞了一大張紙而把車停下來。她下車，正打算把它拿下來的時候，躲在車後的男子跳出來，準備要偷她的車，她拚命阻止他，卻被拖到輪下輾過去。一個禮拜之後，她先生決定要關掉維生機器。

「被告律師是派翠克．詹寧斯，」霍布斯說道，「他信心滿滿，可以讓被告減輕罪刑，轉爲過失殺人。」

「門都沒有。」

「他自稱已經找到了重大漏洞，主張是受害女子的錯。他準備要拿出一堆倫敦警察廳鼓勵大家遇到人身威脅時不要抵抗、乖乖交出值錢物件的文宣品。」

「講出這種話，讓人聽了超火大。」

「他玩這種把戲很厲害。上個月他擔任某個小孩的辯護律師，有名女子加完油要付錢的時候，被告溜進她的車後座。」

「靠，那個案子的辯護律師是詹寧斯？」

「你現在知道我的意思了吧？」

那起審判在媒體引發軒然大波，而且法院門口還曾經出現難看的扭打場面。加油站工作人員看到男孩鑽進女子的車裡、困住了她，立刻打電話報警。後來發現男孩有性侵前科，不過，現場沒有找到武器，最後被告的刑責居然只有非法侵入而已，繳了兩百英鎊的罰金之後就沒事走人。

「我們要小心，如此而已，」霍布斯說道，「不要留下任何把柄，讓那混蛋有機可乘。」

「不可能。」

「我們必須全力以赴，」霍布斯說道，「大家已經開始叫他『搶匪救星詹寧斯』。」

索恩必須要處理這個案子，而且原本就很嚇人的文件小山越疊越高，但他卻一直無法將安東尼·賈維的案子拋諸腦後，無論他怎麼努力保持專注，卻依然每隔幾分鐘就會想到它。那陰鬱的節奏與扭曲的樂曲，宛若早晨打開收音機聽到的第一首歌，接下來的一整天都會在腦海裡盤旋不去。

馬丁·麥肯的嘴，宛若破爛傷口在狂吼滴血。

艾蜜莉·沃克冰箱上貼的字條。

黛比·米契爾的兒子，坐在地毯上把火車推來推去的那個小孩。

還有，當他與其他組員坐立難安、等待局勢變化的時候，總是一直擔心他們等於是在跟隨安東尼·賈維的旋律起舞。

一天九個小時的班即將進入尾聲，似乎有望能在正常時間回家了，索恩上完廁所回來的時候，在途中遇到了伊芳·基絲頓。

「我想我們已經找到了照片裡的那個女孩。」基絲頓說道。

他第一個念頭是露易絲果然猜中了，想要兩人共進晚餐應該太樂觀了一點，不過，這畢竟是好消息，但他立刻發現基絲頓的神情有異，「幹……」

「我逐一清查照片拍攝日期之後六個月的失蹤人口報案紀錄，發現有個女孩符合特徵，取款之後的兩個禮拜，她……被人找到了。」

「在哪裡？」

「就在她取款的地方，近得很，」基絲頓說道，「派丁頓車站的後面，看來賈維是個有幽默感的人。」

「這種玩笑太可怕了。」

「我已經打電話請高階調查警官幫忙，取得了她父母的地址。」

「妳告訴布里史托克了嗎？」

「他不在辦公室，所以──」

「我來打。」他拿起自己的手機，基絲頓轉身回去偵查室，他邊撥號碼，不忘稱讚她，「幹得漂亮。」

電話直接轉到羅素．布里史托克的語音信箱。

「是我，如果你正好和崔佛．傑斯蒙德在打高爾夫球的話，我想你可以順便幫忙傳個口信，他那條有利的偵查方向，已經變成了死路一條。」

23

艾立克．辛克萊爾，這位將近六十歲、頭髮稀疏，雙手不停顫抖的高大男子，頓時陷入沉默。他剛才提到了自己的女兒克洛伊，將近三年前的時候，被人發現陳屍於派丁頓車站後面的某處廢棄工具房裡面。

他們坐在巴爾漢姆的某棟排屋裡的凌亂客廳裡面，艾立克幾度想要開口未果，轉而面向坐在旁邊的妻子，米莉安．辛克萊爾應該比丈夫年輕了好幾歲，不過，頭髮明明染過色，還是看到許多灰髮從額前冒出來，而且，索恩猜她以前化的妝應該不會這麼濃才是。

「能聊聊她當然很好，」她對著索恩與基絲頓微笑，「不過之後那段記憶就會撲迎而來，過往的傷痛是不可能忘記的。」

「有時候我會夢到她，」艾立克說道，「醒過來沒多久之後……瞬間想起她其實早就不在人世了。」

「確定什麼都不喝嗎？」

「眞的不用，謝謝。」索恩回道。

昨天下午，當基絲頓打電話給這對夫婦的時候，當然，立刻引發他們的好奇探詢。女兒被謀殺之後，調查無疾而終，卻在隔了這麼久之後接到電話，他們十分驚訝，但他們也同樣渴望知道是否有任何的進展。基絲頓告訴他們，克洛伊之死與他們手上正在偵辦的某起案件有關；然後，接下去的部分她沒有多提，只強調克洛伊的案子依然在繼續偵辦，不抓到兇手絕對不會善罷甘休。

「不要緊，」米莉安先前在電話裡這麼說的，「我知道你們的工作壓力有多大，我的意思是，你光打開報紙就知道有一堆其他的兇殺案，還有那些才剛遭逢傷痛的家屬，我們兩個畢竟是熬過來了。」

「你們找到他了嗎？」艾立克等到現在才開口問到這問題。

「我們還沒有逮捕到任何人，」基斯頓回道，「不過我們已經掌握了好幾條有利線索，而且——」

「男朋友，」米莉安看著她先生，「我們知道是她的男友。」

「沒錯。」基絲頓說道。三年前負責追查克洛伊兇手的警官確認主嫌就是她生前的交往對象，他們已經竭盡全力，卻依然沒有辦法追查到這名男子的下落。

「我們有名字，」索恩說道，「也有他長相的述詞。」但他沒有告訴這對父母，名字與長相都不可信。「我們會全力追查，當然也會把情報提供給史貝丁督察長。」原本負責這起案件的警官接到基絲頓來電，甚是歡喜；他說，任何資訊他都很樂意共享，只求能看到破案的曙光就好。

艾立克・辛克萊爾面向妻子，「戴夫・史貝丁偶爾還是會和我們聯絡，對吧？」

「每年聖誕節一定會寄卡片，」米莉安說道，「克洛伊生日的時候也會打電話什麼的。」

「我的意思是，後來他與我們很熟，與克洛伊也是，只是方式不太一樣。」

「我覺得，他一定也很難受吧。」米莉安嘆道。

索恩點頭，心想，一定是的，警察的痛，只有等到收拾家當、搬離這裡，買下某間不錯的小酒吧營生之後，才能眞正解脫。他說史貝丁似乎是個好人，也是個善良的警察。

「這個問題可能聽起來有點愚蠢，」基絲頓開口，「不過，自從第一次偵辦結束之後，兩位是否又回憶起什麼？後來才想起來的事情？」

「我們都告訴戴夫．史貝丁了。」米莉安回道。

「我知道，而且我們也沒有要重揭傷痛的意思。」

「可否請你們稍微回憶一下？」索恩問道，客廳另外一頭的展示櫃，可以看到一整排的金屬框相片：辛克萊爾夫婦與一對子女在海灘的全家福；克洛伊與哥哥在野生公園門口抱著小猴子的照片；有個年輕人擺出驕傲的姿勢，旁邊應該是他的第一台車，如今這個年輕人死了妹妹、已經成爲家中孤子。

「那是她的間隔年[6]，」艾立克回道，「存了一筆錢，在念大學之前去旅遊。她在我辦公室幫忙了一陣子，但她覺得無聊死了，所以決定去酒吧打工，也就是在那裡認識了這個叫東尼的傢伙。」

「她常在你們面前提起他的事嗎？」基絲頓問道。

米莉安搖頭，「她告訴我們他比她大了好幾歲，我們其實不是很贊同，我想她應該懂得我們的意思。」

「也許我們要是……開明一點，狀況就不一樣了。」艾立克愣了一會兒，「我只是不希望她即將在上大學、迎接一切之前，與任何人走得太近。結果，她開始嚷著說不要念大學了，要和這個叫東尼的傢伙去旅行，或是搬出去與他同居。」

「我們吵了好多次。」米莉安說道。

索恩說他可以理解爲人父母心，知道他們非常擔心女兒，「但你們從來沒見過他？」

這是個溫暖的早晨，但米莉安卻拉緊了胸前的開襟毛衣，搖搖頭，「她一直不肯透露男友的事，她說這是她的私生活什麼的。」米莉安的笑容充滿了懊悔，下唇微顫，「我覺得到了最後、我們可能會把她逼走，所以我請她帶東尼回來讓我們看一下。」

「她說太遲了，」艾立克接口，「東尼已經知道我們的反應，她不希望讓他承擔被父母審視的壓力。」

「現在回頭來看，實在荒唐，」米莉安說道，「才不過幾個月的時間，她就愛他愛得無可自拔。某一天告訴我們她想要去哪些地方玩，接下來就好幾天不見人影。」

艾立克臉色一沉，「所以剛出事的那幾天，我們根本不知道狀況。」

「可否告訴我們……？」索恩問道。

艾立克清了清喉嚨，但開口的卻是他的妻子，「她在他家過夜的次數越來越多。」

「他家在哪裡？」基絲頓問道。

「我想應該是在漢威爾，就算不是，至少她也提過這個地方好幾次。我還記得她說自己需要買第四區的通勤卡，但我們從來不知道地址，」她捏住沙發扶手上的鬆脫線頭，「所以，週四晚上她沒回家，嗯，我們只是以爲……」

❻ Gap Year，西方國家年輕人在升學或畢業工作前所做的長期旅行。

「週六早上，我們開始有些擔憂，」艾立克說道，「對，我剛才說過我們常吵架，但她通常一兩天之後會打電話，她知道我們會不放心。」

米莉安猛拉線頭，終於拉斷了，又把它搓揉成一團、握在手心裡。「我們在週六打電話報警，」她說道，「然後，過了三個禮拜，有人按我們家電鈴。」

「兩名警察站在門口，」艾立克說道，「當那女警想要擠出笑容，卻根本笑不出來的時候，我心裡就有底了。」

「你們知道原因了嗎？」米莉安突然問道，「既然你們現在有了名字，所以也許你們知道他爲什麼要做出這種事。」

因爲安東尼·賈維早有計畫，因爲他需要你們的女兒替他出面拿錢。而等到她完成他的需求之後，他立刻就動手殺人。他一旦開始執行自己的超級殺人計畫，自然無法容許留有任何破綻，所以他把你女兒的屍體藏在一堆生鏽廢鐵與髒兮兮的麻布袋的後方，她的後腦勺被打凹，脖子上纏綁著塑膠袋，身旁全是乾屎與蠹魚。

因爲他想要先找個人下手練習。

「現在下定論太早了一點。」索恩回道，他發現自己說出口的時候既心虛又可悲，希望對方不要聽出異狀才好。

基絲頓看了他一眼，但他卻迴避她的目光。「我們只要有新的進展，一定會立刻過來讓你們知道。」

索恩看得出來這對夫婦已經崩潰，他感謝他們特別抽出時間，也向他們道歉，害他們必須講出傷心事。米莉安說不要緊，只要能幫助他們早日抓出兇手就好，她還說自己招待不周，道歉的人應該是她才是。

「克洛伊有寫日記的習慣嗎？」

「有，但只是記錄約會之類的事項，」米莉安回道，「事發之後，我仔細檢查過……希望她當初也許有寫下什麼東西。當然，警方也看過了，但只有看到『與小東見面』、『與小東喝酒』之類的字眼，如果你想拿走的話，沒問題。」

「核對日期應該會有用，」索恩說道，「手機呢？」

「警方也看過了，」艾立克回道，「在她的包包裡找到的。」

「還留著嗎？」

米莉安搖頭，「當警方把克洛伊的東西交還給我們的時候，艾立克就立刻把它們送進資源回收場。」

「我就是沒辦法忍受垃圾，」艾立克伸手過去，輕撫太太的手，「眞的受不了。」

索恩點點頭，低目望著自己的公事包，他知道這男人現在所說的垃圾，其實另有所指。

珍妮·杜根，也就是先前的珍妮·賈維，對於卡蘿·查姆柏蘭打算到她家中拜訪，心裡有些疙瘩，所以她們約在市中心的某間小酒吧見面。查姆柏蘭比較晚到，因爲從滑鐵盧出發的火車延誤了十五分鐘。等到她上完廁所，點了飲料之後，她又走回店外頭，與杜根坐在一起，享受戶外的陽光。她們所在的位置，距離中世紀古牆北端的古蹟巴爾門不過只有一百碼的距離，在二次世界大戰的時候，警方把它拿來當作總部使用，如今是某間現代藝術畫廊，而八百年前，它曾經是進入南安普頓的主要通道。

「這裡一切都很好，」當查姆柏蘭拉椅子的時候，杜根開口，「但如果週五晚上想要出來晃一下，還是讓人心驚膽跳。」

查姆柏蘭從包包裡取出太陽眼鏡，與珍妮．杜根的那副超大太陽眼鏡相比，簡直是小巫見大巫。查姆柏蘭忍不住心想，也許在事發十五年之後、到了另外一座城市，這女子依然擔心會被別人認出來。

「我以為妳工作的時候不能喝酒，」杜根問道，「或者這只是電視上亂說的？」

「嚴格說來，我現在不算在工作，」查姆柏蘭回道，「其實我已經退休了，只是在幫忙查案。」

「妳辦的是懸案嗎？就像是電視影集《喚醒死者》演的一樣？」

「我想是吧。」

「我很喜歡裡面的男主角，」杜根說道，「妳有沒有認識哪個和他一樣的警察？」

「恐怕不多。」查姆柏蘭回道。

她們閒聊了十分鐘左右，談電視節目、天氣，還有杜根最近剛找到的工作，在當地的某間家具公司擔任會計。查姆柏蘭知道自己比對方大了十歲左右，但她覺得旁觀者應該會覺得兩人之間的差距有十五歲。杜根把自己打理得很好，身材依然曼妙，而且剪的是年輕女孩偏愛的蓬鬆鮑伯頭。查姆柏蘭覺得自己相形見絀，不知道太陽眼鏡是否能夠掩飾一點自己的老態。

杜根很健談，態度也很輕鬆。查姆柏蘭知道自己應該要把話題轉到賈維身上，但她實在不想咄咄逼人，除了因爲先暖場有效果之外，她其實也很喜歡這樣無所事事的閒聊。陽光溫暖，酒也不錯，經過的路人一定以爲她們是一起享用午餐或是準備要在下午一起購物的朋友。

「所以，妳沒有再婚？」查姆柏蘭問道。

「抱歉？」

「妳還是沿用娘家的姓氏？」

杜根大笑，「幸好妳已經退休不幹警察了。我再婚，而且又離婚。」

「嗯，這樣啊。」

「別擔心，第二個不是什麼連續殺人魔，」她喝了一口酒，迅速嚥下去，「只是個自私的混蛋而已。」

查姆柏蘭不知該作何反應才好，所以她什麼話都沒說。兩人靜靜望著車流與購物民衆，過了一分鐘左右，杜根開口，「妳知道嗎？雷蒙德從來沒有動手傷過我。」

這一次也一樣，查姆柏蘭依然沒有回話。

「想想後來發生的那些事，很令人訝異吧？是不是？他多少算是個好丈夫，工作表現也很優秀。」她別過頭去，「最後，連殺人也很厲害。」

查姆柏蘭想到了腫瘤，還有它改變雷蒙德．賈維人格的那套理論。她和索恩對此嗤之以鼻，會不會是他們弄錯了？「所以，妳覺得他做出那樣的事，有違他的個性？」

「嗯，其實我不是……很驚訝，」杜根回道，「出事之後，警察找大家問話，鄰居啊什麼的，大家都說『我絕對不信』和『他看起來就是個正常人』之類的話。不過，當警察告訴我雷蒙德做了什麼事情的時候，我只是點點頭，我還記得他們互望彼此的表情，妳知道嗎？我想那時候他們一定以爲我知情。現在回想起來，我覺得應該只能說他心裡有……陰暗的一面，我早就知道了，但一直不肯面對罷了。對了，但那並不表示我知道那種心態會讓他做出什麼事。」

「這種事妳怎麼可能會知道呢。」

杜根露出感激的微笑，「我剛才告訴過妳，有許多人都認爲我知情，但怎麼可能呢？對，大家都聽過這類的案件，恐怖謀殺情節，丈夫殺死小孩埋在自家地底下之類的故事，我和大家一樣，都覺得他們的太太一定早就心裡有底，無風不起浪不是嗎？」

「妳知道他有個兒子嗎？」

這次沉默無語的人輪到了杜根。查姆柏蘭盯著她，看到的是拚命閃避的驚訝之情，想必在十五年前、當警方告知珍妮·杜根她的丈夫殘殺七名女子的時候，她一定也出現相同的神情，查姆柏蘭很清楚爲什麼那時候的警察會懷疑這個女人。

「我知道他外頭一直有女人，」杜根終於開口，「我知道……但我總是假裝不知情，我催眠自己只是在胡思亂想罷了。」她取下太陽眼鏡、把它擱在桌上，「妳懂得那種感覺吧？」

查姆柏蘭點點頭，那些告訴彼此與安慰自己、沒那麼可愛的謊言。

「至少，他沒有把麻煩帶進家裡，而且每天晚上都回家。」

「我們正在找尋一個約三十年前出生的人，」查姆布蘭說道，「所以……」

「就是在我們新婚不久之後的事。」

「沒錯。」

杜根點點頭，開始回想，雙眼盯著玻璃杯裡的殘酒，「我們那時候正在努力生小孩。」

查姆柏蘭等她繼續說下去。

「他那時候和一群英國電信的女同事很要好，」杜根說道，「其中有兩個也是已婚女子，但基本上就是一群浪蕩女子。一開始的時候，我去過幾次夜聚，但顯然她們不喜歡有太太與會。現在回想起來，他可能就是在那時候勾搭上其中一個女人吧。」

「記得哪個人的名字嗎？」

杜根說沒辦法，就連查姆柏蘭開始逼她，結果也一樣。

不過，她說她知道某人也許可以幫得上忙，雷蒙德．賈維剛進英國電信的時候就認識的好友。「麥爾康．里奇是個大混蛋，」她開口說道，「他常來我家，就坐在那裡等著我伺候他和雷蒙德，我得幫他們弄三明治，還得拿出冰箱裡的啤酒給他們喝。有時候，我正好看到他在偷笑，彷彿他很清楚什麼我不知道的秘密，有一次我真的很火大，故意把茶潑在他的大腿上。」過往的回憶讓她笑了，但笑意並沒有持續太久，「就連在那種時候，我都告訴自己，他有外遇不過是我多心罷了。我告訴我自己，只有麥爾康才是那種人，這傢伙真的很自以爲是，我記得有一次他趁雷蒙德不注意的時候、偷抓了我屁股一把。」

「聽起來很風流。」查姆柏蘭說道。

杜根點點頭，一口喝光了酒，「麥爾康身邊從來不缺女伴，這一點無庸置疑。」她又靠回椅背，仰頭，讓陽光照拂整個臉龐，「我的意思是，要是有人知道雷蒙德那時候在搞什麼名堂，和誰在一起，就只有他了。」

查姆柏蘭抄下姓名，以及麥爾康・里奇在八〇年代住所的街道。她謝謝杜根爲了她而抽出寶貴時間、而且還特別向公司請假。

「我告訴他們我找人來家裡修熱水器，」杜根回道，「這些年我經常說謊。」

查姆柏蘭把筆記本放回手提包哩，開口問道：「爲什麼妳和雷蒙德沒生小孩？」

「我們很想生，但我生不出來。」杜根語氣平淡，但就在她目光低垂、望著桌面之前，查姆柏蘭還是看到了她眼底流露的一抹痛苦。即使經過了這麼多年之後，聽到雷蒙德・賈維與別人生了小孩，依然讓她好傷心。查姆柏蘭也不想多提，她前夫偷腥，害別人付出了更慘痛的代價。

「想不想一起吃午餐？」杜根問道，她伸手指向對街的某間義大利小餐廳，「還是妳得急著趕回去？」

「好啊，反正我也不是很急。」查姆柏蘭的確餓了，她先前買的是未限定時間的回程票，什麼時候回去也不是那麼重要，而且，珍妮・杜根的雙眼裡依然看得見那股痛楚。

基絲頓已經與戴夫・史貝丁相約見面，他正是負責克洛伊・辛克萊爾兇案的督察長。現在，他已經是駐任維多利亞的總警司，所以，從辛克萊爾夫婦的巴爾漢住處離開之後，索恩先讓基絲頓下車，然後自己準備回去辦公室。

他從市中心一路北行，腦中一直揮之不去米莉安與艾立克談到女兒時的複雜情緒。他見識過太多的人間悲劇，知道時間一定會改變現況，美好的回憶終將超越可怕的過往，這是一個持續不斷的過程，只是速度緩慢，他與他父親之間——也有過類似的情形——其實，現在依然還是處於這個階段。雖然殺死他們女兒的兇手還逍遙法外——不過，總有一天——當他們講出克洛伊的名字的時候，不再需要輕聲細語，提到女兒過往的時候，不必像是突然挨了重拳一樣、必須猛力提氣說話。

總有那麼一天，她不需要在溫暖的日子裡緊揪著自己的開襟羊毛衫。

尤斯頓路車行緩慢，索恩開始找尋廣播頻道，希望能夠找到不要讓自己心煩氣躁的聲音。他聽到古典音樂頻道，停了下來，手指在旋鈕上猶疑了一會兒，最後還是放開了。他分不太清楚貝多芬與黑色安息日樂團之間有什麼差別，但這音樂很悅耳，而且，雖然車子走走停停，他的心緒卻開始四處晃遊。

但並沒有飄得太遠……

他想到了艾蜜莉．沃克的丈夫，還有凱瑟琳．伯克的那個飯桶男友，葛瑞格與艾莉克絲的父親，以及克洛伊．辛克萊爾的父母。

安東尼．賈維的其他受害者。

索恩也不知道為什麼，眼前開始出現這些人全穿掛在同一條繩索上的畫面，宛若以真人當成串珠的項鍊。四周一片冷黑，他們緊緊纏住繩索，身旁是他們已經了無生息的摯愛。死者，悲傷欲絕的親人，死者，悲傷欲絕的親人……這些人的重量讓巨型項鍊為之變形，但那條吱嘎作響的繩索上依然還留有許多空缺。

索恩調高音量，看到車流出現了一點空隙，立刻踩油門。

無論喪親之痛對他們造成了什麼樣的影響——彬彬有禮過了頭或是任性吵鬧；大吼大叫或是靜默無語——索恩很清楚，安東尼．賈維受害者親屬望著他的時候，渴求得到的是某種獨特的安慰。強而有力的臂膀與溫暖的話語當然不難，不過，他們期待的是他與同仁能抓到那個害他們承受苦痛的兇手。這只不過是個單純的步驟，但卻是讓他們得以解開悲愁情結的第一步。

他經過了卡姆登、拱門路，開始落雨的時候到達了高門，接下來是芬奇利，兩個多禮拜之前、艾蜜莉．沃克屍體被發現的地方距離這裡不過只有幾條街而已。十分鐘之後，他到達巴尼特，轉進大北路，過沒多久之後，切進妮娜．柯林絲所住的那條街。

自從黛比．米契爾搬來與她的朋友同住之後，就一直有警車駐守在外，索恩向裡面的警察出示證件之後，按了電鈴。

來應門的是柯林絲，她瞪著索恩，「怎樣？」

「一切都還好嗎？」

她的下巴朝警車點了一下，把香菸扔進狹窄人行道旁的樹叢裡，「除了我每次出門買菸的時候都得向警網雙雄報備之外，對，其他都還好。」

「妮娜，不要緊。」黛比．米契爾出現在柯林絲背後，柯林絲嘆了一口氣，讓開位置給黛比，自己又進屋去了。

「我只是剛好經過。」索恩說道。

「你眞是好體貼。」

「我覺得我應該要過來看一下，嗯……了解一下妳們現在的狀況。」

「哦，我哪裡都不能去，傑森也沒辦法去學校，但也沒辦法解決對吧？」

「抱歉，但我們的保護所隨時歡迎妳入住，那裡應該是最好的選擇。」

她搖頭。

「好，要是有什麼問題的話，打電話給我們就是了，知道嗎？」

黛比．米契爾點點頭，雙手交疊胸前，「有沒有好消息？」

索恩愣了一兩秒才開口，「我保證，有的話一定會讓妳知道。」

索恩口袋裡的手機響起，「抱歉。」他看到來電者姓名，從大門口向後退了幾步，「我必須接這通電話。」

賀蘭德呼吸有些急促，他正坐在高速前進的車子裡，旁邊還有同行的警察，不時得要提高音量、蓋過其他人的交談聲。

「哪裡？」索恩問道。賀蘭德剛才講話的時候，他專心傾聽，回頭瞄了黛比．米契爾一眼，發現對方看到自己的表情之後、臉色也跟著大變，雙手放了下來。「抱歉，戴夫，再說一次。」

雨聲越來越嘈雜，當索恩正要開口的時候，他聽到她說話了，「又一具屍體，對嗎？」

他轉頭看著她，賀蘭德繼續報告細節，他發現傑森．米契爾溜出門口，進入走廊，躲在母親背後偷看到底發生了什麼事。

賀蘭德問道：「長官？」黛比．米契爾退後避雨，又喃喃講了幾句話。接下來的那幾秒鐘，索恩一直安靜無語，視線無法離開那個穿著紅白色睡褲的男孩，他躲在走廊，睜著大眼，雙唇光亮，門牙在下唇來回滑動。

我的日誌

十月十日

不知道他們是否已經發現了他，就算沒有，應該也快了。我賭應該會被遛狗的人尋獲，這種故事你看過很多次了吧？不然就是靠那些亂闖禁地的小孩。我在想，如果我有機會，如果我剛好知道什麼時候他們會過來的話，我可能會跑過去欣賞他們瞎忙一場。嗯，除非你家沒有電視、或者你一直住在洞穴裡，不然一定可以想見那是什麼場景。幾十個戴著塑膠口罩與穿著紙衣的警察集體出動，有燈光帳篷還有封鎖現場的膠帶，以及某些抽菸抽不停的警探站在旁邊吆喝同事或低聲抱怨長官。

我忍不住心想，要是他們在十五年前也這麼認眞的話，也許能早一點發現眞相。也許能夠挽救好幾名女子的性命，了解他們的「邪惡殺手」是一個無法克制自己的人，和其他人一樣也是受害者。

他們可能有機會可以阻絕這一切。

我沒機會親臨現場當觀眾，但我知道我也不可能目睹屍體搬運出來的過程，不過，我敢說他們絕對比我輕鬆自在多了。只有當你自己下手移屍的時候，你才會懂得什麼叫作「重得要死」。把他拖進車裡、又把他拖出來，簡直就是惡夢一場，所以，之後當我找到了理想地點，看著他滑入水中的時候，眞是太美妙了。然後，他宛若變成一個毫無重量的人，沉落幽黑的水底，優雅。

老實說，我不知道自己爲什麼想去現場。當然，絕對不是爲了幸災樂禍什麼的。我覺得，我只是想要獲得參與感。要不是因爲我，這一切也不會發生，所以我的這種思維聽起來可能有些奇怪，不過，我對於自己的所作所爲，很容易就感到……疏離。我知道，我的態度很冷血，但我得一直主導這場比賽，而且我又不能隨便對酒吧裡的陌生人傾訴自己的焦慮，對不對？

每當我看到「瘋狂孤獨者」這個字詞的時候，總是讓我哈哈大笑。嗯，沒錯，會變成這樣的人，通常都有絕佳的理由！對了，當你要揹起那些「重得要死」的東西時，不能不算是一大缺點。

我不是一個要渴求別人注意目光的人，我知道，那麼我爲什麼還要把這一切在媒體曝光？嗯，我希望等到一切終於眞相大白的時候，希望大家對於事發原因有些基本的了解。老實說，我也不期待能有多麼深入，我想，一定會有學者專家，還有奇怪的宗教狂熱蠢蛋在一旁滔滔不絕呼籲要寬恕。但除了他們之外，幾乎大家都會陷入超級歇斯底里的狀態，根本不會有幾個人鳥什麼前因後果。

我想要讓事情水落石出，還有其他更重要的原因嗎？除了上述理由之外，等到尼可拉斯・麥耶之流的那些人開始坐下來、撰寫暢銷書的時候，他們就會有比較多的素材。

希望他們這次出版的內容可以比上次充實。

震驚，恐懼：最近書報攤非常平靜。老闆忙著把小孩驅趕到店外，而且動不動就有新頭條出現。太多小孩拿刀互砍，太多骯髒齷齪的事了，名流醜聞或是重大恐怖份子攻擊事件一定會蓋過單純的謀殺案。

✣

不過，等到他們發現最近的這一起之後，他一定又會暴跳如雷，揮舞捲起的八卦小報、把它當成某種正義之劍，大嚷街頭變得這麼危險。我一定要趕緊過去書報攤一趟，要是我走運的話，當那個正義魔人老頭把Bensons香菸交到我手中的時候，應該有機會可以看到他暴怒的模樣。

24

「最重要的是，受害者的性別不一樣，而且兇器是鑲有珠寶的貴重十字弓。」

「什麼？」

「好，你到底有沒有在聽我們講話？」

「抱歉，菲爾。」

索恩現在已經體會到睡眠不足所帶來的負面效應。昨天下午到達犯罪現場之後，他一直待到深夜才回家，當他進門的時候，露易絲已經睡死了，而當他在四小時之後、再度進入某條同樣幽暗潮濕的街道時，露易絲依然在熟睡狀態。

到了早上十一點，他已經好想爬回床上，四肢沉重得不得了。那冰冷的金屬驗屍台，簡直像是最舒服的床褥在召喚著他。

「喝點『健康谷』，」漢卓克斯說道，「不然『紅牛』也可以，但我不建議同時喝這兩種飲料。」

「除非這裡的哪個冰庫裡剛好有這種飲料，否則你講這種話也是白搭。」

「你知道嗎？這東西在法國是違法的。」

「什麼？」

「『紅牛』提神飲料。在挪威與丹麥也一樣。」

「法國人喝苦艾酒，難道那就不會死人嗎？」

「誰知道，不過苦艾酒可以讓人變得更溫柔多情。」

一兩秒之後，索恩終於反應過來；不過，他連哈哈大笑的力氣也沒了，只能略露諷刺苦笑。

索恩站在驗屍室的外頭，研究牆上的保健海報。正當他在閱讀如何防治愛滋病與菌血症的時候，他打了一個剛好掩蓋他超級大臭屁的哈欠，漢卓克斯也在此時脫下防護衣與外科手套、丟入公用垃圾桶。然後，兩人一起走過狹窄的走廊、前往驗屍官辦公室，也就是這位病理學家在這裡的待命地點。

「悄悄來襲，卻足以置人於死地。」漢卓克斯說道。

剛開始的時候，索恩以為他朋友講的是菌血症，但他後來看到對方大笑才恍然大悟，趕緊道歉，「對不起。」

「你這個噁心鬼……」

這間辦公室比帕維許·坎巴爾的大了那麼一點，但卻凌亂多了。三張書桌裡的某一張桌面堆滿了綠色的硬殼檔案夾，每台電腦螢幕上都有便利貼。漢卓克斯拉了張椅子給索恩，然後一屁股坐在自己的椅子上。書桌上方的兵工廠「七〇年代傳奇」月曆，是他在這塊共用空間裡唯一能夠宣示領土的標界物，索恩發現漢卓克斯將在兩個禮拜之後參加「基因規範」研討會，日期還特別以紅筆標示出來，上方的圖片是查理·喬治，一九七一年英超總冠軍決賽時、踢進致勝一球之後平躺在地的照片。

漢卓克斯指了指其他的書桌，「大部分在這裡工作的人一知道有『客戶』進來的時候，心情就會很低落，我自己是平常心。不過就剛才那一具的狀況看來，我寧可去處理跳樓身亡或遇到慘烈車禍的屍體。」

在索恩的印象中，他不記得有什麼溫馨可愛的兇案現場，不過，昨天下午到達河渠堤岸的時候，他覺得自己很幸運，因為先前一直沒時間吃午餐。

他們先前在卡姆登水閘附近的水域將屍體拖拉上岸，幾乎就在商店與酒吧群聚的市集的隔壁，不過，還是無法判斷屍身到底是從哪裡運進來的。它躺在草草搭建的河岸帳篷裡面：某隻手緊握成拳，裡面想當然耳是一小塊的X光片；另外一隻手的手掌向上，指尖發紫，彷彿受害者是黑色皮膚、戴了無指白手套，一隻鞋子不見了，腳上纏繞著一團水草；因脹氣而鼓凸的肚子緊貼著濕透的丹寧外套。

塑膠袋裡依然還殘留了一點水漬，它緊緊黏住那男子的臉龐，讓原本就已經殘破的臉更顯得扭曲不堪。索恩覺得那看起來彷彿像是個破舊的靠墊，浸濕的填料露了出來，一團糊爛。

「泡在水裡應該有三十六個小時了，」現在，漢卓克斯告訴索恩，「絕對不是剛落水。」

「那麼，絕對是死後落水吧？」

「老哥，你也看到他的臉，怎麼可能是魚咬爛的呢，」漢卓克斯靠回椅背，「依我判斷，死後好幾個小時才落水，至少有四、五個小時之久。」

「所以他是在別的地方遇害？」

「這麼說吧，我覺得兇手不可能在河邊把他打死、在頭上套了塑膠袋，然後繼續站在那裡向來往路人揮手打招呼。」

索恩點點頭，知道自己問了蠢問題，他本來以為他們查出死者遇害地點的最佳方法應該就是靠驗屍報告，但顯然這條路已經行不通了，浸泡在水裡三十六個小時，毀壞殆盡的不只是受害者可資辨識的面貌而已。他眨眨眼，拚命想要揮去那幅塑膠袋裡黏著殘肉的畫面，「我看也不需要找人來確認屍體身分了，」他開口說道，「沒有胎記什麼的，我也不覺得會有誰能認得他。」

漢卓克斯搖頭，「能省略這個步驟就太好了。」

「我們第一次運氣這麼好，」索恩說道，「嗯，反正他是那三個人裡面的其中一個。」

這名死者的臉部被打得慘不忍睹，所以就連以看牙紀錄來核對都非常困難，從可靠來源取得的指紋或DNA樣本、與屍體上的採樣進行比對的機會更是微乎其微。所以，屍體上可以找到的物件，應該可以讓他們確認安東尼·賈維剛殺害的對象是賽門·瓦許：牛仔褲屁股口袋有張老舊的駕照；皮夾內袋裡有一封阿姨的來信，字跡已經幾乎根本難以辨認。

「阿姨是最近的血親，對嗎？」

索恩點頭。

「誰要去告訴她這個消息？」

「算布里史托克倒楣，得接下這個燙手山芋。」

「我還是不知道你們到底怎麼搞定那種事情，」漢卓克斯說道，「相形之下，切剖屍體還容易多了。」

「我寧可去面對滿屋子的寡婦與悲傷的父母。」

漢卓克斯搖頭，態度堅定不移，「起碼我知道死人會有什麼反應。」

索恩正要開口，想要講出「我習慣了」這句話，但漢卓克斯太清楚他了，知道他根本不是這樣的人。「我想他阿姨一定很欣慰，瓦許還保留了她的信，很想念她，是吧？」

房門外頭突然傳來一陣談話聲，還有推車經過時所發出的橡膠輪摩擦吱響，它旋即消散，現在只聽得見停屍間工作人員對話的回音；這是每天都會上演的節奏。

漢卓克斯面向自己的電腦，打開電郵瀏覽器，檢查收件匣。索恩看著他二頭肌周邊的精美凱爾特環狀刺青，正隨著滑鼠上上下下而晃動，「要不要去哥特堡待個兩天？」漢卓克斯看著螢幕，開口問他，「『藥物病理學之影像分析』的研討會，還有醃鯡魚吃到飽？」

「為什麼要改變犯案模式？」索恩問道，「為什麼瓦許的臉被打得慘不忍睹？為什麼這次的行兇方式如此暴力？」

漢卓克斯轉身過來，「哦，所以你這等於是『拒絕』吃醃鯡魚囉？」

「你正經點好嗎？」

「也許他覺得自己很厲害，越來越目中無人。」

「這一點大家都知道。」

「所以，他覺得不需要再鬼鬼祟祟了，我不確定。也許他很匆忙，或者他沒有如對付麥肯一樣的充分時間、能夠和這個對象慢慢攪和，」漢卓克斯又想了一會兒，「也許他只是更加暴怒而已。」

「但這次為什麼要殺人棄屍？」索恩問道，「他以前從來不會擔心被別人發現屍體。」

「誰說他不希望屍體被發現？我覺得如果他在戶外殺人，當然是把屍體丟在戶外，不然是要擱在哪裡？」

「這麼講沒錯……」

「就算他想要使用相同的犯罪手法，在室內殺人，但瓦許似乎是居無定所，賈維也無計可施。」

「對……也許被你說中了。」索恩回道。他鼓起腮幫子，緩緩吐氣。他很想繼續坐個幾小時，但千百個不情願，還是站了起來。他走向門口，告訴漢卓克斯他等一下會打電話過來，還說只要驗屍報告一寫好，一定要立刻傳眞給他。索恩覺得漢卓克斯依然在盯著他，那種表情他再熟悉不過了——戴著眼鏡的雙目瞇成一條線——漢卓克斯很擔心他。可能是他與他的案子，也可能是他與露易絲之間的互動，他不確定到底是哪一個，但他絕對不會開口多問。

最後，漢卓克斯只問了他這麼一句，「哥特堡之行你是答應囉？你也知道瑞典的伏特加品質超優，還有，他們還沒有禁『紅牛』。」

回到貝克大樓的時候，偵查室裡的氣氛很詭異，彷彿大家都是電話服務中心的員工——今日這種氣氛更甚以往——老闆送來神秘披薩，想要鼓舞士氣，但大家都很懷疑有必要爲了這種獎品拚命嗎？發現屍體，一定會讓小組成員卯起來辦案，就算是老鳥也一樣，不過現在的這股衝勁不知道爲什麼有點敷衍。如果你仔細盯著大家，可以嗅出一股輕浮的氣氛——同事之間互瞄的眼神、敲打鍵盤、拿起電話的動作都是如此。

身爲辦公室主任的薩米爾．可林，自從昨天下午派人前往卡姆登之後，就一直忙著繼續分派任務。可林在咖啡機附近發現了正在拚命翻找餅乾，但一無所獲的索恩。

「斷頭雞。」可林突然說道。

索恩將冰箱上方櫥櫃的門猛力關上，「我們很難使得上力。」果然不出所料，法醫鑑識實驗室的那些高手也只能無所事事而已，因爲屍體泡水，也等於毀了所有的鑑識證據。但他們總還是有機會接到可能看到線索的民衆打來的電話，可能是在卡姆登水閘，也可能是在犯罪現場——哪裡都有可能——而且大批警力正在進行逐戶詢查，但除了幾百碼之外的那幾間時尚風格的公寓之外，尋獲屍體的地點根本就無人居住。

「美國有一隻無頭雞活了十八個月。」可林說道。

「什麼？」

「其實，是五十多年前的事。我的小孩找到網路資料，特地拿給我看。『神奇斷頭雞麥可』，他們拿眼藥水滴管直接餵食牠的脖子。這隻無頭雞，活蹦亂跳了一年半之久。」

「我們撐不了那麼久。」索恩回道。

布里史托克出現在偵查室的另外一頭，揮手示意叫索恩過去。他讓可林繼續留在那裡找餅乾，自己則跟隨督察長進入他的辦公室。

「我剛才與賽門．瓦許的阿姨通過電話，聊得『很愉快』，」布里史托克說道，「一貫的廢話辭令，告訴她有兇手在隨機殺人，她的外甥不幸成爲受害者，我努力勸她暫時先不要過來認屍。」

「我剛才聽到了斷頭雞的故事。」索恩說道。

布里史托克眨眼，索恩輕輕搖頭，表示剛才那句話不重要。布里史托克繞過書桌，坐下來，

「好，等到我們一找到還有附牙的下巴碎片，就立刻比對這可憐男子的看牙紀錄、確認身分，當然，我是不抱希望。」他似乎這時候才注意到索恩的表情，「拜託一下好嗎，我是三個小孩的爸爸，你怎麼看起來會累成這樣？」

「心理倦怠，」索恩回道，「你不懂，像我頭這麼大還得拚命動腦，累死了。幫小孩看地理作業、確定他們有帶對午餐出門簡單多了。」

布里史托克哈哈大笑。「老弟，等你自己有了小孩就知道了。」

索恩望著書桌金屬邊緣的細小凹痕，還有塑膠文件盒上的灰塵，當他再次抬起頭來的時候，看到布里史托克把一堆報紙推到他的面前，「怎樣？」

「我們終於發布了照片，」布里史托克說道，索恩開始翻閱今日第一版的《晚旗報》的時候，他特別指了一下，「在第五頁……」

索恩看著葛拉漢．佛勒與安德魯．道迪的黑白照片，上頭的標題是「警方正在全力搜尋的失蹤男子」，而下方則是刻意保持含糊的說明文字，只說與「某一正在調查中的案件」有關，最後還附上了聯絡電話。第一張照片是年代久遠的模糊照片，而第二張雖然是由道迪妻子所提供的近照，但根本算不上是清楚的大頭照。索恩不知道那兩張照片是否能發揮功用。不過，他也知道，除了婚禮之外，鮮少有人會特地拍什麼專業的照片，要是他們要求露易絲提供他的照片，她應該也只能拿出護照上的照片和某些度假照而已。

他把報紙丟回書桌上，「總警司終於認清現實。唉，只是來不及救賽門．瓦許了。」

「其實傑斯蒙德依然很反對。」

「開什麼玩笑?」

「而且還有其他兩個人也與他站在同一陣線。他認爲在瓦許遇害之後才發布照片,幾乎就等於承認我們搞砸了,等到一切結束之後,可能會被大家拿出來作文章。」

「我們搞砸了?」

布里史托克揚手,「所幸瓊斯否決了他的意見,所以我們現在可以放輕鬆,期盼好運降臨。」

「只能這樣而已?」

「我們又沒有多少線索,對不對?自從瓦許遇害之後我們也沒有新的進展,而且我看你的好友卡蘿那裡也沒有什麼眉目。」

查姆柏蘭在一小時前曾打電話給他。索恩告訴她他們剛剛又尋獲了一具屍體,她也將自己與雷蒙德·賈維前妻的會面過程轉述給他,還告訴他有麥爾康·里奇這號老友,她已經開始追蹤此人的下落。索恩說他如果抽得出時間的話,想要去旅館親自見她一面,而且還以委婉至極的語氣鼓勵她,希望能夠加快辦案的速度。

「也許你該多付一點錢給我,」查姆柏蘭似乎是生氣了,「或者派個助理給我也好。」

「但我們經費拮据,」索恩當初是這麼回她的,「只能在妳和催眠大師之間選一個……」

布里史托克起身,繞過書桌,指著那堆報紙,「我想今天下午大家接電話會接到手軟。」

「希望不要有太多神經病打電話進來胡鬧就好。」

「我們應該要好好吃頓午餐,」布里史托克說道,「今天可能很難熬。」

索恩點點頭，他還沒有吃早餐，剛才又灌了一大杯咖啡，的確需要食物墊胃。

「要是運氣好，今天橡樹酒吧應該還是有燉羊肉，」布里史托克開門，「前幾天被你偷偷幹走的那道菜。」

索恩說很好，但心想他們應該不要吃那麼硬的東西才是，最好是可以透過眼藥水滴管、直接送進喉嚨裡的食物。

下午進來了一堆電話；還有，雖然的確發生了索恩最擔心的狀況，但還是出現了好幾條令人振奮的線索。看過葛拉漢．佛勒的有兩個人，而且目擊地點相距不到半英里，介於皮卡迪利圓環與柯芬園之間的區域。還有一通電話，來自安珀賽德，也就是位於湖區凱斯維克南部十英里的市集小鎮，來電者是一名經營民宿的女子，她說安德魯．道迪似乎曾在這禮拜剛開始的時候投宿，在她那裡住了幾天，然後就突然消失不見了，她比較在意的是對方還沒結清的帳單。

工作不斷，辦公室氣氛總算積極多了。但索恩還是努力在七點前回到了肯特緒鎮，看到露易絲也拚命趕回來，他更是十分開心。這一整個禮拜下來，終於看到她比較開心健談的模樣，她告訴他自己的辦案最新進度，他則忙著爲兩人準備水煮蛋，打開剛才回家途中所買的紅酒。

他們邊吃晚餐，一邊收看收費頻道黃金台所播出的老影集《辦案專家》，用餐完畢之後，索恩清理餐桌廚房，露易絲則在翻閱明天要用的兩份報告——此時播放的是《喬治．瓊斯精選輯》——這是她挑選的音樂。不知道她是否依然脆弱，但至少外表完全看不出來。她隨著〈爲什麼寶貝，爲什麼〉與〈白色閃電〉一起哼哼唱唱，而且在播放〈大門〉這首歌的時候，似乎是開心得很——有好幾首喬治．瓊斯的歌曲，索恩只要一聽到就會激動不已、必須要強抑情緒，而這首歌就是其中之一。

當他們準備上床睡覺的時候，她開口說道：「我今天和露西．費里曼聊了很久。」

露易絲將辦公室裡的那個孕婦。索恩把自己的髒襯衫丟入洗衣籃，坐在床邊脫掉長褲。

「我告訴她，我有個朋友剛流產。」

「妳爲什麼要這麼說？」

露易絲聳肩；她不知道，還是不在乎？她穿著T恤內褲，坐在梳妝台的小鏡前，「其實，露西人眞的……很好。」

「那就好。」幸好另一名女人個性不錯，幸好露易絲與她聊天之後心情尙可。

「流產之後，荷爾蒙會變得很混亂，所以我才會一直心情低迷，起伏不定什麼的。」

「妳當然有理由難過啊。」

「我只是要說，這都是露西告訴我的事，她也有個朋友剛流產——」

「四分之一的機率，妳的小冊子上面是這麼寫的。」

「還有，她的情緒一直不穩定，等到過了原本的預產期之後才恢復過來。」

「抱歉？」

「反正，就是狀況不太好。露西說，只有挨過了寶寶預定出生的日期之後，才會眞正改善，她說那就像是按下開關一樣，之後，就可以……繼續好好過生活了。」

索恩點點頭，趁著脫內褲的時候開始計算日期。

下來。

「三十一個禮拜之後，我就會完全沒事了。」

索恩聽出她的笑聲裡不太對勁；他知道這時候該好好安慰她，「過來……」

她起身，鑽進他的懷裡，她的臉緊緊黏住了他，他感覺到她緊張不安，而且還拚命想要平靜下來。

「是我的錯，」她說道，她的嘴在他胸前嚅動，「她只是想要幫忙而已。」

「但卻沒有幫上忙，對嗎？」

「是沒有，眞的。」她又發出了乾笑，然後，她抬起頭，貼向索恩的臉，等到兩人到了床上的時候，她已經脫了T恤。

「下面還是有一點……敏感，」她說道，「我們得想其他方法。」

索恩大笑。

「那裡不行。」露易絲回道。

他們取悅彼此的行爲稱不上什麼溫柔細緻，雖然兩人彼此相愛，但今晚的感覺依然比較像是洩慾，而不是做愛。

彷彿是兩人都需要的某種快感。

索恩正夢到自己在湛藍水面上快速移動，手機鈴聲將他吵醒，他看了一下自己手錶的小小發光螢幕：清晨六點十二分，螢幕上顯示的來電者姓名是羅素·布里史托克。

「你起得眞早。」

「值得趕緊起床的好消息，」布里史托克回道，「我實在太開心了，等一下也許會跳回床上打一砲、喚醒布里史托克太太。」

索恩想到昨晚的事，突然覺得自己全身僵麻。他原本希望自己的罪惡感可能會消失無蹤，但它卻依然死黏在自己的胸口。

「那就快說吧。」

「葛拉漢．佛勒昨晚十一點走進查令十字派出所，手裡拿著一份《旗報》，他本來要把它拿來鋪在地上睡覺。」

「靠！」

「不只如此，」布里史托克說道，「半個小時之前，偵查室接到安德魯．道迪打來的電話，看來他終於開機了，接到了我們的留言訊息。」

「他人在哪裡？」

「肯達爾，」布里史托克回道，「出產薄荷糖的那個地方。有人去接他了。」

索恩小心翼翼，不想吵醒露易絲，他推開床被，摸黑裸身站在床邊，「好，傑斯蒙德和他的同伴全身而退。」

「我們大家應該都沒問題。」

「狗屎運。」

布里史托克哈哈大笑，「你說的是我們還是他們？」

「我說的是佛勒與道迪。」索恩回道。

第三部

技巧與策略的遊戲

其後

妮娜

當她陷入痛苦深淵，全身宛若被狠狠鞭笞的時刻，她知道遇到這種事情、眞正應該責難的也只有那一個人而已，不過，她實在很難不氣那兩個坐在外頭警車裡面、活像是警匪影集裡的臨時演員。或是混蛋索恩與他的同事，也就是自從黛比與傑森搬進來之後、二十四小時守在那個地方的那兩個傢伙。

畢竟，像她這樣外出工作、從事的是這種行業，大門口外頭就停著一台警車，對她的生意來說當然不是什麼好事。

其實她一直比較喜歡在自己的地方做生意，她認識的大部分同行亦然。能夠被自家的四面牆包圍，她覺得比較安心，而且也能夠掌握狀況。但她不能期盼自己的熟客願意走過兩個穿著藍色制服的警察的面前、進入屋內，怎麼可能，而錢也不會從天上掉下來。所以她待在三流旅館和可疑公寓接客的次數越來越多，進入停在足球場後面的汽車裡、幫人打手槍的頻率更高，她必須要承擔更高的風險。

還有，以前她幾乎不在下午工作，太荒唐了！她不想動，寧願在漫長的一夜過後、好好睡一覺。她喜歡把白天的時間留給自己，讓自己慢慢恢復體力，才能在接下來的夜晚盡量接客。

事發當時，她之所以不在現場，還不都是因爲那個從曼徹斯特前來開會的禿頭肥男商人。其實，她就算在家，也無法改變什麼，畢竟他不費吹灰之力，那兩個警察就放行讓他進來了。

這個變態王八蛋太聰明了，大家都沒料到他會出這一招。

最讓人傷心的是約莫在事發前一週的時候，她還曾經向黛比許下承諾，她說自己的心情已經完全平靜下來，等到存夠錢之後，他們三個人就可以去找個地方度假兩週什麼的，一定要有遮蓋的空間，所以無論天氣如何也不會受到影響；要有不錯的夜店，讓她和黛比晚上可以盡情放鬆；還要有游泳池和一堆騎乘遊樂設施，可以讓傑森也玩得開心。

「只要附近有條鐵路就好了，」黛比當時是這麼說的，「讓他可以玩吹火車遊戲的地方。」天……

現在什麼都沒有了，承諾與計畫全都泡湯。

自從安東尼・賈維闖進來的那一天之後，她幾乎把所有賺來的錢都拿去亂買東西了，她倒不是眞的需要那麼多東西；她只是需要擺脫現實而已，她沒有辦法去思考或擔憂未來可能會變成什麼樣子，但無論她怎麼狂買，快感持續的時間總是不夠。

某些日子，當客户壓在她身上汗流浹背的時候，她宛若……大夢初醒，突然想起了那一段過往，逼她只能停止尖叫，放下緊抓住對方脖子的手。最近，她發現自己冒險的次數越來越多，明明知道客人的車子看起來很鬼祟，但還是進去了；承受粗魯客人摧殘，也許一個，或者兩個一起上，疼痛的時候，她覺得暢快多了。

她覺得自己罪有應得。

妮娜站在大門旁的鏡子前面，在外出工作前整理最後的妝容：今天的客人是某個校長，喜歡聽她講髒話的校長，已經和她約好了，要在加油站前接她上車。

她檢查包包裡的保險套、潤滑液，以及面紙，凝望鏡中的自己。

幹他媽噁心死了，她知道自己以前一定會大聲開罵，然後黛比會哈哈大笑，還會告訴她，妳看起來好漂亮，只要是付錢換得她相伴、得到一夜歡樂的客人，一定都覺得自己走了狗屎運。

她伸手撫弄自己的尖豎髮絲，勉力對自己擠出微笑，自言自語，「願上帝保佑了。」

妮娜在包包裡掏出面紙，朝大門走去。

25

索恩開車前往尤斯頓，在逐漸消退的早晨車流裡南行。他早晨因頭痛欲裂而醒來，如今依然沒有好轉的跡象，聽運動頻道在激烈討論熱刺隊狀況不好，也不會緩減他的症狀，週一早晨，典型的心情。

這個週末，他多是自己一個人在快樂消磨，只有在週日午餐時間的時候，與漢卓克斯在葛拉夫頓酒吧裡相聚了一兩個小時而已。露易絲去她父母家待了兩天，週日深夜才回來，而且今天一大早就出去了。

「她正在療傷。」漢卓克斯曾在酒吧裡這麼告訴他。

「對，她在療傷。」索恩語氣徐緩，小心翼翼，不想特別強調她這個字。

「你們兩個應該要早點找機會出去走走。」

「嘴巴說說當然很簡單。」

「現在應該可以，賈維的案子目前算是風平浪靜。」

「對你而言，或許吧。」

不過，漢卓克斯說得沒錯，一切似乎平靜多了。現在有五起未破的謀殺案——如果想把克洛伊．辛克萊爾的也算進來的話，六起，不過，既然已經找到了安東尼．賈維名單上的最後兩個人，而且他們又安然無恙，那麼現在辦案的重點自然也隨之移轉。

一組受過特殊訓練的警官，前兩天忙著在安德魯・道迪與葛拉漢・佛勒面前「做簡報」。其實，就等於是以極其審慎的態度、向他們解釋目前所遭受到的人身威脅，強調他們現在非常安全，並且說服他們要接受警方安排的新住宿地點。根據索恩得到的消息，其實過程並不是很順利。這兩個人的合作意願都不是很高，報告上使用的詞語是「難搞」，而索恩與其中一名聯絡官通話的時候，還聽到了「神智不太正常」的評語。

「我覺得，情有可原，」那位警官當天的工作已經告一段落，聽起來似乎鬆了一口氣，「母親被謀殺，如今又有某個瘋子要對他們做出一樣的事，而且這兩個人都有在嗑藥。」

「會不會有問題？」

「反正我們有泰瑟槍。」

索恩當時的反應是哈哈大笑，但他知道悲傷、恐懼、毒品各自的殺傷力何其巨大，而當這三者結合在一起的時候，會有多麼危險又難以捉摸。

我覺得，情有可原……

他轉進尤斯頓車站後面某條剛鋪好的寬廣柏油路，等一下就要首次會見那兩個人了，彼此之間到底會出現什麼樣的談話內容，不禁讓他有些焦慮。他真希望這時候有基絲頓能陪在他身邊，或是賀蘭德也好，他們兩人在查案的時候，總是可以讓焦慮的對方慢慢舒緩下來，而他自己擁有的卻是完全相反的天分。

他把車停在某台富豪汽車後面，從車牌可以看出那是警車，也許可以因此讓看來笨重的它跑得快一點吧。他小跑過馬路，順手取出了自己的警證。

他心想：安全，但性能也不是特別優異。

這是一棟兩層樓的普通建築，裡面一共有八間住所，每間的設備都一應俱全，而且只能由安全人員駐守的門廳出入。周遭的兩條街區域內不得出現標誌鮮明的巡邏車，當地的制服警察也早已接獲指示、必須與這個地方保持距離，而它的外觀也看不出有什麼特別之處，就只是一般的建物罷了。雖然住客的支出帳單也是由倫敦警察廳買單，不過，這裡和卡蘿・查姆柏蘭所待的那間飯店卻很不一樣，住客的一舉一動受到嚴格的監控。每一道走廊的監視攝影機畫面都會回傳到一樓的辦公桌，機動小組在附近待命，而且還有兩名便衣警察二十四小時在此駐守。

這裡乍看之下沒有警察，不過，住在裡面的人絕對不需要擔心會有竊賊闖入。

警方當初買下這棟建物，是爲了要收容備受矚目案件的目擊者，尤其是作證換取免刑的污點證人，或者是那些提供重大證據、讓被告完全減免不了刑責的證人。在先前某起重大販毒案件進行審理的時候，這個地方贏得了「線民農莊」的稱號，而且迄今不墜，還有人開玩笑，應該乾脆弄本訪客簽到簿，在封面印上這個外號的浮雕字樣。那時候，每個房間都有住人，許多警察都曾經在這裡玩牌或是買外帶餐點、度過漫漫長夜，不過，現在的「線民農莊」只有兩名住客。

索恩按下先前拿到的密碼數字，推開了大門，進入門廳。當他一跨進去，原本在書桌附近講話的那兩個人立刻轉頭過來，其中一個他不認識，但另外一個索恩就認得了，幾年前他曾經共事過的警探。

「布萊恩，抽到壞籤啊？」

布萊恩・史畢貝年約三十歲左右，身材高大，家鄉在西南區的某個地方。不知道史畢貝的年少早禿是否對他造成困擾，但至少表面上是看不出來。對於那種坦然接受禿頭事實、乾脆把所剩不多的殘髮剃光光的人，索恩是非常欣賞，他看不慣的是那些頂上沒什麼毛，還不斷想要弄蓬、上膠的人，還有，最令人難忘的就是把兩側留長、蓋過頭頂的條碼頭髮型。

「還可以啦，」史畢貝說道，「這裡的輪值制度很公平，一個禮拜只需要值三次的夜班。」

「他們狀況怎麼樣？」索恩的下巴朝樓上點了一下，他知道佛勒與道迪住在那裡。

「哦，還不錯，開始一起哈拉，我覺得這樣很好，也免得讓我們得替他們找樂子。」

「他們現在心情比較平靜了吧？」索恩問道。

「這個嘛，今天稍早的時候有聽到一點鬼吼鬼叫，是佛勒，不過我覺得只是因為他不習慣被綁在這種地方。我們又給了他一包菸，他就爽得不得了。」

另一名警員哈哈大笑，「嗯，還沒看他這麼爽過。」

史畢貝向索恩介紹了他的同事，羅伯．吉本斯，兩人握手問好。

「好，那可以帶我去看一下嗎？」索恩問道。

走了兩段階梯之後，筆直走道盡頭的那兩個房間，就是他們的住所。灰色尼龍地毯幾乎充滿了靜電，階梯梯台放了一盆巨大的塑膠盆栽，為了要打破淡黃色牆面所造成的沉悶感，特別掛了好幾張畫，四點九九英鎊、在宜家家居買到的那一種，然後把它們隨便貼在夾框裡。

索恩覺得要是自己得長期居住在這種地方，他八成也會開始鬼吼鬼叫。

史畢貝的下巴朝倒數第二道門點了一下，「要不要喝點茶什麼的？」

「裡面有吧？」

「可能要你自己泡就是了。」史畢貝按下安全門控鎖的四位數字密碼，然後敲門。

「幹什麼？」傳出的聲音沙啞刺耳。

「葛拉漢，你現在有穿衣服可以見人嗎？」對方悶哼一聲，沒問題，史畢貝對索恩扮了個鬼臉之後，推開房門，對他說道：「等你準備要找隔壁那一個的時候，喊一聲就是了。」

佛勒坐在面對窗戶的手扶椅裡面，對索恩到訪渾然不覺。他身上的牛仔褲和超大棉衫，是他們提供給他的簡單睡衣，不過他顯然沒有興趣穿鞋襪。他正在抽菸，前方小桌的菸灰缸裡全是菸屁股。

索恩自我介紹，並且向他致歉，自己應該要早點過來拜訪才是，然後坐在小沙發上，「狀況有些亂七八糟，嗯，我想他們已經向你解釋過了。」

佛勒轉身，瞪著索恩，深色的及肩長髮，鬍子大概有一個禮拜沒刮了，但也掩飾不了他的削瘦雙頰與糟糕的皮膚，「嗯，他們已經講過了。」

索恩環顧四周，刻意裝出驚訝的神情，「嗯，這裡還不錯吧？」

「還可以。」

「比你先前待的那些地方好多了。」

「你又知道什麼了？」

索恩靠在沙發上，努力裝出閒話家常的模樣，他看得出來，佛勒緊張不安，六神無主。

「嗯，我過來這裡就是要了解狀況，但我知道你先前曾經住過街頭一陣子，我約略知道一點原因。」

「是嗎？」

「算是知道一點。」

佛勒勉強擠出微笑，顯然是根本不信。他捻熄香菸，任由菸屁股繼續悶燒，「也許你應該搬進來才是。」

「抱歉？」

「我的意思是，既然你這麼清楚。」

「我沒有那麼說。」

「既然你懂得自己母親在你小時候被殺是什麼感覺，」他點點頭，假裝擺出嚴肅神色，「小心那傢伙搞不好也在追殺你。」

索恩側頭，彷彿覺得對方講的也不無道理。他問佛勒想不想喝茶，對方聳肩，目光飄向窗外，索恩走向小廚房的時候，他終於開口，「嗯，也好。」

等到索恩再次坐下來、將兩杯馬克杯放在桌上的時候，佛勒已經又點了一根菸，「茶來了。」索恩提醒他。

對方輕輕哼了一聲，算是知道了。窗戶開了些許隙縫，佛勒盯著煙圈裊裊揚升，從間隙飛散出去，飄向遠方。

「葛拉漢，你是不是有毒癮？」索恩問道。

佛勒慢慢轉身，回答的時間延遲了好幾拍，彷彿他花了好長一段時間才聽到這個問題。

「你說呢？」

「我們可以找醫生過來。」

「他們第一天就派過來了。」

「然後呢?」

「他說可以開給我一些美沙酮。」

史畢貝剛才提到的鬼吼鬼叫,現在更顯得情有可原了,索恩說道:「交給我來處理。」

「要是能來幾瓶啤酒也很好。」

「這應該不成問題。」

佛勒點點頭,喃喃說了聲「謝謝」,伸開雙臂,「跟家裡一樣舒服,」然後又微笑,露出缺漏的牙齒,上下排都有,「跟無家可歸的日子一樣爽快。」

「等到這一切結束之後,」索恩說道,「我們會聯絡社福部門,看看能否幫你安排長期住所。」

「不用,謝謝你的好意,你人不錯。」

「你想要回街頭流浪?」

「我不是很喜歡那些小旅舍什麼的,一大堆愚蠢規定,某些地方還不准你喝酒。」

「能戒酒也好。」

「老哥,這種時候已經來不及了。」

索恩知道也有其他的流浪漢與葛拉漢.佛勒抱持相同想法,每個人都各懷心事,不想與任何機構有所牽連。幾年前,他睡在街頭臥底的時候,曾經與好幾個流浪漢共居一處,從佛勒的這種態度看來，也難怪他們清查了旅社與緊急庇護中心之後，卻依然無法追蹤到他的下落。

「所以，會是什麼時候？」佛勒問道。

「抱歉？」

「『等到這一切結束之後』，也就是等你抓到他的時候，對嗎？」

「嗯，我不知道。」

「你們找到線索需要多久？」他還沒等索恩回答，自己就忙著猛點頭，「好，你只要一直給我美沙酮和嘉士伯特醇啤酒，要我留在這裡多久都沒問題。」他哈哈大笑，但一看到索恩的表情，笑聲立刻消失，「老兄，開個玩笑而已，好嗎？玩笑話。」

「要是運氣不錯，不需要等到他們換床單，你就可以滾蛋了。」索恩回道。

佛勒起身，把菸屁股扔到窗外，突然又一股火氣冒上來，「他到底爲什麼要做這種事？怎麼沒有人告訴我？」

索恩認爲沒有必要瞞他。如果病人有權可以審視自己的醫療紀錄，那麼大家應該也有同等的權利知道自己爲什麼會成爲兇手盯梢的目標。「他認爲殺害你母親的那個人不應該入獄。」

「賈維？」佛勒啐聲講出這個名字，語氣宛若在罵髒話。

「他認爲雷蒙德．賈維長了腦瘤，沒辦法控制自己的行爲，如果早一點發現的話，他就不必病死獄中。」

佛勒搖頭，很是不解，「既然如此，爲什麼不上法院什麼的？爲何要做出這種事？」

「因爲他精神狀況有很大的問題。」

佛勒想了好一會兒，然後小心翼翼坐回椅子裡，彷彿全身在犯疼，「好，等到你抓到他的時候，我要找他聊一下，看來我們還算有些共同點。」

索恩發現自己一直沒碰飲料，他拿起馬克杯，將已經變爲微溫的茶水一口氣喝完。「過去這幾個禮拜以來，不知道你是否察覺到有人在跟蹤你？不認識的人在你身旁逗留？」

佛勒搖頭，「抱歉，大部分的時侯我精神都很渙散。」

「有沒有人在詢問你的下落？」

「就我知道是沒有。要是你找得到其他人的話，你可以問問看，你知道，在街上的那些怪人……有種神情，很容易就認出來了。」

「可以給我名字嗎？」

「我可以告訴你去哪裡找人。」

索恩知道最多也只能這樣了。夜夜席地而睡，或是躲在陰暗處嗑藥，怎麼可能會有人提到全名與地址這種事。「這樣就夠了，謝謝。」

「幫我和他們打聲招呼好嗎？」佛勒說道，「告訴他們我中了樂透。」

索恩向佛勒保證他一定會把話帶到。他望著那不安的笑，看得出嘴邊在微顫，心想，如果眞的要比好運的話，中獎這種好事顯然是別人的事，輪不到他。

幾分鐘之後，他站在外頭的走廊，對著牆上的某具監視器揮手。他瞪了一會兒，正打算要下樓開罵他們維安不力的時候，聽到樓下門廳傳來布萊恩．史畢貝獨特的舌尖顫音。

「好，我馬上過來，我已經看到你了！我剛才正忙著解數獨……」

26

安德魯．道迪的住所與葛拉漢．佛勒的幾乎一樣——簡單舒適——道迪的態度似乎比他的鄰居輕鬆自若多了，而且穿著卡其褲與開襟襯衫，衣裝也比較整齊，但就某方面看來，他的外表同樣令人嚇了一大跳。

「你……變得很不一樣。」索恩說道，他心裡浮現的是由道迪妻子提供、在上週五出現在各大報的那張照片。

「因爲這個嗎？」道迪聳肩，摸了摸剃得一根不剩的大光頭。索恩發現他的手腕上戴了昂貴名錶，「很多事都和以前不一樣，」他回道，「充滿了變化。」

「所以不只是出去走走而已？」

「我的確走了很多路。」

索恩點點頭，靠在沙發上，幾分鐘之前，他也坐在一模一樣的另一張沙發上。「我也一直想去那裡。」

「很好。」

「放鬆的好去處？」

「我只是想要冷靜一下。」

「嗯，想必你還是欣賞了許多美麗的風景。」索恩回道。

道迪微笑，他的牙齒比葛拉漢．佛勒完整多了。

索恩到達的時候，道迪正在看報紙，聽收音機。佛勒緊張不安，安德魯．道迪的態度顯然就輕鬆多了，對於現在的狀況泰然自若。但索恩認爲此人的外表之下其實暗潮洶湧，剃光頭也許只是某種重大的外型轉變，但索恩很清楚此人的家庭創傷，想必一定多少承受過精神崩潰的苦痛。

他逃脫了安東尼．賈維的魔掌，但依然是雷蒙德犯案餘波的受害者。

「我除了想知道你待在這裡的狀況之外，」索恩說道，「也想聽聽你對你太太的看法。」

「哦，通常我第一個想到的就是『賤女人』，」道迪回答，「我還可以講出她一堆壞話。」

索恩努力擠出一絲笑容，配合道迪閃過的一抹冷笑，在對方繼續說下去之前，他先開口，「我們想去找她聊一聊。」

道迪的臉色暗沉了好一會兒，「祝你好運，記得要帶大蒜和木樁驅魔。」

外表之下其實暗潮洶湧……

索恩先前曾與把道迪從肯達爾護送回來的警官見過面，對於道迪聽到妻子時的反應早有心理準備，不過他的恨意之深依然令人瞠目結舌；而且，他說出這些話的時候態度冷靜，完全沒有失控暴怒。

「他甚至不想見她，」當時有名警官是這麼說的，「請我們把他直接帶去派出所就好。」

道迪堅持不要與妻子有任何的聯絡，他不肯與他們回去拿衣服，也堅持不要讓妻子知道他現在住在哪裡。他甚至還撂話，最好是連找到他的這個消息都不要讓他太太知道。

「讓她提心吊膽也好，」他當下這麼告訴警官，「可以讓我保持心情爽快。」

現在，道迪往後靠，閉上雙眼，顯然是不感興趣，但他還是難掩好奇，「你為什麼要去找莎拉？」

「想必你知道我們正在找一個自稱為安東尼・賈維的男子。」

「願聞其詳。」

「我們認為他想出了某些招數，接近那些遭他殺害的人，」索恩停頓了一會兒，看到道迪說出了最後的那幾個字，「遭他殺害的人。」

「我又沒死，這是口誤吧？」道迪說道。

索恩還是努力裝作若無其事，繼續講下去，但他覺得自己的臉已經微微漲紅，「我們非常確定這些人都認識他，應該都不熟，但的確相識。他花時間與這些人混熟、讓他們卸下心防，得以進入對方的家裡。」

「哪些方法？」

「我們知道他曾經在酒吧向其中一名受害人搭訕，」索恩說道，「至於另外一名受害者，應該是透過她工作的醫院，我們目前還在拼湊案情。但就我看來，他的確與他們的生活有關聯。」

「你覺得他也曾出現在我的生活圈子裡？」

「嗯，可能他還沒有找上你——」

「天……」

「不過，我們也不能排除這個可能。請你回想一下在過去這幾個禮拜當中，可有這樣的人出現？」

「我見過很多人，」道迪說道，「當我在湖區的時候，也有其他的健行者，酒吧裡也有很多客人，」他雙手一攤，彷彿索恩問了蠢問題，「我們周邊一直都有人來來去去，是不是？」

「好，也許應該這麼說，出現過好幾次的人，也許是新鄰居或是擦窗清潔工什麼的。」

道迪想了一會兒，「莎拉找了一個人，每個禮拜都會開著自備發電機的小貨卡，到我們家裡來洗車。」

「什麼時候開始的事？」

「我想，應該是兩個月前吧。」

「他叫什麼名字？」

「老實說，我很少和他講話，」道迪回答，「你最好還是去問莎拉。」

「我剛才說過了，我們本來就有找她的計畫。」

道迪悶哼一聲，別過頭去，手指頻頻敲打椅子的扶手。葛拉漢．佛勒窗戶外的天空很清朗，但索恩從這裡的窗框望出去，卻只看到大片緩慢移動、逐漸蔽日的灰雲。

「安德魯，你和你太太之間出了什麼狀況？」索恩問道。道迪猛然抬頭，他繼續開口，「好，我也不會假裝這件事與案情有關要探你隱私，不過……」

道迪開始拉扯自己襯衫的領口，他深呼吸，悠緩吐氣，「我不需要唬弄你，我不是很好相處的人，這樣講夠了嗎？」

「我們兩個都一樣。」索恩回道。

「我吃了很多藥，沒用，自從我小時候開始，就什麼藥都試過了。」

索恩想起自己最近買的那些書，裡面有個與此相關的章節。他心想，嚴格來說，應該是自從雷蒙德·賈維打爛了你媽媽的頭、把她丟棄在伊靈公車站後面的垃圾場那時候開始的吧。

「而莎拉很清楚要怎麼激怒我，她是箇中高手。她似乎樂在其中……特別喜歡戳我某一個痛處。你知道某些女人會因爲惹毛你而開心得不得了嗎？有時候，我覺得她只有看到我動怒的時候才有快感，生活才有意義，彷彿她覺得自己的生活亂七八糟，唯一能夠提振自己的方法就是不斷惹我，等到她看到我出現激烈反應爲止。唉，我已經厭倦了，不想和她有牽扯，我需要的不只是腦袋清靜一下而已，你懂嗎？」

索恩點點頭，他猜道迪從來沒有向別人傾吐過這些心事，不過，道迪似乎已經在心裡演練過這一段話。他的眼前突然浮現這名男子在湖區跋涉一整天的情景，苦思自己若有機會的話、該向妻子說些什麼話才好。每天在酒吧裡喝得醉醺醺，想要忘記自己爲什麼會出走，回到令人心情低落的民宿之後，找出了剪刀與剃刀。

「你剛才提到，特別喜歡戳你某一個痛處。」

「小孩，」道迪立刻回道，「她想要生小孩，我堅決不要。」

索恩眨眼，「這就麻煩了。」

「嗯，沒錯。先前我發飆，她生氣了，她說她要另外去找個願意生小孩的男人，」他雙手交疊胸前，頭往後一仰，「也許那個洗車工人正好可以讓她稱心如意，打兩次快砲……」

「很遺憾。」索恩言不由衷，但這應該算是得體的場面話。

索恩起身，準備離開，發現道迪的自信面具已經逐漸鬆脫，露出了因爲對話結束而失望的神情。他一路跟索恩走到了門口，目光裡浮現恐懼。

「你會抓到那傢伙吧？」

「我們一定會全力以赴。」

道迪立刻點頭，「當然，一定的，抱歉。好，去找莎拉吧，看看你能否問出什麼線索，對，就是那個洗車工人的事。」

「我會讓你知道我們掌握的進度。」索恩說道。

索恩伸手轉動門把，道迪又走過去，貼近他的身旁，「怎麼會有人想要生小孩？讓他們面對這個病態的世界？」

後來，當索恩走回自己的停車處時，想到了這句話，的確，這世界眞的是莫名其妙。有個人請你去向他那些在排隊領救濟湯料的好友打招呼，而另外一個人卻對自己的妻子無話可說。

「爲什麼有人要這樣？」露易絲問道，「明明對另一半恨之入骨，但卻死撐了這麼久？」

「也許貌合神離還是比勞燕分飛的日子好過一點？」

「不可能……」

「或者就和他說的一樣，某些人就是喜歡衝突。我也覺得不合理，但我怎麼知道究竟是怎麼回事？」

索恩已經把自己與安德魯．道迪的對話，關於他婚姻觸礁的事，告訴了露易絲。不過他們兩人最水火不容的那一點，也就是道迪的痛處，他就沒有特別提起。

露易絲搖頭，「要是走不下去，就應該趁早了斷。」

「我會謹記在心。」

「很好，因爲如果你惹我不高興，我就會甩了你，去找個更年輕的男模當我男友。」

索恩坐在沙發上喝啤酒，他早已看完了尼可拉斯．麥耶所寫的賈維殺人實錄，現在正重溫安德魯．道迪與葛拉漢．佛勒兩人母親遇害的章節，還有關於法蘭西絲．瓦許，也就是賽門母親的悽慘遭遇細節，她是第三具被發現的屍體，不過後來他們查出她其實是第一個受害人。

晚餐後的放鬆時刻。

露易絲坐在地板上逗弄艾維斯，手指來回撫弄貓咪的下巴，艾維斯閉上她的雙眼，伸長脖子貼靠自己剛認識沒多久的貼心知己。索恩望著眼前的畫面，心想艾維斯幾乎沒有這麼黏他。她先前的飼主是名女子——不過他並不知道這是隻母貓——也許這是貓咪和他不親的原因，或者可能是和費洛蒙什麼有關係，不然，也可能是這隻貓純粹和他不對盤。

「不過，說眞的，」露易絲說道，「人生苦短。」

索恩低頭看了一眼擱在身旁的書本封面，這句話的確不容辯駁。

「當這種事情發生的時候，嗯，失去肚裡的寶寶，你會深受打擊。起初會覺得自己怎麼如此倒楣，但從另外一個方向來看，也會開始珍惜目前所擁有的一切。」

索恩點點頭，心中的那塊鬱結又在隱隱作痛。

「你還好嗎？」

他又拿起了那本書，「抱歉，只是想到裡面的內容。」

「還有，」露易絲說道，「自從發生了那件事之後，工作對我的意義似乎不若以往，我不知道是否因爲自己掛念著其他更重要的事情，或者純粹就是我無法像以前一樣熱情，你懂我的意思嗎？」

之後，她又說了一些其他的話，繼續躺在那裡撫摸貓咪，但索恩只聽得進一半而已，賈維父子的事情盤據心頭，很難去思考其他的事情。

父與子。

根據麥耶書中的內容，負責調查這起案件的警官曾經表示，這是他遇過最令人髮指的案件之一，他提到了兇手殺人的暴烈程度，想必是出於某種令人難以理解的極度憤恨。

索恩心想，一個威力驚人的腫瘤。

兒子的動機未必是基於憤恨，但是他的殺人手法卻非常殘暴，索恩已經多年來不曾有過這般強烈的想望，他一定要逮到他、將他繩之以法。

露易絲現在變得輕聲細語，不知道是對索恩還是在對貓講話。

安東尼．賈維應該已經看到了報紙，但他絕對不知道他們已經找到了佛勒與道迪，也不知道黛比．米契爾隱身在安全的地方。他可能依然在四處尋覓；挫敗感越來越嚴重，索恩心想，也許我可以趁這個機會取得上風。

露易絲起身，把艾維斯抱到腿上，開口說道：「貓咪好愛我。」

索恩微笑，把書放下。

或者，這只會逼他鋌而走險。

27

懷特摩爾監獄

「又是那個以前當警察的傢伙幹的好事？」

「什麼？」

「你的臉？」

「我跌倒了。」

「最好是啦……」

「沒騙你，我突然抽搐，倒下去的時候，頭撞到了床鋪。我得去外面醫院做檢查，掃描什麼的。」

「啊，是不是像癲癇發作？」

「對，有可能，但很難說，我以前也發作過兩次。」

「什麼？」

「但這是我第一次受傷，我眞的運氣很好，不然他們也不會注意到我生病了。」

「天哪。」

「我沒事，眞的。」

「你怎麼沒告訴我。」

「我不想讓你擔心。」

「不過，你的頭痛呢？你是不是因爲癲癇才頭痛？」

「我不知道。」

「我會上網查一下。」

「我可以自己來，我們也可以上網。但還是謝謝你。」

「我們可以一起來，盡量多收集一點資訊也無妨。」

「好。」

「閃電還是閃光燈之類的東西是不是會引發癲癇？」

「如果是這樣的話，那就好，這裡不常出現。」

「其實你想想看，這也算好事。」

「怎麼說？」

「他們得要把你送進醫院，也許永遠不會回到監獄，那裡一定比這裡好。」

「我不知道究竟會怎麼安排。」

「我覺得膳食應該好多了，也不會有瘋子拿著自己偷製的刀晃來晃去。」

「看看吧。」

「也許你運氣好啊，這種事很難說。」

「你自己呢？」

「一如往常，很好。」

「工作呢？」

「其實都是些零工，不過，其實我很厲害的。」

「你應該要找份穩定的工作，找到自己的方向。年少荒唐不要緊，但你眞的要考慮定下來了。」

「我實在看不出來這有什麼必要性。」

「難道你不想有穩定的工作？成家什麼的？」

「我有家人。」

「只有我是不夠的。」

「嗯，我還沒有找到我眞正想做的事情而已，反正我還有很多時間。」

「你自以爲很厲害是嗎？好，我的時間比你多對吧？等到你除了幫典獄長的菜園挖土、念一些你永遠不會用到的學位之外，就完全無事可做的時候，你會覺得過日子的速度又更慢了一點。不過，相信我，眞的是光陰似箭。」

「我知道，不要唸我啦，我會找到工作的。」

「我和某名獄友談過，他告訴我，當我去做檢查的時候，你可以和我一起去，嗯，以家屬的身分。」

「好，我一定到。」

「不是強迫你的意思，只是當你戴著手銬、被扣在病床上的時候，總是希望能看到熟悉友善的面孔，我一直不喜歡去醫院。」

「這一點你就不要擔心。」

「老實說，我好怕。」

「我會過去的，好嗎？你有在聽嗎？」

「太好了。」

28

不過就在十年前，薛爾蒂奇依然是個破敗的商業區；不過它就和隔壁的哈克斯頓一樣，都經歷過一段快速而劇烈的仕紳化階段。近年來已經可以看到七位數價格的閣樓住宅、私人俱樂部，甚至還可以看到商界人士與媒體業工作者穿著好笑的衣服、大玩特玩特殊設計的街頭高爾夫球。年輕作家把這裡當成了小說場景，獨立製片也在此地的街頭拍電影。這裡不再是計程車司機在天黑之後所抗拒前往的地點，而且客人絡繹不絕。維多利亞式建築的百年塵垢已經以噴砂工法處理得乾乾淨淨，新計畫區也如雨後春筍般冒了出來，除了有酒吧與夜店之外，還看得到顧問公司與時髦廣告公司的辦公室，而安德魯．道迪的妻子就是其中某間公司的總監。

索恩等她等了十五分鐘，不過，能夠在擁擠的小店裡喝杯咖啡、眼望外頭的奔忙世界，他倒是十分開心；尤其是看到那些衣裝完美的年輕女子還有哈克斯頓廣場附近的街道，他覺得自己真是異常好運。他終於在那一堆女子之中看到了莎拉．道迪，她面有難色，表示下午有業務會議要開，她只能給自己三十分鐘的外出用餐時間，所以她只剩下十分鐘給索恩。

索恩大可以說自己也很忙，或者直接把話講明，指出她來去匆匆，但就是沒有為自己遲到而道歉。不過，他只是回道：「我盡量不耽擱妳的時間。」

她點了雞肉凱薩沙拉和礦泉水，「抱歉我沒辦法約在家裡見面，」她說道，「我幾乎每天都很晚才到家，而且家裡現在有些地方在裝潢，所以一片亂七八糟。」

「不要緊，」索恩回道，「有工人在家裡，想必是惡夢一場。」

「只是小小的擴建工程而已……」

索恩還沒有問過她這件事，但他還是點點頭，問她裝潢是什麼時候開始的，要是工人已經進駐了一兩個月，那麼方向就很明確了。許多承包商都喜歡找臨時工做粗活，這也等於是給了安東尼·賈維接近目標的大好機會。

「上個禮拜他們開始動工，」她說道，「一團混亂，不過也好，我就不會一直惦念著安德魯失蹤的事，你懂吧？」

索恩說他很了解。

「我開始擔心不知道能否在找到他之前順利完工，如果真有機會找到他的話。」

「哦，這一點妳就不用操心了。」

「眞的嗎？」

她的餐點送上來了，索恩看著她吃東西；使用叉子的動作很精準，每吃個兩三口就喝水。

他開始想像她與她剛剃了大光頭的老公、一起坐在明明已經很大的克拉珀姆豪宅的新裝潢區域裡用餐。莎拉賺的錢幾乎與安德魯擔任投資經理的薪酬不相上下，他們每兩年就會來一次豪華度假，有私人健保，兩人開的都是名貴的好車。

索恩心想，擁有一切、典型的年輕專業人士夫妻檔。

只是婚姻走不下去而已。

她突然放下叉子。索恩不知道她到底是突然失去胃口，或是她平常的食量就不過如此而已。

要是她還有加點其他的食物，索恩可能會問她是否需要他幫忙解決。

「警察打電話通知我找到他的時候，卻又告訴我他不想見我。嗯，他們的講法很婉轉，什麼程序問題之類的屁話，但我已經聽懂了他們的意思。」

她神情看起來非常嚴肅，不過索恩覺得她應該本來就是不苟言笑的人，從剛才她一坐下來到現在，完全看不到笑意。「當然，這不關我們的事，」他說道，「我們的職責就是找到他，保障他的安全。」

她繼續講下去，彷彿沒把他的話當一回事，「然後，他們跑到我家收拾他的衣物，卻不肯告訴我他人在哪裡，」她的一頭金髮剪得完美有型，講完這句話之後，順手把一綹髮絲塞到耳後，「我的意思是，他到底還在不在倫敦啊？」

「他……在倫敦，」索恩回道，「我想妳一定能夠諒解我們的苦衷，本案還在調查中，所以對於安置他的確切位置必須守口如瓶。」他這番說詞聽起來很有說服力，但他看得出來對方並不買單。

她開始拿起叉子推弄盤中剩下的沙拉，「我不知道狀況有這麼糟糕，」她說道，「你一定也知道，我們常吵架。」

「我剛才說過了，這不關我們的事。」

「不過他卻把這種事推到我頭上，對不對？」

「妳先生壓力很大，我只知道這麼多而已。也許他只是覺得……暫時閉關一下，對你們兩人都好。其實，既然現在他必須面對人身威脅，這個決定也很合理。」

「我不知道你辦案能力如何，」她說道，「但是你唬爛很有一套。」

「這也是我們工作的重點能力之一。」

「有沒有想過轉到廣告業發展？」

索恩終於看到她露出一抹笑意，「我相信薪水一定好太多了。」

她聳肩，「壓力超大。」

索恩差點笑出來。有個女服務生過來，問莎拉是否可以收走餐盤，她根本沒看那女孩，直接舉起盤子遞過去，而對方一拿出甜點單，也被她立刻揮手拒絕，索恩這時候才注意到莎拉．道迪的手臂如此纖瘦，腕骨輪廓鮮明。

「安德魯提到某個妳找來的人，」索恩說道，「到妳家幫忙的洗車工？」

她點點頭，「東尼。」

索恩突然覺得頸後一陣刺癢，「知道他姓什麼嗎？」索恩知道答案絕對不可能是賈維，畢竟這個姓名對雇主來說太敏感了。

「就只是『東尼』，」莎拉回道，「我從來沒多問。」

「趕快告訴我這個人的事。」

「有一天，他跑到我家門口招攬生意，我告訴他，我們已經付錢找人洗車了，但他給了我一個更便宜的價格，而且車子也洗得很好。他的小貨車裡的配備一應俱全——強力噴水器、吸塵器什麼的。你爲什麼這麼有興趣？」她問完問題之後，過沒多久就臉色大變；恍然大悟的蒼白神情。「你覺得這個人想要殺死安德魯？」

索恩把手伸向地板上的公事包，取出那三張根據不同證詞所畫出的模擬繪像，「他的長相和哪張相符？」

她仔細研究圖片，然後食指對著中間那張輕輕拍了一下，「我覺得這張不算太離譜，不過他的臉比較圓潤，而且有戴眼鏡，還有一堆鬍碴，看起來好像是要蓄鬍。」

索恩收起繪像，心想改變容貌何其容易，不需要是什麼僞裝大師也可以辦得到。留鬍子或剃光光。剪頭髮，帽子，眼鏡。一般人的觀察力與記憶力何其薄弱，想要保持低調避人耳目，幾乎人人都可以辦得到。

「他有沒有進去過妳家裡？」

她突然變得很緊張，彷彿覺得自己背負了什麼罪名。「我泡過茶招待他，閒聊……有進來過。」

「有多久了？」

「他來了八、九次吧，所以我想應該是兩個月？」

「之後就沒出現了？」

她點點頭，已經完全會意過來，「差不多就是安德魯出走的那個時候，我打過電話給他，但那支號碼已經停用。」她臉色發紅，「我記得自己那時候很生氣，因爲我得把車開到車廠去洗車。」

「可以給我電話號碼嗎？」索恩猜那鐵定是易付卡，完全追查不到資料，但還是可以一試。

「他看起來是個好人，」她說道，「腳踏實地，就是個……普通人。」

「他在妳家的時候，你們都聊些什麼？」

「我不記得了，」她現在聽起來很不高興，「度假，工作，我們就只有在他喝茶時間聊個十分鐘而已。」

「他有沒有問過妳什麼問題？」

「哦，聊天的時候在所難免，對吧？但都是一般問題而已。」

「有沒有透露任何日常作息？居家擺設？」

「沒有，沒什麼特別的，但也許他去了那麼多次，已經……掌握了一切。」

「嗯。」

「我從來沒有說過什麼……我沒有向他透露過任何事情。」

「沒差。」索恩回道。從他目前掌握的資訊來看，安東尼．賈維應該是個在適當時機到來之前、樂於觀察與聆聽的人。「他到妳家的時候，安德魯可曾在場？」

她想了好一會兒，「我記得有兩次吧，他通常是週六過來。」她開始玩弄自己的餐巾紙，「我記得有次我們在大吵的時候，他剛好在我們家裡。你知道嗎，我很痛恨家醜外揚，但安德魯就算是看到外人在場、也不會害羞慇話，大部分的時候，他根本不會特別注意周邊有沒有人，但要是被他發現有人，他會像是找到了聽衆一樣開心。」她深呼吸，氣有點不太順，掉落臉龐的一綹髮絲也不管了，「我們大吼大叫，互罵髒話，我還記得戰火延燒到前門的門廊，看到東尼在外頭洗車。」她停頓了一會兒，「我記得他抬頭看我，我還像白癡一樣對他笑了一下，彷彿在告訴他沒事，這一切都算是家常便飯。」

索恩看著她緊捏著餐巾紙，想到如果安德魯·道迪對於自己家務事的版本可信的話，那麼，她所說的那一場大吵，的確算是家常便飯。她看錶，準備起身離開，索恩覺得，經過這十分鐘之後，尤其是一想到她與丈夫爭吵不休的那件事，他開始比較喜歡這女人了。

「沒關係，」索恩說道，「妳沒有做錯什麼。」

在莎拉·道迪離開之後，他又點了一杯咖啡，多坐了十分鐘左右。他開始研究背景音樂——是騷莎吧？——很悅耳，加上他最近剛喜歡上古典音樂，也許他的音樂品味開始變得更寬廣了。他不知道將來是不是會有一天能夠進化到欣賞爵士樂，然後，他覺得自己潛力無窮。

他大部分的時間想到的都是那個人，對方很可能是他遇到過心思最縝密、計畫最周詳的兇手。

安東尼·賈維當初是眞的想要找尼可拉斯·麥耶寫書嗎？或者只是個拿來勒索自己所需金錢的計畫而已？他在什麼時候擬出了殺人名單？他和克洛伊·辛克萊爾交往了多久，才決定要犧牲她的生命？

索恩盯著來往行人，不知道安東尼·賈維現在又有什麼計畫，現在那份名單上還有三個人存活在世，但他絕對不可能找到他們。

索恩出去的時候，差點被某名男子撞到，對方惡狠狠瞪他、擺明叫他閃邊，索恩開口道歉，然後又後悔了——典型英國人的反應。他歪臉看著對方T恤上的可笑標語：「如遭拾獲，請送回酒吧。」

索恩走回自己停放寶馬汽車的位置，心想那種討厭鬼如果失蹤的話，認識他的人一定會祈禱還是讓這傢伙自生自滅就好，或者，就算有人找到他，也不要多管閒事。

29

「我真搞不懂妳，居然能忍受那股味道。」

「什麼？」

「就像是……乾掉的尿混合了濕氣，妳居然還這麼靠近。」

「顯然你還沒有進過驗屍間。」基絲頓回道。

實習警員布里吉斯別過頭去，不想被她看見他發窘的模樣。上級將他指派給基絲頓，一同出勤晚上的任務，她看得出來，他對於這種安排的感覺就和她一樣意興闌珊，不過，這也合理。夜晚探訪西區，在那些不怎麼吸引人的地點大海撈針，會出什麼事沒有人知道，而這個六呎三吋（約一九一公分）的實習警員布里吉斯剛好就是她的支援。伊芳．基絲頓覺得要是遇到狀況的話，她自己可以應付得來，但能感覺安心畢竟是好事，至於偶爾聽到那種蠢話，就當作是她為了安全感所必須付出的小小代價，她的這位同伴可能覺得來這裡很噁心，但至少當她在向別人問話的時候，他總是會守在她的後頭。

就那個部分看來，他算是很稱職。

他們已經查過了蘭開斯特廣場以及皮卡迪利圓環附近的小巷，氣候宜人，讓他們兩人都覺得心情愉快。基絲頓只要看到可能是街友的人，就會拿出葛拉漢．佛勒的照片詢問對方，要是運氣不錯的話，她就會繼續拿出安東尼．賈維的模擬繪像，截至目前為止，模擬繪像依然在她的包包裡，還沒有派上用場。

基絲頓先前詢問過湯姆．索恩，關於當初臥底街頭時的生活情況，所以她已經有心理準備，別想立刻得到結果，沒有那門子的好運。所幸西區的街友人數並不多，但有不同的小圈圈——酗酒的、嗑藥的，以及精神有問題的——而且相當疏離，所以許多街友互不相識。

「不過，也不需要拚命去找，」索恩先前曾經提醒過她，「他們來去匆匆，或者乾脆人間蒸發，但一定會有在那裡逗留數年之久、打死不退的硬漢。」

布里吉斯就沒有那麼樂觀了，或者，應該說他不懂箇中奧秘。「就算他們有人看過這傢伙好了，」在他們訪查了一小時之後，他開口說道，「大部分的遊民都很茫，看過哪會記得啊。」

他們走到了特拉法加廣場，又繼續前往查令十字車站。某個操持東歐口音、雙肩披著薄毯的男子看著佛勒的照片，努力集中精神，最後搖搖頭。他指著遠處的河岸街，告訴基絲頓那裡等一下會發放免費湯料，他說：「各式各樣的人都有。」

雖然佛勒提供的清單上也有那個地點，但基絲頓還是謝過他，將兩英鎊的硬幣塞到他手上。

「這筆錢妳應該可以報公帳，」他們繼續往前走，布里吉斯說道，「嗯，這也算是調查的支出。」

基絲頓沒理他。

九點半剛過沒多久，餐車停在薩莫塞特府後方的某個安靜街道，夾在某座小公園與美國菸草公司總部的雄偉建築之間。大約有二十多名的男女在等待，當送餐台緩緩放下、香氣飄散到整條馬路上的時候，他們紛紛立刻向前排隊。

就像查令十字車站的那名男子講的一樣：各式各樣的人都有。

好幾個人拿了湯料或咖啡之後就立刻閃人，但其他人卻依然沒有要離去的意思，獨自站在原地，似乎這樣才對味，不然就是三三兩兩聚在路的兩旁。基絲頓先問了幾個人，全都搖頭，很難判定他們到底是沒興趣還是不太熟葛拉漢．佛勒這個人。有個男的只是死盯著她看，他身旁的女子則叫她滾蛋。基絲頓也很想一走了之，但她依然努力不懈，終於有了成果。公園欄杆旁聚了一小撮人，外圍站了一個名叫鮑比的蘇格蘭人，他一邊大口喝茶，一邊猛點頭，對著照片伸出食指，「啊，我認識這個人。」

「確定嗎？他叫葛拉漢．佛勒。」

鮑比聳肩，又看了一下照片，很難看出他的年紀，四十到六十都有可能，「葛拉漢，對嗎？」

「葛拉漢．佛勒。」

鮑比又點點頭，「是啊，我認識他。」

其他人也聚過來了，又有兩個人說他們也認識佛勒。

「他沒事吧，」鮑比繼續講下去，「有次他看到某個王八蛋朝我吐口水，他把對方痛罵一頓，就在河岸旁邊。」

另外一個人說要是換作他，早就去痛扁那王八蛋了，他雖然不知道葛拉漢的名字，但也同意這傢伙是個好人。

「好幾個晚上沒看到他了。」鮑比說道。

鮑比朝友的下巴朝基絲頓指了一下，「你覺得他們為什麼要拿他的照片四處問人？老弟，他人早就掛啦，很可能就是那個對你吐口水的王八蛋幹的好事。」

「是嗎？」鮑比問道。

「他很好，」基絲頓回道，「只是現在和朋友住在一起而已。」她立刻拿出模擬繪像，「我們對這個人比較感興趣。」

「畫得好爛哪。」鮑比嚷道。

基絲頓與眾人一起哈哈大笑，「有誰記得看過這個人？可能是葛拉漢現身的時候、也在附近徘徊？」

鮑比搖頭，但有另外一個人開口，「我看過某個人，眼睛就和圖像裡的一模一樣。頭髮完全不一樣，但眼神畫得很準。我覺得那個人有點不太正常，所以我一直與他保持距離。」

「什麼時候的事？」

「可能是兩週前。就在這裡，等餐車過來的時候。」

另外一個人也開口附和，他還說自己曾經與那個小眼男子講過話，基絲頓問他是否記得內容。

「他只是問我那些地方在哪裡，妳也知道……救濟中心和收容所，開放時間什麼的。」他喝了一口咖啡，「他說自己剛來，只是想要知道這裡的基本規則，所以我就全告訴他了。嗯，我們這裡的每個人都曾經是新手不是嗎，所以當然會想要盡力幫忙，所以就算是有點怪怪的人對我來說也沒差。」

「那時候葛拉漢也在這裡，對嗎？」

「嗯，我記得是這樣沒錯。」他喝光自己的飲料，回頭走向餐車準備再多喝一杯，「嗯，葛拉漢那時候應該也在附近鬼混。」

「妳確定他沒死嗎？」鮑比問道。

基絲頓謝過每一個人，收起繪像。正當她準備離開的時候，有個她先前沒注意到的男子朝她走來。應該是二十多歲，瘦得像竹竿一樣，皮膚不太好，髒兮兮的金髮抓成一坨坨的尖撮，走起路來出奇矯揉作態，他笑得開懷，這應該是布里吉斯沒有上前攔住他的唯一原因。

「我認識你們裡面的一個人。」

基絲頓面色警覺，「哦？是嗎？」

「他叫什麼名字？」

「索恩，」他盯著她，等待她露出認識此人的表情，但沒有。「好幾年前的事了，嗯，但永遠忘不了，談的都是超級嚴肅的事。」他又往前逼近一步，「妳認識他嗎？」

「對，我認識他。」

對方笑得更開心了，基絲頓看到那男孩嘴裡的牙已經沒剩幾顆，殘存的褐牙緊貼住泛灰牙齦，她覺得自己幾乎聞到了蛀牙的臭味，標準的毒蟲嘴。

「跟他說史派克向他問好，好嗎？他一聽就懂了。」他把手伸進口袋裡摸弄了一會兒，終於拿出一包菸，「告訴他要保重。」

男孩走開之後，布里吉斯似乎很急切想要知道對方講了什麼，但基絲頓假裝沒聽到這個問題，直接把鮑比與其他人講的話轉述給他聽。她說，今晚工作成績不錯，他們應該要感到開心才是：「證明賈維曾經來過這裡，我們也更加了解他的行事手法。」

布里吉斯似乎頗不以爲然，「不過，這對於我們能否逮到兇手有差嗎？我不太明瞭這樣做的意義何在。」

「這就叫作收集案情證據好嗎？等到我們抓到他的時候，可以順利讓他定罪入獄。」

「好吧，既然妳都這麼說了。」

基絲頓加快腳步，走在那個實習警員的前頭，放這傢伙自己一個人應該沒問題，如果她對這傢伙有興趣的話，可能會覺得他長得還不算難看，但她卻忍不住心想，今晚都是這個總警司的笨蛋兒子拖累了她。

布里吉斯在她背後嘀咕，「眞是的，花了這麼多時間。」

「你想要做可以快速解決的輕鬆工作，」基絲頓回他，「你入錯行了。」

「老實說，我覺得他現在早就該到家了，」露易絲又看了一下手錶，伸長雙腿，「我知道他會晚歸，但通常不會這麼晚，也許現在案子有了重大突破吧。」

漢卓克斯坐在沙發的另外一頭，「要是有狀況，他會打電話的。」他伸手拿酒瓶，又爲自己與露易絲各倒了一杯酒，

「爲什麼他總是接這種可怕的案子？」

「這些重案似乎很適合他。」

「如果他會是我小孩的父親，」露易絲問道，「我是不是應該要擔心才是？」

「別擔心，孩子會遺傳到妳的外貌與個性。」

「好，再加上他的音樂品味。」

他們聊到了漢卓克斯先前從櫥櫃後面挖出來的某張專輯，他不知道哪時候留在這裡的CD，他們兩人都知道那是索恩討厭的音樂類型。

「老實說，我不知道他性能力這麼高強。」

「其實那時候他睡死了，」露易絲開口，「我只能自己來。」

漢卓克斯喝多了，笑聲延續的時間比平常拖長了一會兒，開口問道：「所以，你們打算立刻再試試看？」

「我們沒有提過這件事，也許只是還沒討論而已……但沒錯，我很想啊。」

漢卓克斯把酒含在口中，過了一會兒之後才吞下去，「世事難料。我記得兩年前我坐在這裡……唉，其實是躺著，因為我房子受潮，所以留在這裡過夜。當時我很難過，因為我那時候真的很想要有小孩，但我那時候的男友態度卻不是很積極，所以……」

露易絲挨過去，把手放在漢卓克斯的膝上。

「我記得我告訴他，看到……小孩停屍間的陳列擺設，整個房間特別布置得像是兒童房一樣，我曾經在裡面看過一個小孩，心如刀割。反正，我告訴他之後，突然就躺在這裡，哭得像小女孩一樣，抱歉，沒有冒犯女性的意思。」

「別擔心，沒有。」

漢卓克斯又喝了一大口酒，酒杯裡一滴不剩，「軟弱無能的蠢蛋。」

「不過，你還想要有小孩嗎？」露易絲問道，「你剛才說『那時候』。」

「是啊，當然還想要。但現在就像是……隨緣，妳懂吧？不需要強求。」

「我也是這麼想，我講過——我要是再懷孕的話，我很可能會抓狂——但我覺得現在我壓力已經沒那麼大了。」

「這樣很好，」漢卓克斯回道，「我的意思是，壓力很可能和那個，嗯，妳知道……息息相關。」

「你那時候心情這麼難過，湯姆作何反應？」

「態度很古怪。」

露易絲點點頭，嘴角牽了一下，「他一直就是這樣，似乎不知道說什麼才好，或者他也可能是想要說點什麼，但不知道該如何開口。」

「他遲早會克服障礙。」

「對，他就是這種人，」露易絲說道，「古怪，只有遇到可怕殺人案、卯起來辦案的時候才開心。」

「我覺得應該不算是開心。」

「哦好吧，自在。」

漢卓克斯想了一會兒，「好，這還差不多。」

兩人繼續坐著喝酒，氣氛自在，無須多言。

索恩原來只想在橡樹酒吧迅速喝一杯就走人，當作這漫長一日的句點，沒想到看到布里史托克與其他同事現身，又多喝了兩杯。他沒料到自己會待那麼久，但當他開車回到肯特緒的路上，他才發現幸好自己做出了正確決定，因爲他需要釋放一點壓力。

對大家都好。

他伸手拿起擱在副座位置的手機，心想既然自己應該是鐵定超速了，那麼多犯一條罪也沒關係。要是他被警察攔下的話，肯定只會有兩種反應，一種是嘴裡罵他蠢蛋，但卻假裝沒發生這件事；另外一種是盡忠職守，心裡得意洋洋，卻面不改色開單給他。

他覺得既然機率是百分之五十，當然可以一試。

「你是不是在開車講手機？」基絲頓問道。

「妳說呢？」

「我覺得要是有人問起的話，我應該要打死不認我們通過這通電話。」

「妳在哪裡？」

「在家裡，」基絲頓回道，「十分鐘前剛到，廚房像被轟炸過的廢墟一樣，還有個人很不爽，因爲他被兩個小孩惡搞了一整個晚上。」

當索恩結束與莎拉・道迪的會面、回到貝克大樓的時候，基絲頓已經離開辦公室，準備要去執行她的夜間勤務。在剩下的上班時間裡，他不時久望窗外，利用空檔拼湊安東尼・賈維近日活動的基本狀況，自問爲什麼他讓基絲頓去尋訪街友找線索，而他自己卻在薛爾蒂奇開心喝咖啡、做婚姻諮詢。

現在，他開口詢問基絲頓，在西區的訪查可有任何進展。

「除了必須和某個不上道的實習警察一起搭檔之外，一切都不錯。」她告訴他有個人幾乎非常確定看到了安東尼・賈維，他當時應該就是在跟蹤葛拉漢・佛勒，等待下手時機。

「我一直很納悶，他到底是怎麼決定的？」索恩說道，「我的意思是，下手的時機。」

「也許他動手殺人的時間有特殊順序。」

「我也這麼想過，但這些死者的遇害順序和他們的母親並不一樣。」

「對方是瘋子，就不用想那麼多了。」基絲頓回道。

索恩說搞不好她是對的，他先前一直鑽牛角尖，浪費了太多時間。

「對了，我遇到你的一個朋友。」

「那裡我沒什麼朋友。」索恩回道。

「有個傢伙名叫史派克，他請我向你問好。」

一連串不快的畫面湧上心頭，索恩立刻輕踩煞車：一連串的隧道、一對男女在如棺材大小的紙箱裡做愛、冒血的針頭。「是不是有個女的和他在一起？」他開口問道。

「我是沒看到，」基絲頓回他，「老實說，他看起來神智不太清楚。」

索恩想到了史派克，還有另一個名叫「一日」卡洛琳的女子，兩人彼此相愛，而毒品讓兩人深受其害。如果卡洛琳努力脫離街頭生活——而他希望這正是基絲頓之所以沒看到她的原因——遠離了那個可能伸手把她抓回去的人，未嘗不是件好事。還有一個小男孩，索恩緊掐住方向盤，努力回想他的名字。

「好，那就明天見了。」基絲頓打破沉默。

他知道這就是爲什麼他寧可讓別人去訪查街友的眞正原因。他斷然不想重溫自己曾經一蹶不振的那段生活，當時他的個人狀態與專業表現都很低迷，他不需要重返黑暗世界。

「好，明天見。」他在拱門圓環闖了紅燈，酒精與過往回憶依然讓他腦袋亂哄哄，他不知道自己想要騙誰，他開始捫心自問，現在的生活——就專業表現與個人狀態看來——眞的比那時候的日子來得好嗎？

他開了一點窗縫，讓冷空氣進來，在心中默默期盼史派克一切平安，繼續開車前行。

「湯姆……？」

羅比，那孩子的名字叫作羅比。

30

麥爾康．里奇，雷蒙德．賈維前妻所提供的那個好友，依然還在英國電信工作，不過，珍妮．杜根認識他已經是三十年前的事了，現在的他已經從當初的工程師高升爲服務設備處經理。他的小小辦公室位於史泰尼斯的某座醜陋工業區裡，那是位於倫敦通勤帶的泰晤士河畔小鎭，看到它的外觀，與聽到它的名稱一樣，同樣令人愁鬱。

當他看到查姆柏蘭走進來的那一刻，整個人立刻死僵不動。

「喂，警察找過我問話了。」

「我知道。」查姆柏蘭回道。

「告訴他們我哪天在哪裡幹什麼……眞荒唐。」

兩個禮拜之前，當警方一發現這些兇案與賈維有密切關聯的時候，他們就立刻找上了里奇，也幾乎是立刻排除了他的涉案可能性。不過，這筆訪談紀錄卻讓查姆柏蘭得以馬上追蹤到他的下落。「我這趟來訪，其實是爲了別的原因。」

里奇從書桌前抬頭，他的頭剛好落在牆上年曆的正中央，「好，我也沒有整天的時間陪妳，所以——」

「三十年前，你和雷蒙德．賈維遊戲人間的事。」

「遊戲人間？」

「我找過他的前妻，她說你們兩個人那時候經常玩在一起。」

「我怎麼不知道。」

查姆柏蘭猜他應該是五十多歲，可能比她自己小了一兩歲，珍妮．杜根說他總是不缺女伴，但實在很難把這句話與他現在的模樣兜在一起。他身材發福，下巴肥潤，眼鏡卡在酒糟鼻的骨梁中央。他是沒有禿頭，但頭髮已經變得花白粗硬，她記得自己父親也是這種髮質。

「拜託，妳講的都是陳年往事了，」里奇說道，「而且，那時候的主角是我，希望妳懂我的意思。」

查姆柏蘭點點頭，心想，我不信。

「首先，我當時單身。」

「不過，雷蒙德．賈維是已婚身分，對嗎？」

「和我們一起玩的那些女孩當中，許多也都是人妻，」里奇回道，「但似乎沒有人在意。」他拿下眼鏡，傾身向前，「好，我們也沒有天天喝酒作樂什麼的，只是運氣很好罷了，當時辦公室裡有許多女同事長得很正，而且覺得和你打情罵俏一下也沒什麼。拜託，當時我們都是二十多歲，妳一定也曾經年輕過吧。」

查姆柏蘭聽到這句話，忍不住臉紅了。

「我的意思是，大部分的時候，都是無傷大雅的眉目傳情而已，偶爾出去喝個小酒，可能會有些逾矩，但只不過是工作的調劑而已，妳懂嗎？到了現在，要是稱讚哪個女人很漂亮，可能會被賞一耳光，妳們把這個叫什麼來著……性騷擾。」

查姆柏蘭很想給他更可怕的一巴掌，但她只說出自己很能理解這種狀況，警界更糟糕，「所以，你和雷蒙德算是玩得很兇？」

「好，就和妳說的一樣，雷蒙德已婚，所以他必須要更加小心。」他解了最上方的襯衫鈕釦，鬆開領帶，「我應該比他浪蕩一點，但我剛才也說過了，某些女孩不需要讓我大費周章，」他咧嘴大笑，「兩杯琴通寧，通常就可以搞定了。」

「你記得名字嗎？」

「妳的意思是那些女孩子啊？」

「聽起來這名單會很長。」

「拜託，誰記得啊。」

「少來了，」查姆柏蘭微笑，依然繼續和他鬥法，「我太清楚你們這些男人了，可能會忘記該把垃圾桶拿出去的時間，但只要是上過床的女人的名字，絕對忘不了。」

「這個嘛……」

「我要問的是雷蒙德。」

里奇面露失望，最後，還是開口回她，「我知道他那些年換了好幾個對象。」

「有沒有哪個比較特別？」

里奇思索了一會兒，「應該是有一個吧，擔任秘書工作，比他年紀大一點。如果我沒記錯的話，她也結婚了，對，他跟她偷偷幽會了好一陣子。」

「名字？」

「珊卓拉。」他閉上雙眼，努力想出她的姓氏，他靈光乍現，撣指一聲，又指向查姆柏蘭，態度洋洋得意，「菲利普斯」他搖搖頭，「我的天……珊卓拉．菲利普斯。」

查姆柏蘭記下這個名字，準備離開。

「不過，她離職之後，一切就結束了，」里奇說道，「我想應該是搬走了，當時謠言滿天飛。」

「什麼樣的謠言？」

「嗯，雷蒙德沒有透露太多細節，不過我知道有一兩個人認爲她懷孕了。」

查姆柏蘭點點頭，彷彿這個消息也沒什麼大不了的。

「妳要搭火車？」里奇問道。

她回答，沒錯，他主動提議要載她去車站，她告訴他，自己已預約了計程車。里奇陪她一路走到了大樓門口，還在她身旁幫忙推開旋轉門，她發現這男子身上的氣味相當宜人。當他說出認識她何其榮幸的時候，查姆柏蘭不禁心想，她終於可以了解三十年前那些女孩是怎麼看待他這個人的了。不過，這個念頭只持續了一兩秒，隨即閃逝不見。她離開那棟大樓，心想當時的英國電信一定有什麼特殊政策，專門找一些眼光不佳或是超級不自重的年輕女孩來上班。

她打電話給湯姆．索恩，將整個訪查過程都告訴了他，還說她可能已經找到了安東尼．賈維母親的姓名。他說希望能親自見她一面，他們決定等一下在查姆柏蘭下榻飯店的附近地點見面。

「如果沒有狀況的話，那就七點鐘見。」索恩說道。

之後，她又打電話給傑克。

電話鈴聲響個不停，她猜老公正關掉電視，好整以暇慢慢走到門廳，她想起剛才里奇問她二十多歲時的狀況，她臉紅了。傑克終於接起電話，她立刻劈頭臭罵他一頓。

「妳是怎麼了？」他開口問道。

她當時之所以會臉紅，倒不是因爲曾經年少輕狂，而是因爲她根本不曾有過什麼浪蕩歲月。

安德魯．道迪從葛拉漢．佛勒住所的窗前轉頭過來，開口問道：「你覺得是不是只剩下我們？我們是最後的目標？」

佛勒坐在沙發上，一手拿啤酒，另一手拿菸，他前方的茶几上堆滿了許多的啤酒空罐與菸屍。

「至少還有一個，」他說道，「那兩個警察有提到這件事。」

「不知道他爲什麼沒有住在這裡。」

「是女的，」佛勒說道，「我聽到他們其中一個提到了她的姓名，」他放下啤酒罐，「幹，你覺得她是不是掛了？」

道迪搖頭，繼續望著窗外，過了半分鐘之後，他才開口，「萬一他們抓不到他怎麼辦？」

「我還可以在這地方繼續待一陣子，沒問題。」佛勒回道。

「我的意思是永遠，」道迪走過去，一屁股坐在小扶手椅裡面，「他們會再查個兩個月吧，然後，如果依然沒抓到人，就會無疾而終，接下來就會開始忙其他的大案子。」

「你眞這麼覺得？」

「我們要怎麼回去過正常生活？」

「老弟，我們有些人從來沒嚐過正常生活的滋味。」

「好吧，那就隨便過哪種生活都一樣。」道迪似乎突然大怒，或者他只是過於緊張，「他們必須要想辦法保護我們……把我們送到某個地方，搞不好還得替我們捏造新身分。」

「就像是那些向警察通風報信的黑手黨內奸一樣，」佛勒說道，「老實說，這樣也挺不賴的。」

道迪再次搖頭，當他拿起幾分鐘前喝過的咖啡時，哈哈大笑，「我從來沒遇過像你這樣的傢伙，明明是個倒楣鬼還這麼樂觀，」他說道，「尤其最有資格認爲人生是一坨屎的人，明明就是你。」

佛勒拿起自己的啤酒要敬他，「老弟，未來只會變得更加美好。」

「希望如此，」道迪問道，「你覺得索恩這個人這麼可靠？」

「看來是這樣沒錯，」佛勒回他，「我們也不能幹什麼，對吧？」

兩人就這麼坐著，沉默無語，只聽得到這棟建物的噪音——中央供暖系統的流水聲、發電機的低鳴——以及尤斯頓路上的轟隆車流，佛勒又從菸盒裡抽出一根菸，夾在指間玩弄滾動。

「在你長大的過程中，常想到她嗎？」佛勒問道，「你的媽媽？」

道迪吞嚥口水，又吸了一下鼻子，「我總是假裝她在我身邊，我自己編造了一個媽媽。我會寫很長的信給她，告訴她我的學校生活以及其他的點點滴滴，最後，我的人生也順利多了。你呢？」

佛勒微笑，「我覺得我是歷經了某場災難之後，又遭遇了另外一種災難，」他說道，「你知道嗎？我每天都有感覺，覺得大家都知道我先前的遭遇，我認爲大家都用異樣眼光在看著我，彷彿我是怪胎，念書的時候，我天天和別人打架打個不停。到了最後大家都用憐憫的眼光看著我，根本不理我，」他瞇起眼睛，回憶過往，還是沒有點燃指間的香菸，「就算我結婚之後，有了孩子，狀況依然……很艱難，所以我找到了可以幫助我忘卻傷痛的方法，你懂嗎？」他的下巴朝桌上的空罐指了一下，「唯一的問題是，那些東西輕而易舉就毀了你的一生，所以到頭來只是換成另外一種傷痛而已，」他開始找打火機，「天，我廢話眞多。」

「沒關係。」

「抱歉……」

「有沒有探望你的妻子或小孩？」

佛勒搖頭，透過濃濃的煙氣、指著道迪，「老弟，聽我的勸告，絕對不要失去你的妻兒。」

「無論從哪個方面看來，」道迪回他，「我都已經算是失去她了。」

「別講這種傻話。」

「我是認眞的。我從你身上得到了啓發，要正面思考，等到這一切解決之後，要重新開始。」他立刻站起來，雙手拍了一下，「好，我要再去泡咖啡，我看你也該來一杯。」

佛勒大笑，向他道謝，他看著道迪進入小廚房之後，開口說道：「安迪，我眞的覺得那個條子應該可以破案，嗯，我說的是索恩。」

過了一兩秒之後，道迪也對他回吼，「他應該要再加把勁才行。」

錄影帶一結束，傑森就嚷著要再看一次，他總是這樣。他猛拉黛比的手臂，逼得她只好去拿遙控器，聽到帶子迴轉的聲響，他咧嘴大笑，又安分坐在螢幕前面。

黛比沒辦法從頭到尾再看一次，裡面的每一句話她都已經滾瓜爛熟，她也知道傑森會在什麼時候轉頭，對著她模仿火車的噗噗聲，表演吹氣。她起身走入門廳，心想自己十分樂意動手掐死林哥．史達，那台湯瑪士小火車眞的應該要讓它出軌才是。

當主題曲從隔壁傳出來的時候，妮娜正好走出自己的臥室，「我眞是不敢相信，他看了這麼多遍都不嫌煩。」

「我倒是已經覺得很煩了，」黛比回道，「這一點我很確定。」

「不過他好愛。」

「對，我知道……從來沒花過這麼划算的五十便士。妳記得嗎？在巴尼特拍賣市集買的東西。」她看到妮娜在門廳鏡前檢查妝容，「妳要出去？」

「親愛的，我得去工作了。」

「其實我在想，妳也不需要這樣子，不妨讓我給妳一點錢當作房租？」

「別鬧了。」

「不，我應該要給妳啊。」

「妳哪來的錢？」

黛比關上客廳的門，傑森聽不懂她們在說些什麼，但他對於語氣很敏感，只要有任何的不快，他的情緒很容易就變得低落。「我會想辦法。」

「我賺錢比妳容易，」妮娜說道，「今晚我有三個客人，而且其中一個總是會多付我一點錢。」她望著鏡裡的黛比，「妳自己一個人還好嗎？不會提心吊膽吧？」

「我沒事。」

「那些警察還坐在那裡，妳要是覺得不安心，隨時可以打電話給索恩。」

「不要緊。」

妮娜點點頭，「黛比，妳懂嗎？我需要賺錢。」

妮娜出門去了，黛比卻依然站在門廳動也不動，長達好幾分鐘之久，錄影帶的聲響從隔壁房間傳來，她努力想要把它隔絕在耳外。等到一播完，她就會立刻趕傑森上床睡覺，等到他的尖叫吵鬧結束之後，她自己也會早早上床，總比煩心呆坐在客廳、等待妮娜返家好多了。

其實她怕得要死，但她就是沒有辦法向她的朋友傾吐心事。早在多年之前，她就打定主意，能夠與兒子守在一起的唯一方法，就是不要告訴別人她到底有多麼恐懼。拳頭再怎麼厲害的男人，不行，那些來自社會服務部門、苦皺著一張臭臉的賤女人也不可以，當然，她更不會向傑森透露半個字。而自從神色凝重的警察第一次來到家裡、對她提出警告之後，她就一直在想與傑森分離會是什麼景況，不是幾個禮拜，而是永遠。她望著他酣眠、或是在他跪在電視機前緊盯他的後腦勺時，一想到這個就令她心煩意亂。

她站起來，把耳朵貼在客廳門上，聽到兒子發出噗噗聲，自顧自哼哼唱唱，只能努力強忍不流淚。她心想：我是胖總管，湯瑪士要是沒有了他，就不知該如何是好了。

胖總管絕對不能嚇到挫賽。

31

當索恩進入「線民農莊」的大廳時，警探羅伯．吉本斯正坐在書桌後面看某本平裝書，索恩瞄了一眼封面：奇幻類的垃圾小說。

「猛龍和哈比人的那種東西吧？」他開口問道。

吉本斯微笑，顯然不以爲意，「其實不是。」

「史畢貝人呢？」

「在樓上，與那對難兄難弟在一起。」吉本斯回道。

索恩拾級而上，心想等一下佛勒與道迪一定會問起調查的狀況，他不知道該給對方哪一種制式答案比較好。就各方面看來，問這種問題也合情合理，但他很難輕鬆以對。

那個殺死我們母親／父親／兄弟／姊妹的兇手，你抓到了沒有？

爲什麼會拖這麼久？

你什麼時候才會抓到他？

我們會全力以赴。我們有了進展。現在出現了好幾項的重大突破。這些都等於是他講出「沒有」與「我不知道」的不同話術罷了，索恩一直覺得這種作法有點下流。他先前曾經與露易絲提過了不止一次，他們的結論是自己也無能爲力，而且，讓悲傷的人懷抱一點希望不是比較好嗎？也許是吧，但因此而講出謊言，從來就不是容易的事。

只要辦案的方向對了，當天就會是美好的一天，但這種好日子並不多見，而要是能夠逮捕嫌犯——而且是逮到正確的人——那就是眞的非常美好了，這樣的機會更是微乎其微。當然，就算是抓到了，偉大的一天能否成眞，還是得看法院的狀況而定。一個不是那麼可靠的司法系統，意味著不管是任何人，只要站上了那個舞台，就只能自求多福而已，只能努力偵辦下一起案件，盡量別讓自己憂慮掛心。

「如果他們搞砸了，」漢卓克斯曾經這麼告訴他，「又不表示是你出包。」

「沒差。」索恩當時是這麼回答他的，因爲必須回答最艱難問題的人又不是那些奸詐的律師或無能法官，對吧？

怎麼會那樣？

索恩到達最頂層的梯台，聽到葛拉漢·佛勒的住所傳出笑聲。

所以，我們有沒有機會可以趕快離開這裡？你能抓到那個人嗎？對，就是那個企圖謀害我們的傢伙。索恩下定決心想要誠實以對，也不是第一次了，但他知道一等到必須面對的時候，準備要說出口的話應該還是會吞回去。

能找到的鑑識證據都已經收集完成，而莎拉·道迪所提供的那支電話號碼，一如索恩先前所擔心的一樣，根本派不上用場。根據她的資訊，再加上伊芳·基絲頓在街頭所收集到的目擊者線索，讓他們得以整合嫌犯的繪像，不過也沒有其他進展，幾乎就各種角度看來，搞不好眞的被基絲頓那個愛發牢騷的夥伴說中了。

索恩穿越走廊，經過了那些空房間的敞開房門。每一間看起來都很乾淨，如有需要的話，隨時可以入住，而且空氣中還聞得到些許新漆的刺鼻氣味。索恩很好奇，這間線民農莊是不是準備要收容某個特別挑剔的黑幫線人，然後——也不知道爲什麼——他又想到了那句諺語，「女王以爲這個世界都是新油漆的味道」（意指不食人間煙火）。他很確定她所聞到的氣味，絕對比他與漢卓克斯所聞到的來得香甜。

但那可憐的老太太得一直忙著向大家揮手就是了……

他敲了敲佛勒的房門，開口說道：「布萊恩，我是湯姆．索恩。」史畢貝講出四位數的密碼，索恩進去了，看到他正與佛勒、道迪坐在桌前，桌面上除了外帶餐盒與啤酒罐之外，還看得到一堆散落的撲克牌籌碼，房間裡瀰漫著咖哩與香菸的氣味。

史畢貝背門而坐，他高舉著自己的牌，只有索恩能看得到，兩張國王，一張傑克。「三張牌的吹牛，要不要一起玩個幾盤？」

索恩說沒辦法，因爲他只是路過來探望一下而已，他等一下還有約。

「快出牌，」道迪說道，「搞不好你可以讓我轉運，幫我從這狗屎運傢伙身上贏點錢回來。」

「打牌只能靠技術。」史畢貝回道。

「錢從哪裡來的？」

佛勒的下巴朝道迪點了一下，「這個嘛，我進來的時候，身上只有四十六便士，但安迪先借我錢。」

「而我是唯一輸錢的人。」道迪回道。

佛勒動作緩慢，振臂一揮，開始哼唱不成調的〈一切只會更好〉，顯然桌上的啤酒瓶都是他喝光的。

道迪望著索恩，搖頭，「我早就告訴過你了，這世界很病態。」

索恩詢問他們一切可好，史畢貝說沒問題，佛勒與道迪也點頭附和，這兩個人坐在那裡，彷彿現在這只是再稀鬆平常不過的場景。

他們似乎都沒有打算要詢問什麼令索恩爲難的問題。

「好啦，那就快滾，」史畢貝說道，「我準備要好好收拾這兩個人。」

「好，你們這一對『國王』。」

佛勒與道迪立刻封牌。

「他媽的！」史畢貝嚷道。

索恩大笑，「我今晚會再打電話過來，」他問道，「可以嗎？」最後，他也會打電話給黛比・米契爾。

史畢貝跟過去，「嘿，湯姆，我只是覺得這樣可以分散他們的注意力，你懂吧？這不會有問題吧？」

「就我看來是沒有。」索恩回道。這兩個人的態度都比他上次見到的時候輕鬆多了，這幾個小時的小賭顯然是救了索恩。如果對於生命受到威脅的人來說，這種把戲能夠奏效的話，他覺得如果在與絕望家屬相處的尷尬時刻來個隨興小賭，也許能夠轉移他們的注意力。

我充滿信心，我們一定會抓到那個殺死你丈夫／妻子的兇手，我們抓到他的機率十之八九，下注吧，押在我們身上，結果一定是雙贏……

索恩決定下次遇到崔佛·傑斯蒙德的時候，要把這個點子告訴他，這白癡可能會以爲他在開玩笑。

「你吃過東西沒有？」

索恩突然湧起一股罪惡感，「回來的路上隨便買了個漢堡。抱歉，我以爲你已經吃過東西了。」

「等一下我再買三明治就好了，」查姆柏蘭回道，「沒關係。」她舉起手中的酒杯，「我喝了酒，應該要吃點東西墊胃。」

位於布魯姆茲伯利的這間飯店的酒吧很漂亮，但地方很小，不過就等於一間大客廳而已。所以索恩與查姆柏蘭寒暄完之後，立刻壓低聲量。另一桌坐了一對大胸脯的米德蘭女孩，兩人聊得起勁，看起來毫不在意。索恩有兩次差點想要站起來，走過去讓她們知道他並沒有興趣知道她們工作與男友的事，並且建議她們還是帶著自己的百加得水果酒、到別的地方去比較好。

「你快要變成討人厭的老人了。」查姆柏蘭說道。

「我一直就是個討人厭的傢伙，」索恩回道，「只是以前比較年輕一點。」

「你覺得是不是因爲工作所造成的影響？」

「其實沒關係。」

「如果你在連鎖電器行工作，個性就不會這麼討人厭吧？」

「天，不要啊。」

「這樣啊。」

「我要是待在那裡一個禮拜的話，我一定會拿條便宜的延長線勒死我自己。」

「好，敬你。」查姆柏蘭回道。

她爲兩人又斟滿了酒，拿起酒吧的菜單，還隨著天花板喇叭傳送出來的類凱爾特民族風囈語、以食指敲打著節拍。隔壁桌的女孩哈哈大笑，索恩在想，也許可以請酒吧調高音樂聲量。

「你覺得里奇那傢伙講的話值得追下去嗎？」

「如果他說的是自己，我可能覺得他是在吹噓而已。不過聽起來……是很可信。」

「可信的謠言。」

「但還是可以追查一下。」

索恩心裡有數，就現在的狀況看來，要是有通電話打來舉報安東尼．賈維其實是殺人犯貴族魯坎伯爵的兒子，也同樣値得追查。「好，告訴我那女人的事吧。」

查姆柏蘭微微向前挪移，他們付錢請她工作，等的就是這個。「珊卓拉．菲利普斯，嗯，再婚前的姓氏是菲利普斯。她之後結過兩次婚，現在的住所在雷丁附近。」

索恩突然覺得似乎想起了什麼。

「怎麼了？」

有那麼一兩秒鐘，他覺得幾乎要想出答案了，但隔壁桌客人的吵鬧聲響讓他無法專心，「沒事，妳什麼時候會與她見面？」

「明天。」

「她知道妳要去找她嗎？」

「我認爲直接登門拜訪才是上策，」查姆柏蘭回道，「如果她眞的是安東尼·賈維的母親，最好讓她措手不及，以免讓她有時間編出一堆藉口。」

索恩也認爲這招不錯。他知道親子之間血緣相繫，很可能會因爲不察、輕信對方，轉而拒絕相信事實。這種毫無條件的親情雖然幾乎等於是愚行，但很難令人苛責，不過，萬一有顚倒司法之虞，還是必須要劃清界線。

他想起自己在幾年前曾經遭到某名女子攻擊，她兒子打死了某名亞洲人商店老闆、被判決入獄，她當下激動異常，他只能緊抓住她的手臂，等到其他人將她制伏。他站在那裡，任由對方的唾沫從襯衫上方流淌而下，他在想，也許這女子討厭他與痛恨自己的程度不相上下。他也記得克洛伊·辛克萊爾的母親，還有麥肯兄妹的父親，展現出另一種無條件的愛。

他知道自己到底會憐憫的是哪一種人。

「要不要我陪妳去？」索恩問道。

「很好，」查姆柏蘭回道，「我做牛做馬，你卻在最後一刻等著收割。」

「哪有。」

「你不覺得我已經快要破案了嗎？」

「不，我的意思是……對，我當然知道。我只是覺得妳可能需要有人陪妳。」索恩搖頭，

「媽的，妳快要變成愛生氣的老人了。」

查姆柏蘭喝光了自己的酒，「還沒有到『老人』等級，你找死啊。」

「抱歉。」索恩也喝光了自己的酒，倒靠在自己的椅子上好一會兒。他發現其中一個米德蘭女孩雖然聲音刺耳，但長得還算不錯。他想到了露易絲，立刻又將注意力轉回查姆柏蘭身上。「當然，就算這女子真的是賈維的母親，她可能也不清楚兒子的下落。」

「沒錯。」

「也許還能挖到其他東西。」

「天，我也希望啊。」

「這個案子把你搞得很煩，是嗎？」查姆柏蘭問道。

索恩花了一點時間整理思緒，他的腦袋不如平時那般敏捷靈光，「奇怪的是，可以說我還滿感激能接觸到這個案子。就好比當你覺得自己逐漸……對辦案開始麻木的時候，出現賈維這種神經病，會讓你覺得原來自己還是很……靠，我想不出合適的字眼。」

「我懂你的意思。」

「還有其他的事……家務事什麼的，改變了你待人的態度。你變得更憤怒、更悲傷，反應的力度變得更加強烈，一時很難把情緒收回來。」

「什麼樣的事情？」

「不重要，」索恩搖頭，「我只是在胡說八道而已。」

查姆柏蘭等索恩繼續說下去，但他只是岔開話題，彷彿這不值得浪費時間心力討論下去。音樂的節奏突然變慢，宛若服用了耐妥眠的《克蘭納德》樂團。他們看著酒保忙著收拾那兩個女孩的空杯，還不忘向她們調情。

「你有開車嗎？」查姆柏蘭問道。她舉起酒瓶，讓索恩知道他們還剩下多少的酒。

「哦，我剛才是開車過來的沒錯。」昨晚索恩也喝多了，但還是開車回家，而現在他喝得更醉，而且重點是他覺得意猶未盡。「不過，叫計程車回去應該就沒問題了。」

「那麼，還要再開一瓶嗎？」

他把車子停在全英停車場，換言之，除了計程車費用之外，如果他想明天早上取車的話，可能得要申請二胎貸款才行，「也行，」他說道，「反正能點些東西吃就好。」

「如果你沒問題的話，我們可以到樓上房間去喝。」

「卡蘿，妳要冷靜啊。」

「你給我自重一點。」查姆柏蘭微笑，被逗得很樂，「我在樓上還放了兩瓶酒，如此而已，所以酒不用錢，而且比這裡的垃圾酒好喝多了。還有，我隨時可以打電話到樓下叫三明治。」

他們收拾東西，朝電梯方向走去。索恩知道他經過米德蘭女孩那一桌的時候，腳步不太穩，而且講話的聲量也越來越大。「爲什麼女人總是問我要不要去她們的旅館房間？」他開口問道。

查姆柏蘭聳肩，「我也不懂。」

約莫過了一分鐘之後，就在電梯門關上的那一刻，索恩大笑，「對了，上次問我的那個女人，其實是要我付錢。」

32

索恩挨在床尾，查姆柏蘭則坐在靠窗的小椅裡。他們把酒倒在浴室的塑膠杯裡，一杯接著一杯，但很難說是否眞的比剛才在酒吧裡開的酒好喝，索恩很快就喝茫了，現在他已經分不清楚梅洛紅酒和酒精之間到底有什麼差異。

他們剛開喝的時候，閒聊的內容都是與案情有關，但都只是有一搭沒一搭的閒聊。方才在樓下酒吧的時候，該講的重點都已經討論過了。而且他們都已經是警界老鳥，知道就算自己心中有諸多臆測，但畢竟沒有任何意義可言。

「等到我與珊卓拉・菲利普斯見面之後，我會立刻打電話給你，」查姆柏蘭說道，「如果她眞的是賈維的母親，我想你一定會想要親自向她問案。」

索恩點點頭，腦中的遙遠警示聲又再度響起。

「如果她不是的話，需要我再去找一次麥爾康・里奇嗎？也許他會想到還有其他人？」

「也好。」索恩回道。

「其實，我覺得他一看到我就很喜歡我。」

「他怎麼可能不愛妳？」索恩張開雙臂，「魅力熟女，翹臀有型。妳依然有一對翹屁股，對不對？」

「我的兩個拳頭也很有力，」查姆柏蘭回道，「你最好要小心一點，我看你喝得比我還醉，所以你的反射動作很可能會慢個好幾拍。」

「我也不覺得自己現在的神智有多麼清醒。」索恩說道。

「你自己知道就好。」

索恩本來想要問可不可以放音樂，也許可以開個收音機什麼的，但他還是忍住沒說。他雖然頭昏腦脹，但他還是很清楚意識到這個要求可能……不太妥當，至少它隱含的曖昧令人臉紅尷尬，對彼此都一樣。他們之間的沉默時間越來越長，也可能只是感覺而已，其間只會出現再也壓抑不住的哈欠聲，還有隔壁房間一度出現的客人入內的笑聲與低語。接下來的十分鐘，查姆柏蘭開始說起沃辛的生活，索恩不禁開始擔心等一下會聽到那私隱的床笫之聲透牆而來。他不知道他與查姆柏蘭是否要坐在那裡繼續忍耐，提高聊天的聲量，假裝他們完全聽不到？或者他們開始像調皮小孩一樣嘻嘻哈哈，拿著自己的塑膠杯貼牆偷聽？他又為自己斟了一杯酒，心想等到事到臨頭的時候，酒精顯然會扮演關鍵性的角色。

他們已經喝了兩瓶多的酒，查姆柏蘭告訴他，「我真的對你充滿了感激，我有講過嗎？」

「有，不必這麼客氣。」

「我是認真的，而且不只是和錢有關。」

「能有機會住在飯店什麼的……我知道。」

「我需要喘息一下，湯姆，」查姆柏蘭說道，「我們都知道癌症會復發，而我很清楚傑克拚命想要把握每一刻，但我們只是渾渾噩噩，百無聊賴，兩人像是一對愚蠢的青少年，專講些沒有營養的話。」

「但最好還是要……保持樂觀？是吧？」

她搖頭，態度堅定，「老實說，過著這種假面生活讓我覺得很煩，他惹得我很不高興。」

索恩深呼吸，他發現自己想要開口，卻越來越難以拼湊出正確的字詞順序，「我不太清楚你們——」

「我沒有要拋棄他的意思，絕對沒有。」

「好，因爲我以爲妳的意思是——」

「我只是偶爾想要賞這個笨蛋一巴掌。」

索恩正打算開口大笑，但查姆柏蘭卻打斷他。

「聽起來很可怕吧？」

索恩除了聳肩與吐出一口長長的酒氣之外，也不知該作何反應。

「幾個禮拜之前，我們一起出門遛狗，」查姆柏蘭說道，「顯然傑克需要經常停下來，喘氣休息，我只能站在那裡等他，你知道嗎，我聽他氣喘吁吁，等到狗兒消失不見的時候才繼續往前走。我那天就這麼站著，心想，我明明可以跑哇，你知道嗎？我還可以跑，」她露出慘笑，「有雙臀雙拳，還有一雙很健康的膝蓋……」

索恩微笑以對。

「天知道我怎麼會有這個念頭，但我心想，我可以直接走人，就是現在，從他身邊逃開，沿著海濱一直往前跑，一直到他看不見我爲止。我要衝刺，就只是因爲我還行，你懂嗎？我站在他旁邊好一會兒，拚命壓抑逃跑的衝動，我的耳畔迴盪著風聲，狗兒在某處狂吠，還有從他肺部而出、宛若磨砂紙般的吐氣聲。

「你現在怎麼想？覺得我愚蠢自私對嗎？」

「沒有。」索恩回道。

她把酒杯送到嘴邊，但裡面早已一滴不剩。

索恩感覺到自己太陽穴的清晰搏動，他的目光從她身上移開，最後，落在電視機上方的紙卡：頻道一覽表以及付費頻道。他望著上頭的文字，拚命聚精會神，腦袋裡明明溢滿了亂七八糟的各種焦慮，但無關緊要的念頭卻開始浮現出來。

如果在這裡看電影，倫敦警察廳也會買單嗎？

卡蘿會是看色情片的那種人嗎？

索恩面向查姆柏蘭，看到她又在開酒，他開口說道：「我想我該打電話叫計程車了。」

查姆柏蘭點點頭，清喉嚨，「讓我來。」她的語氣突然變得異常輕快，彷彿想要拋卻自己剛才懺悔的那一段話。她拿起手提包，掏出手機，「露易絲會等門吧，是不是？」她微笑，開始撥號，「你應該要覺得自己很幸運才是——」

「我們的寶寶流掉了。」索恩說道。

查姆柏蘭愣了幾秒鐘，放下手機，挨到索恩身邊，「很遺憾聽到這消息，我就知道你有狀況。」

他突然情緒大爆發，心裡的話語一股腦全說了出來，等到結束之後，他看著查姆柏蘭起身，走進浴室，又看到她在幾秒鐘之後回來，手裡拿著一坨面紙。

「拿去吧。」

索恩當下才驚覺自己在哭，他的話講得急快，手裡緊捏著面紙；每一次的小小啜泣都讓他的腦袋越來越清醒，他終於鼓起了勇氣。「是這樣的……當我們得知消息的時候，我傻住了，我知道露易絲也有相同的感覺。但過了一會兒之後，我覺得這也未必是壞事。我覺得……欣喜，妳知道嗎，因爲我等於解脫了。」他滿臉疲憊，露出自嘲的微笑，「因爲，也許在我內心深處，我還不確定自己是否已經做好了準備，我眞是好成熟，呃？」他看到查姆柏蘭正打算要開口，立刻搖搖頭。「我知道妳要講什麼，那只是直覺反應，就像是聽到壞消息的時候卻哈哈大笑一樣，但知道消息之後，我一直只有這種感覺，在偵辦這他媽的重案的時候，我時時刻刻想到的都是這個。我看到小露受傷至深，還有她漸漸走出陰霾，讓我的罪惡感逐漸消失……也不必繼續假裝下去。在我的胸中，一直有塊石頭放不下。」

經過了度秒如分的片刻之後，索恩聽到查姆柏蘭說道：「現在呢？」

「我想要，」索恩回道，「我發誓，不只是爲了露易絲而已。當然，我希望她可以開心點，但……這是爲了我自己。」他啜泣得更厲害，突然爆出大笑，「我的意思是，這種事情，本來就不可能眞正準備好，對不對？」

查姆柏蘭早已握住他的手，現在，她抬起他的手，以自己的掌心緊緊合握在一起。「有時候，我想到傑克不在身邊，我心情還不錯，但我知道自己不該如此，我也有那種『解脫感』。」索恩抬頭看著她，她點點頭，「湯姆，你心中的那些石頭其實是很常見的現象，遠遠超過了你的想像。」

「天，」索恩說道，「看看我們兩個人……」

索恩發洩完最後的一點淚水，好舒暢。然後，他發現自己好想睡，當他閉上眼睛、將頭枕在查姆柏蘭肩上的時候，他想到了自己的父親。

我的日誌

十月十六日

殺人沒那麼容易。

人和黃蜂或蜘蛛不一樣，無法在不假思索的狀況下就隨便打死或踩死。當然，現在它就和其他事情一樣，已經變得簡單多了，不過，如果這樣的語氣讓別人誤以為在關鍵到來的那一刻、我不需面對巨大壓力，那麼我的表達能力一定出了問題。在我開始執行計畫之前，也就是剛剛開始醞釀想法的時候，我曾經有好幾次想要與父親聊這個話題，我想要知道那種感覺，但似乎一直找不到適當的時機。而且，老實說，這個想法也不太好，我知道他對於自己所做過的事不想多談；而且，他當時不由自主，所以我也不確定他的意見是不是能幫得上忙。我的意思是，我又不是要繼承家族的乾洗店生意，或者他是什麼退休的足球球星要傳授密技給我……

不過，我們聊了很多，天南地北無所不談，他一定不知道我眞的獲益良多，我知道只有笨蛋才會虛擲時光，相信我，當你看到有人終日無所事事的模樣，就會心生惕勵。我還學到了大家只會根據行爲來評斷一個人，根本不會理會背後的原因，他就是一個很好的例子。還有，我也學到了人生苦短。對，我知道我做的事註定會讓我短命，最後一個聽起來格外諷刺，我認爲這句話的眞義其實是要把握當下，不要等到年紀一大把了還想走法律途徑，最後只會徒勞無功。雖然被人取笑，或被訓斥太過執迷，必須等到取得一些「合適的醫學證據」之後再說，也不能因此而消磨了心志。

人生苦短，有時候你必須要以另外一種方式表達立場，衝撞體制，不然等於一無所有，就這麼簡單。

✣

說來好笑，我現在過的是清貧生活。我記得那個混蛋麥耶曾經告訴我，「我們要發大財了。」我幾乎聽到了他的雙唇在親吻話筒，可以想見他的腦海裡出現揮霍的畫面。當我告訴他我沒什麼興趣的時候，我聽得出來他相當震驚。我需要足夠的錢，這一點無庸置疑——搞定一切，我需要籌措費用，但我發誓，多餘的就免了。等到大功告成之後，我會找個靜謐的地方安頓自己。坐在收銀檯後面，清掃公園什麼的都好。我知道，要是計畫沒有出現重大改變，也不可能會走到這一步，不過我的確有想過，如此而已，不需要什麼錢，我也可以過得十分開心。

✣

好，現在看來是進展得很順利。現在我整天坐著不動，知道他們正等待我發動下一步，這種感覺非常詭異。這些人包括了警方、媒體，也許甚至還有那些知道自己依然在準死亡名單上的人。最後的那幾個，緊盯著時鐘，嚇得挫賽，不過探長索恩與他的朋友一再向他們保證沒有問題。其實，這反倒讓我覺得開心，因爲再過幾天之後，我就準備要把事情做個了結。也許我一直這麼欣喜是因爲看到他們的惶惶不定，超過了我原本任務的意義。

最好還是不要讓他們繼續苦等下去了。

我覺得我應該不會有機會再看到那討人厭的老頭了，不過，我一定可以送給那個書報攤老闆好幾個超級頭條新聞。

不知道《太陽報》是不是已經找到了夠大的鉛字？

33

當索恩步出淋浴間的時候，露易絲正站在浴室裡，她穿著T恤，外頭罩了件她在希臘買的薄料麻質浴袍。她把毛巾遞給他，自己則坐在洗衣籃的蓋子上。

「起得這麼早。」她開口。

「我得到市中心去取車。」

「我的意思是，這麼晚回來，還要這麼早就起來。」

「昨天輪完班之後，喝了一點酒。」索恩回道。他只記得自己在凌晨時分鑽進某台形跡可疑的私人計程車，司機不斷向他詢問路要怎麼走，搞得他越來越火大，他只能逼自己保持清醒。

「我知道，」露易絲起身，走向洗手台，凝望鏡中的自己，眼睛睜得好大。「我半夜醒來，聞到你的酒味，」她轉身，看著索恩擦乾身子，「你還好嗎？」

索恩點頭，「很好……我自己也嚇了一跳。」在他的記憶當中，還不曾有過這種喝得爛醉但卻感覺如此舒暢的經驗，他覺得幸好自己一直喝的是白酒，而不是紅酒。他出現頭痛，看來還會持續發作好一陣子，儘管如此，他對於接下來的這一天，未來的每一天，每個禮拜，充滿了期待。他依然記得昨天晚上告訴卡蘿．查姆柏蘭的每一句話。現在的他除了頭痛之外，還有一股難堪的感覺，但除此之外一切都很好。他們的對話內容很可能會變成兩人絕口再也不提的過往，但他真的很開心，自己終於說出了不吐不快的話。

他拿毛巾擦拭胸膛，那塊大石頭已經消失不見了。

「要不要我幫你弄點早餐？」露易絲問道，「炒蛋什麼的？」

「幫我泡點茶就好了，時間有點趕。」

「等到你穿好衣服的時候，我就全部準備好了。」她走出去，走向廚房的時候又回頭大喊，「五分鐘之內就可以吃早餐。」

「謝謝，」他也在叫她，「小露……」

「什麼事？」幾秒鐘之後，她又出現在浴室門口。

索恩把毛巾圍住腰部，手裡的牙刷晃呀晃的，「那女人是怎麼說的，只有過了妳原本的預產期，心情才會好轉……」

露易絲把雙手插進浴袍口袋。

「搞不好是鬼扯，」他說道，「但就算是眞的好了，要是妳在那個日子到來之前又懷孕的話，這理論就不成立了，對嗎？」

她看著他好一會兒，「不會吧……」

「好，那妳覺得呢？」

她點點頭，宛若這也沒什麼大不了的，但她的表情卻完全不是這麼一回事，她開口說道，「我們可以省略炒蛋啊。」

「反正我不可能有時間搞那個。」

「確定嗎？通常也不需要太久。」

一個小時之後，他走出羅素廣場捷運站，又走了幾分鐘，經過了查姆柏蘭飯店門口。他一度想要打電話給她，但最後還是心覺不妥。還不到早上八點，雖然他不知道她打算要在什麼時候去拜訪珊卓拉．菲利普斯，但他猜她和他一樣，需要睡眠解酒，還是晚一點再找她比較妥當。

他抵達全英停車廠，拿出二十七點五英鎊繳費，確定找回的零錢數目沒錯之後，又要了收據。收費員態度粗魯，似乎根本不想寒暄，對索恩來說剛好，反正他和對方一樣，最大的能耐也只不過是隨口講聲謝謝而已。

「我比較喜歡你宿醉後的表現，」露易絲說道，「安靜多了。」

索恩微笑，因為想起他先前關上家門的時候，她所流露的神情，他不知道等一下該去哪裡吃早餐比較好，因為出門前他根本沒吃炒蛋。他打開車內的收音機，轉到了Magic調頻音樂台，播放的正好是他頗愛的威利．尼爾森的老歌。他聽著音樂，將自己的寶馬汽車駛離幽暗的停車場，迎向未知的燦爛十月天。

當時光慢慢流逝，索恩終於明白安東尼．賈維計畫的細節，發現他的功力遠勝於父親之後，氣氛會變得越來越陰鬱的一天。

更多人喪命的一天。

黛比聽到電話聲響起的時候，她正在廚房裡忙著餵傑森。她還沒來得及接電話，卻聽到妮娜衝進門廳，咒罵抱怨一大早被吵起來。

黛比已經起床了一個多小時，但她知道她好友工作到深夜才回家，她出聲道歉，拚命清理傑森吃完之後的髒亂桌面。她聆聽外頭的動靜，忙著擦理炒蛋果汁與麵包屑，一聽到妮娜大吼，不難猜到是誰打的電話。

「對，好啦，但有必要這麼早打電話嗎？……沒有，我們都死在自己的床上可以了吧，你到底在想什麼啊？」

妮娜走進廚房的時候依然在碎碎唸，猛搖頭。她打開煮水壺的開關，坐在傑森的對面，他對她粲然一笑，她也微笑回應。

「索恩只是在盡他的本分罷了。」黛比說道。

妮娜一邊講話，一邊對傑森扮鬼臉，「如果他眞的那麼盡職，大門外也就不需要那台警車了。」

「不過他這人看起來不錯。」

「我知道條子是什麼德性，」妮娜回道，「我遇過的警察客人可多了，」她起身去泡茶，「既然說到這個，不知道外頭那兩個警察會不會有哪個想要打個快砲。」

她們兩人都哈哈大笑，傑森也是，黛比終於清理完桌面，坐了下來。妮娜把兩片麵包丟進烤吐司機裡，散發出奶香。

「好，我下午有工作，妳一個人可以嗎？」

「所以妳今晚可以休息囉？」

「可能吧。這個客人我接過好幾次了，沒什麼。每次他從曼徹斯特過來的時候都會找我，而且會多付我一點錢，所以……」

「這種客人還往外推就太傻了。」黛比說道。

「如果我們想度假的話，我也得開始存點錢。」妮娜彎身，整張臉埋進傑森的頸後。「親愛的，想不想去度假？」

黛比微笑，她很清楚妮娜賺的錢都花在哪裡，她接口說道：「好啊，也該休息一下了。」

「我們應該要弄個幾本旅遊小冊子才是，」妮娜說道，「我會從那傢伙的旅館拿一點資料回來，想不想去馬約卡？」

黛比點點頭，「不過，要是妳今晚能不做生意，其實就很好了。我們可以邊看電視邊吃晚餐，我來煮點義大利肉醬麵或其他東西。」

今天負責買早餐的是布萊恩．史畢貝。他把培根蛋滿福堡放在佛勒住所的門口，然後又帶著咖啡與杏仁可頌穿過走廊，準備拿去送給安德魯．道迪。他聞到食物的香氣，不禁覺得肚子好餓，他眞想把自己的培根三明治趕快呑下肚，放在門廳那裡都快變涼了。他心想，大家對早餐的喜好各有不同，有趣。當史畢貝剛才上樓的時候，他的奇幻小說迷同事正準備打開某種噁心的麥片水果早餐隨身盒的盒蓋。

史畢貝剛才在麥當勞買早餐的時候，正好接到索恩的電話。他說昨晚本來該打電話卻沒打，實在抱歉，因爲他卡在某個會議無法脫身，結束時已經太晚了。史畢貝請他安心，一切安好，兩位貴客生龍活虎，他告訴索恩不必每五分鐘就查勤一次的，還努力裝出開玩笑的語氣。

「我入行的時間比你還久啦。」他當時是這麼回索恩的。

索恩雖然也開玩笑回應他，但聽起來很勉強，「布萊恩，這一點我是很懷疑，不過，你看起來的確是比我老多了。」

這傢伙眞不要臉。

那天索恩走進來、看到他們在切磋牌技的時候，其實他不太確定索恩是否認可這種事。說來奇怪，他始終覺得索恩這個人不好搞，其實就史畢貝聽到關於索恩的多年傳聞看來，這人絕對不是一個好搞的人。沒錯，就事論事，他與吉本斯應該要雙雙坐在樓下，緊盯著監視器，不過史畢貝覺得他必須要確認自己所看管的那兩個人沒有任何狀況，而他認爲最好的方式就是讓他們保持輕鬆愉快。畢竟，這兩個人承受了莫大壓力，而且他也很清楚，他們都不是那種會祈禱或是看書穩定心緒的人。

他按下道迪住所的密碼，敲門，等待，「早餐來了，安迪。」

道迪開門，接下茶杯與紙袋。

「希望他們盡快逮到這傢伙，」史畢貝說道，「要不然你們兩個就會變成一對死胖子，其實我也一樣。」

道迪似乎不覺得這句話有哪裡好笑，他搖搖頭，「我覺得葛拉漢就算想要刻意增胖也沒機會了，嗑藥已經毀了他的新陳代謝。」

「對，有道理。」史畢貝回道，過了一會兒之後，又開口說道：「我讓你好好享用早餐。」

他走了幾步之後，又在道迪即將關門之前回頭，「嗯，如果葛拉漢想玩牌的話，我們等一下要不要再開個局？」

道迪已經開始吃可頌，「好啊，有何不可？至少他現在有點錢可以玩了。」

史畢貝說道：「別擔心，我會把那些錢贏回來的。」

「等著看吧。」

「老弟，我說眞的，我覺得我今天運氣不錯。」

「嗯，會覺得自己幸運的人，也就只有你了。」道迪回他。

34

她的火車在十二點鐘到達了雷丁。她只是簡單查了一下選民投票登記紀錄，就找到了珊卓拉．菲利普斯——這是她三十年前的名字——現在早就不是了。查姆柏蘭覺得中餐時間剛剛好，應該可以在她家找到她。要是沒有人在，她會想辦法閒晃個一兩個小時打發時間，也許看看雷丁這裡有什麼東西可以採買，放鬆一下心情，閒晃一下之後再過來看看。

一個提著購物袋的中年女子，怎麼可能有什麼殺傷力呢？

當查姆柏蘭先前在派丁頓月台等車的時候，不禁想起這就是安東尼．賈維拿取現鈔、拿來當作自己瘋狂殺人基金的地點，他也是在這裡丟棄了克洛伊．辛克萊爾的屍體。她不知道這算是惡兆還是吉兆，但她不願多想，只想全心專注在接下來這一天的可能性：會面之後取得具體結果；期待自己能帶給索恩的案情突破。

她在搭火車的時候翻閱筆記，忍不住想到他們前晚的那場會面。她不知道他先前的那種狀況——也許現在還依然存在——對於他的辦案能力所造成的影響有多大。究竟是讓他減損了戰力，還是火力全開？她知道私人問題通常會對辦案能力造成影響，可能是正面，也可能是負面。她記得二十年前，她與傑克之間出現了問題，長達好幾個月之久。之後，她為了滿足自己的好奇心，檢查了一下，發現自己當時逮捕罪犯的總人數，創下了空前紀錄。

她衷心盼望索恩和她一樣，影響所帶來的是正面效果。

從雷丁車站出發，跨越泰晤士河北方幾分鐘，即可到達凱維夏這個小鎮。計程車司機沿路滔滔不絕，跨越了一座美麗大橋，進入了某個宛若虛華英格蘭小鎮的中心、比較不像是通勤郊區的地方。在查姆柏蘭的指示下——他停了車——前方一百碼，可以看到某棟退縮在馬路後方、緊鄰河岸的整齊排屋。

查姆柏蘭開始往前走，河岸兩側停滿小船與汽艇，一對天鵝在河中央緩游，遠方的岸邊有一群小孩把麵包當成飛盤一樣丟過去。

「打到了，正中脖子！」其中一個喊道。

「你再試試看哪，就不相信你可以再中一次……」

查姆柏蘭已經下定決心，要是最壞的狀況真的發生的話，她一定會搬家，也許距離倫敦近一點，而她想要住的就是這樣的地方。她喜歡臨水區，雖然這裡的河域少了一些特色，但應該還是比英吉利海峽乾淨一點。

而且，這裡還看得到許多不滿五十歲的居民。

應門的是個擺臭臉的女孩，大概十四歲左右，她盯著查姆柏蘭，態度甚是防備，不願將門整個敞開。查姆柏蘭記得自己筆記裡的內容，這一定是妮可拉，珊卓拉與第三任丈夫所生的小孩，她老公在當地的特易購超市當經理。查姆柏蘭本來想要直接講出對方的名字、嚇唬一下這個臭臉小妞，但她只是拿出識別證，詢問她母親是否在家。

過了一會兒之後，女孩往後退，推門，差點就給她關起來了，隨後，她整個人消失不見。查姆柏蘭靜靜等待，聽到女孩上樓的腳步聲，接下來是一陣低聲交談，她開始充滿信心，等一下鐵定能夠問到令大家滿意的結果。她在想，不知這女孩是否記得那個年紀大她兩倍、同母異父的哥哥，而這個殺人魔可能還在她是小嬰兒的時候照顧過她。

那女子把門打開，立刻道歉，「對不起……這女孩大多數的時候都不太愛講話，」她繼續說道，「而且她不想看到我傷心的樣子。」

「哦，原來是這樣。妳還好嗎？」

那女子微微側頭，「我不懂，她剛才告訴我妳是警察。」

「我是為警方工作沒錯，不過——」

「所以妳來的目的不是因為……」那女子看到查姆柏蘭的困惑神情，輕輕搖頭，「抱歉，是我誤會了。我們有親人過世，我以為妳是因為這件事過來的。」

「哦……很遺憾，」查姆柏蘭問道，「出了什麼事？」

女子歪頭，貼靠在門邊，「哎，就是在劫難逃。倒楣鬼在不當的時間點出現在不當的地方，遇到了某個瘋子。老實說我們不是很親，但依然還是很震驚。」

查姆柏蘭等她繼續說下去。

「我的外甥，」那女子點點頭，「還不到三十歲！天知道他們什麼時候才能讓我把他葬了。」

查姆柏蘭清了清喉嚨，女子的目光飄到她身上，「如果這時候不太恰當，我得先向妳說聲抱歉，不過，我得向妳打聽一個人，雷蒙德·賈維。」

那女子眨眼，慢慢挺直身體。

「我知道，許久之前的人了，」查姆柏蘭說道，「而且可能來得有些突然。」

「嗯，可以說是，也可以說不是。」

「抱歉？」

對方的笑容裡看得出釋然，也有認命的意味。當珊卓拉·菲利普斯退回陰暗門廳的時候，臉上依然掛著微笑，她開口說道：「我看我們還是喝點東西慢慢談吧。」

吉本斯到外頭買了三明治與冷飲，為大家準備了午餐，他哀嘆自己像個高級男傭，當史畢貝邀他一起打牌的時候，他嚇了一大跳。在他離開之前，他強調他們兩人之中必須有一個人在樓下坐鎮，「你自己心裡有數，我們拿人薪水，就該好好盡責。」

史畢貝心想，現在難搞的人變成了這傢伙。

過了一個小時左右，道迪遙遙領先，面前堆了好幾排疊得整整齊齊的籌碼，佛勒先前欠了他們兩人一堆錢，道迪甚至還有餘裕可以借錢給他。不過，剛才那一盤打完之後，史畢貝依然是墊底，他想要好好振作一下。他心想，雖然這把運氣不錯，但他畢竟沒有老手的道行，除此之外——他自顧自微笑——那兩個人腦袋都不是很正常。

「我要提醒一下，」他說道，「吹牛和其他撲克牌遊戲不一樣，順子贏同花，你們兩個都很清楚吧？」

佛勒哈哈大笑，又把好幾個籌碼扔到牌桌中間，「對，當然，但我覺得你沒順子也沒同花。」

「專心打牌，」道迪說道，「這是他們在偵訊室問人的爛招，」他把跟追史畢貝的籌碼推到桌子中央，「我跟……」

史畢貝若有所思，點點頭，但當他放下手中的牌，王牌、國王、皇后，藏不住滿臉笑意，而當佛勒與道迪發出不可置信的哀號聲、丟下手中的牌時，史畢貝的咧嘴笑容變成了咯咯大笑，他收下所有籌碼，「你們錯看警察了，」他說道，「我們是老實人。」

道迪開始收牌、立刻洗牌，「好，那你就老實告訴我們吧，你們平常能抓到這種兇手嗎？」

「這傢伙不能以常理判斷。」

「你眞這麼覺得？」

史畢貝開始堆疊他贏來的籌碼，「喂，我只是負責照顧你們而已，我眞的不知道案情。」

「少來了……」

「你最好還是問索恩。」

「他會講實話嗎？」

「應該不會。」

「到底要不要發牌啊？」佛勒厲聲說道。

道迪挑眉看著史畢貝，「葛拉漢，你多久沒吃藥了？」

佛勒雙眼眨也不眨，從牌桌的另外一頭死盯著他，然後又神色自若拿香菸，「我一直有吃，」他指了指史畢貝的籌碼，「我全跟了。」

「你玩的是別人的錢，說這種話當然很容易。」道迪說道。

「我會還你的。」

「怎樣，你是要去賣《大誌》雜誌嗎？」

佛勒微笑，他的心情顯然又立刻出現了急遽變化，「等到他們幫我們準備好新身分之後，一定會給我們錢，是吧？可以讓我們重新展開人生的一點經費。」

「喂，別作夢了，」史畢貝說道，「因爲你會輸到脫褲子，」他伸手拿自己的牌，「我說眞的，我現在運氣旺得很。」

佛勒點燃香菸，開口說道：「人會轉運的。」

35

珊卓拉．菲利普斯不是個頭矮小的女子，但身上的贅肉卻一覽無遺。一張圓滾滾的臉，還有完全不掩飾的灰白髮絲。她緩步前行，帶引查姆柏蘭進入燥熱的小客廳。「我很樂意泡茶招待，」她語氣平淡，但吐納之間聽得到喘氣聲，「不過我得需要一點更濃烈的東西，所以……」

「我喝茶就好了。」查姆柏蘭回道。

「白天開喝有點太早了一點，但誰管那麼多啊。」

她在門口又躊躇了一會兒，彷彿在等待查姆柏蘭改變心意。查姆柏蘭微笑，看到珊卓拉．菲利普斯的眼眸裡似乎閃過一抹恐懼，自從她接下湯姆．索恩的委託、開始辦案以來，這是她第一次感到興奮的時候。

「妳確定嗎？」

「是的。」查姆柏蘭回道。

在等待珊卓拉回來的空檔，查姆柏蘭安坐在老舊卻舒適的手扶椅裡面，端詳屋內的生活細節。電視機上頭、牆櫃與角落櫃都塞滿了各式各樣的雜物與照片。沙發上有本攤開的電視節目表雜誌，旁邊的茶几桌面上擱的是平裝本熟女輕小說。凹室裡安裝了熱帶魚魚缸，樓上房間流瀉出激狂的貝斯樂聲，所以只能勉強聽到它細弱的冒泡聲響。這裡完全看不出來是喪家：沒有花朵或是弔唁的卡片。女兒穿的是一身黑沒錯，但就算查姆柏蘭對青少年所知無多，她也猜得出來妮可拉・菲利普斯平常應該就是這種打扮，那張臭臉應該也是她固定不變的表情。

珊卓拉回來了——帶著一杯茶，還有喝了一半的酒瓶——兩人閒聊了幾分鐘，彼此都在摸索、減輕自己的生疏感。珊卓拉說，近年來街頭治安越來越不好，讓她心生驚懼，查姆柏蘭回道深有同感，當珊卓拉抱怨喪葬費的費用之高、簡直跟勒索人沒兩樣的時候，查姆柏蘭也適時發出應和聲。

然後，查姆柏蘭直接切入重點。

她發現當她提到「雷蒙德・賈維」這個名字的時候，很難推測這女子的眞正反應。多年之前的前男友固然是原因之一，但更重要的是他正好是惡名昭彰、幾乎可算是史上前幾大的殺人魔。而一聽到「麥爾康・里奇」這個名字的時候，判讀珊卓拉的反應也就變得比較容易。

「他們就是哥倆好，」珊卓拉笑道，「他和雷蒙德以爲自己是天之驕子，總是喜歡四處黏人。」

「看來妳們不少人很喜歡跟他們玩在一起。」

「嗯，是啊，」她聳肩，「年少不懂事吧。」

「妳和雷蒙德在一起多久？」

「我覺得我們不算『在一起』。我們兩個都結了婚，所以……」

「好吧，那妳和他一起溜進文具儲藏室、打快砲的日子，持續了多久呢？」

珊卓拉微笑，臉色緋紅，「我們偶爾會在週末去旅館開房間。」

查姆柏蘭等她繼續說下去。

「我想差不多是六個月左右，斷斷續續。後來，他遇到我妹妹之後，我們才斷了關係。」她又牽了一下嘴角，但這次是冷笑，然後，喝了一口酒之後，繼續說道，「法蘭西絲。」

「他開始和妳妹妹約會？」

又一次聳肩，「她比我漂亮。」

「麥爾康．里奇曾經提到嬰兒的事。」

不知道珊卓拉有沒有聽到查姆柏蘭所說的話，如果有的話，顯然她是刻意置之不理。「他們刻意維持低調，雷蒙德和我在一起的時候也沒這樣，」她說道，「老實說，我是意外發現的，我醋勁大發，而且好氣我妹妹，我們有好一陣子根本不講話。」

查姆柏蘭說她能夠理解。

「我甚至還和麥爾康．里奇上過床，一兩次吧，我想要報復雷蒙德，我真蠢。」

「好，那嬰兒呢？」

「不是我的。」珊卓拉回道。

「妳妹妹的？」

珊卓拉從容不迫，點頭，「小男孩。那時法蘭西絲與雷蒙德已經分手好一段時間，我猜雷蒙德的太太已經察覺有異吧。」

查姆柏蘭出聲附和，她記得珍妮．杜根曾經講過，其實她一直很清楚賈維外頭有女人。

「她的反應也未免太遲鈍了。」珊卓拉喝光了杯裡的酒，「妳還好嗎？」

查姆柏蘭盯著珊卓拉．菲利普斯，彷彿突然聽到硬幣重重落地的回聲、驚愕不已，「法蘭西絲？」

珊卓拉又點點頭，似乎覺得查姆柏蘭隔了這麼久才有所反應，未免有些奇怪，「法蘭西絲．瓦許。可笑的是，我們再也無法和好如初了。」

查姆柏蘭眨眼，眼前浮現方才在火車上翻閱的筆記：安東尼．賈維的受害者名單，還有另外一串女子的名單，她們是多年前的遇害者，也就是安東尼名單上那些人的母親。她開口說道：「法蘭西絲．瓦許是雷蒙德．賈維所殺害的第三個對象。」

珊卓拉搖頭，「第一個受害人。他們先發現另外兩具屍體，後來才找到她，但其實第一個被殺害的是她。」她傾身向前，拿起酒瓶，「眞的不喝嗎？」

查姆柏蘭搖頭。

珊卓拉回她，「隨便妳。」再次一飲而盡。

漢卓克斯大聲喘氣了好幾秒，才開口說話，他拚命裝出嘶啞的聲音，語氣徐緩溫柔，「你穿的是什麼衣服？」

「想必你一定很無聊。」

「靠，你的聲音已經慘到不行了吧？」

「再給我一個小時左右的時間。」索恩回道。

每當案情缺乏進展，巨大的幽影籠罩在貝克大樓的每一塊磚瓦、在每一片骯髒玻璃不斷擴散的時候，這間辦公室可以立刻讓好心情變得低迷，壞心情變得惡劣至極。當漢卓克斯打電話來的時候，索恩幾乎已經快要瀕臨極限，呆坐在辦公室裡面，拚命想要找回早晨的樂觀，就算是一丁點也好，但他的心情依然低迷。

「等一下要不要一起喝啤酒？一瓶或一手都好？」

「這就難了，」漢卓克斯回道，「我在瑞典哥特堡。」

「也對，靠。」索恩根本忘了他朋友的研討會，好像是要分析個什麼來著。

「你還是有機會趕過來啊，老哥。」

「狀況怎麼樣？」

「哦，我本來滿心期待到處都是北歐人，酒吧裡的男人都長得像球星佛萊迪·永貝里。」

「我問的是研討會。」

「同樣讓人失望。」

「所以，那些男人是……」

「比較像是《半夜鬼上床》裡的佛萊迪。」

索恩哈哈大笑，驚覺上次這麼開心暢懷已經是許久之前的事了，他一度想要把自己與露易絲早晨的對話內容告訴他，甚至連前一晚與查姆柏蘭交心的事都想要講出來。

他一直沒有機會。

「那麼，我看賈維的案子應該是還沒有好消息囉？」

「這個呢，至少就我們所知，截至目前爲止，他還沒有殺害任何人，所以似乎狀況也沒有更糟糕就是了。」

「我在想隧道裡的那一個。」

「瓦許？」

「對。記得你問過我爲什麼他要從正面攻擊嗎？爲什麼變得這麼殘暴？」

「你說他變得自以爲是，也可能是暴怒，」索恩把電話夾在下巴與肩膀之間，開始整理桌上還沒有看過的一大疊文件，「也許是匆忙行兇。」

「也許吧。」

索恩聽出他的靜默別有含意，「怎樣？」

「如果他並非匆忙行兇呢？」漢卓克斯問道，「如果他是刻意要讓受害者的面目難辨呢？也沒有人正式確認屍體身分，對嗎？」

「是沒有，不過——」

「我們可不可以從他阿姨那裡取得DNA樣本？確認一下比較好。」

「菲爾，我們知道他是誰，記得他口袋裡的東西嗎？」

「誰沒事會帶舊駕照啊？還有多年前的信？」

「也許這個人天曉得什麼原因一直醉醺醺，嗑藥嗑得很茫，但依然想要保有自己的身分證明，」索恩把一堆廢紙揉成一團，朝字紙簍丟過去，沒中。「我們知道瓦許其實一直在街頭流浪。」

「我也想到這件事，」漢卓克斯回道，「這具屍體裡的藥物反應讓我很意外。」

索恩請漢卓克斯稍等一下，他開始找電腦裡的相關檔案，最後叫出了藥物反應報告，他打開文件，「找到了。」

「我的意思是，一般的流浪漢哪能弄來這麼多的抗憂鬱藥品？」

索恩仔細看了報告，有酒精反應——包括了啤酒與威士忌——還有已消化的最後一餐的食物，薯片還有某種派。他繼續向下拖曳，研究賽門．瓦許屍體的藥物殘留成分，煩靜錠、百憂解、威克倦，索恩說道：「果然應有盡有。」

「通常應該是海洛英和嘉士伯特醇啤酒，不是嗎？」

「老弟，總有山窮水盡能拿什麼就吃什麼的時候吧。」索恩想起了那個名叫史派克的男孩，明明針頭從靜脈滑脫下去、撞到了人行道，但他已經眼神呆滯，隨即閉上雙眼，「我還記得有個傢伙連蘋果西打都打得下去。」

漢卓克斯停頓了一會兒，「抱歉，我浪費太多時間在飯店房間裡胡思亂想了。」

「只有胡思亂想而已嗎？」

「好吧，我得承認房間電影系統的色情片水準比較高。」

索恩再次哈哈大笑，抬頭正好看到薩米爾．可林站在門口，可林問他對方是不是漢卓克斯，可否與他講幾句話。

「等一下，薩米爾要找你……」

索恩把話筒交過去，從書桌前站起來。他腦中浮現賽門．瓦許的臉，殘餘的血肉，耳畔傳來可林講話的聲音，他正在詢問漢卓克斯是否看到了麋鹿，不知道方不方便幫他帶一點免稅菸回來。

佛勒喝醉了。

他努力打起精神，奮力亂擦桌面上不慎掉落的菸灰，他對著史畢貝講話的時候，嗓門比正常的音量大了一點，他說，史畢貝的好運已經用光了。

「吹牛不是憑運氣決勝負，」史畢貝說道，「這是一種需要技巧與策略的遊戲。」

道迪哈哈大笑問道：「那你的籌碼呢？」

「是啊，」佛勒洋洋得意，「媽的你籌碼去哪裡了？」他拍拍手，以誇張姿態指著自己與道迪面前堆得滿滿的豐碩戰果，然後又指向警察所剩無幾的那幾片籌碼。

史畢貝一邊洗牌，一邊努力擠出笑容，但他知道佛勒說得沒錯，自從午餐過後，他從來沒拿過好牌，或者，就算有吧，一定會有別人的牌比他更好。他眼睜睜看著佛勒與道迪手氣暢旺，自己的籌碼卻幾乎輸得精光。

「你還是問一下樓下的同事好了，看看他能不能出去找提款機領錢給你。」道迪開口。

佛勒咯咯笑個不停，重複了一次「提款機」，傾身過去與他的朋友擊掌的時候，不小心把一排籌碼撞到地上。

「他媽的。」史畢貝低聲咒罵。

佛勒彎腰撿籌碼，道迪則告訴史畢貝，下一輪換他當莊家洗牌了。

史畢貝發牌，看到自己有一張王牌與兩張皇后，絕佳的牌型組合，他竊喜不已，加碼賭注，道迪立刻就放棄，決定封牌，但佛勒喜歡不按牌理出牌，所以他繼續跟，但加碼的賭注只有史畢貝的一半。史畢貝全梭了，掀牌，他看到佛勒瞄了一眼手中的牌，隨即把正面朝下的牌推到對桌給道迪，自己又爆出笑聲。

道迪搖頭又聳肩，「警官大人，你今天運氣很背。」然後，他讓史畢貝看佛勒的牌，七、八、九的順子。

史畢貝猛拍桌子，佛勒趕緊前撲，護住自己的啤酒，以免濺灑出來。

「抱歉，」史畢貝說道，「但這實在太扯了。」

道迪點頭，「你運氣不好。」

「只是不好而已？」

「我要去撇尿。」佛勒把籌碼全攏到自己的面前。

道迪把椅子往後推，「誰要喝茶？」

史畢貝的座位背對著敞開的窗戶，脖子也感染了陽光暖意。等到道迪進入廚房、佛勒跌跌撞撞走到客廳另外一頭的小廁所之後，史畢貝也轉過身去，呼吸新鮮空氣，後方傳來一陣濃白色的菸氣，從他身旁飄過，突然被一陣風吹跑了。

他又轉頭面對客廳，拿出皮夾，掏出二十英鎊的鈔票，準備重回賭桌，他低聲抱怨，「見鬼了。」

史畢貝坐著洗牌，等待佛勒與道迪回來，心想他們相處也沒多久，他已經開始討厭他被迫要看管的這兩個人，幾個小時的小賭就能讓大家露出本性。幾天之前，他還把他們兩個當成無家可歸又飽受驚嚇的受害者。不過，今天他們在自己的面前抱怨吵架，他才發現他們其實和寄生蟲差不多。這兩個人，腦筋都有問題，不事生產，靠納稅人的錢過日子，而像他這樣的人卻必須像男僕一樣、在他們身旁隨時伺候。

天，彷彿他們要是哪個人有了三長兩短，這個社會就蒙受了什麼重大損失一樣。

道迪這個自以爲很會搞笑的傢伙，沾沾自喜的程度已經令人忍無可忍；而且史畢貝也開始懷疑佛勒外表醉得亂七八糟，其實腦袋清醒。一口氣喝光四瓶酒精濃度又不高的淡啤是什麼意思？那明明就是老練玩家的伎倆，史畢貝不禁開始懷疑，佛勒一開始宣稱自己不太會玩，其實也只是幌子而已。

他把二十英鎊紙鈔放在桌上，仔細撫平，死盯著不放。他看了又看，想像它輕輕鬆鬆變成了四十、八十，越來越多。在六點的接班人員到來之前，他一定要好好痛宰這兩個人。

混蛋。

他聽到腳步聲，抬頭，將自己的二十英鎊鈔票在空中晃了幾下，然後又伸手拿撲克牌，專心洗牌，他開口說道：「技巧與策略。」

他感覺到，看到與聽到的一切——在他生命即將結束前的那三十秒，向身體與腦袋侵襲而來的強烈悸動——它們出現的順序與史畢貝想像的並不一樣。他先看到的是鮮血——或者，也可能是他已經暈過去一會兒之後，睜開雙眼，第一個迎面而來的東西——潑濺在已經散落一桌的撲克牌上頭，鮮紅，宛若方塊與紅心的顏色。然後，他感覺到了，當他抖動手指、觸摸後腦勺的傷口時，貼附著頭皮的軟肉，接下來是敲碎腦袋第二擊所產生的疼痛，第三下，一陣暈眩，最後是臉頰撞到桌面的冰涼感。

他想要抬頭，但眼前一陣黑，他覺得那東西應該是有尖釘的木頭，先前的兇器，應該說，依然在持續發威的兇器。他聽到某人說道：「媽的你在幹什麼？」他聞到自己的尿味，還感覺到太陽照拂著自己的頸後。

衣領之下的濕黏地帶，也有陽光的暖意。

「媽的你在幹什麼？」

房間裡還在呼吸的那兩個男人互瞪著彼此，沉默了好幾秒。

然後，安東尼·賈維迅速繞過桌子，從容將椅子推到一旁，當他再次舉起兇器的時候，沾在上頭的警察鮮血也開始飛濺。

「你們兩個運氣都很差。」他開口說道。

36

查姆柏蘭聽到樓梯傳來聲響的時候，才發現樓上的音樂早就沒了。腳步聲越來越明顯，她和珊卓拉．菲利普斯同時望向客廳門口，聽到某人衝下樓、短暫安靜了一會兒，然後是猛力關上大門的砰聲。

珊卓拉鼓起腮幫子，吐了一口大氣，躺靠在椅背上，「她很難過。」

「因爲妳外甥過世？」

珊卓拉點點頭，勉強擠出一絲笑容。「眞是個傻孩子。我的意思是，妮可拉很小的時候就沒看過賽門了，要是她聽的哪個樂團的團員死掉的話，應該也會一樣傷心吧，老實說，就隨便她吧。」

「那妳呢？」

珊卓拉盯著她，彷彿不確定自己該不該明講這是多餘的問題，「我……很難過，他居然是這樣離開人世，太可怕了。雖然我們沒有很親，但這一點也不重要，是不是？」

查姆柏蘭不發一語。

「我還不知道什麼時候可以過去看他最後一眼，安排葬禮什麼的，」她旋搖杯中的酒，「天知道他現在是什麼樣子。」

「等到他們準備好之後，就一定會讓妳知道。」查姆柏蘭只講出了該說的話，其他就不必多提了。現在她已經拼湊出全貌，她知道那個自稱爲安東尼·賈維的男子到底是誰，她也知道這件事背後的眞正意義，但她依然想不透這到底是什麼狀況。

「所以我剛才應門的時候完全搞錯了，」珊卓拉說道，「我的意思是，我以爲妳是因爲那件事才過來的。」

「關於賽門？」

「我以爲他們可以發還屍體什麼的。」

賽門·瓦許。雷蒙德·賈維與他第一個受害人的兒子。他就是警方正在苦尋的兇手——查姆柏蘭現在終於恍然大悟——而他們卻一直以爲這傢伙已經遇害。

「唉，這就是雷蒙德殺她的原因。」

查姆柏蘭突然抬頭。珊卓拉·菲利普斯彷彿有讀心術一樣，冒出了這一句話。她知道自己現在臉色漲紅，「抱歉？」

「反正，這是他的說法。因爲法蘭西絲從來沒有告訴他寶寶的事，因爲他一直不知道自己有個十二歲的兒子。老實說，我不清楚他怎麼發現了眞相，但他說自己一直被蒙在鼓裡。他跑到這裡來，說要和她攤牌，然後就失控了。」

「天。」

「什麼？」

「妳當初爲什麼沒有告訴警察？」查姆柏蘭問道。

「雷蒙德被逮捕之前，我什麼都不知道好嗎？」珊卓拉又拿起酒瓶，「那些女人死都死了，所以我就閉緊嘴巴，講什麼也沒用，人死不能復生對吧？」

「那妳怎麼知道的？」

「他從監獄裡寫信給我，」珊卓拉說道，「只有一次而已，他想要讓我知道他爲什麼殺了法蘭西絲。」那女子的眼裡突然一亮，出現恨意，「他想要得到我的寬恕，信不信由妳。」

查姆柏蘭心想，七個，七名女子喪命，就是因爲法蘭西絲・瓦許不肯告訴賈維她懷了他的孩子。現在，那個因人格轉變而殺人的理論聽起來格外可笑，「所以，他殺死了妳妹妹之後，」她問道，「爲什麼還要繼續殺人？」

珊卓拉拿起酒瓶灌酒，目光飄向天花板，「誰知道。也許突然變得喪心病狂吧，我也不懂那種精神病的問題。也許他只是想要掩蓋他殺死法蘭西絲的眞正原因……如果不知道兒子的存在眞的是他的殺人動機的話。也許他只是在初犯之後就喜歡上殺人的滋味，現在這一切都不重要了，是不是？」這女人一臉往事又能奈何的冷靜態度，讓查姆柏蘭簡直難以忍受下去，但她不能發作，她只能一手撫胸稱是，然後又問道：「所以，在法蘭西絲遇害之後，妳收養了賽門？」

「如果我不收養他，就得讓社福部處理，所以妳說我該怎麼辦？我的意思是，法蘭西絲和雷蒙德有過一段情，我和她永遠不可能回復到正常狀態。不過，再怎麼樣也輪不到那畜生做出那種事，而且賽門是我的親人，所以我當然毫不考慮就做出了決定。」

「妳怎麼向賽門解釋他父親的事？」

「就和法蘭西絲告訴他的一樣：爸爸在他小時候就過世了，約略提到他當過工程師。不過，奇怪的是他從來沒有多問過。我覺得，他媽媽出了那種事，他得要好好療傷，而且他在學校的時候過得很辛苦。」她慢慢眨眼，回憶過往，「後來，他有一陣子很氣他媽媽，看每個人都不順眼，不過大家多少都會這樣不是嗎？」她把最後的酒倒入杯中，「失去了重要的人，難免吧。」

查姆柏蘭等珊卓拉．菲利普斯繼續說下去，她望著這女子的胸膛起起伏伏，聽到對方的微喘，還有魚缸的氣泡聲。突然傳出手機來電的響鈴，她嚇了一跳，吵鬧而異常歡樂的森巴舞曲。

珊卓拉挨到小桌旁，拿起手機，看了螢幕一兩秒之後，決定關機。「老公，」她說道，「八成打來只是爲了閒聊，我等一下再打給他。」

「妳剛才提到——」

「好，我只希望這孩子能盡量過著正常生活，妳懂嗎？我萬萬不希望他知道自己父親的身分或是發現他做了什麼事，我不想讓他覺得自己是個怪胎。」

查姆柏蘭拚命忍耐，不動聲色，「妳最後一次見到他是什麼時候的事？」

「他十七歲的時候就離家了，」珊卓拉說道，「所以是十年前。」她想了一會兒，「對，十年了。妳知道嗎，事出突然，他只告訴我，他想要自己一個人住，我猜他就是打算要自立自強，安頓下來。」她的下巴朝客廳門口點了一下，「她不久之後也會離開這個家了。」

「有沒有聽到他的消息？」

「一兩次吧。只是讓我知道他一切安好。其實他過得不好，是吧。警察告訴我他死掉的時候過的是流浪漢的生活。」她喝了一口酒，嚥下時閉上了雙眼，「我聽到消息之後，一直覺得好內疚。」

「畢竟妳隱藏這秘密已經有十五年之久，」查姆柏蘭問道，「好，爲什麼現在有罪惡感？」

珊卓拉聳肩，「事實到底如何也不重要了，是吧？畢竟賽門已經死了。」

查姆柏蘭想不出合適的應對之語，只能搖頭說道：「的確。」

查姆柏蘭非常確定賽門．瓦許還活在人世，但他要怎麼告訴這女子呢？我知道他們從運河打撈上來的那具頭蓋骨碎裂、整張臉像是哈密瓜爛泥的屍體並不是妳的外甥，我知道是賽門殺死了這個人，而且他殺的不止一個，好多人都慘死在他手下……

就好消息／壞消息的交替循環規則看來，這應該算是天大的好消息。

珊卓拉清了清喉嚨，在椅子裡傾身向前，她的聲音裡聽得出酒意，變得更加清亮，「妳剛才進來的時候，說過妳想要問我雷蒙德．賈維的事，」她開口問道，「但妳一直沒有告訴我原因。」

「我沒說嗎？」查姆柏蘭起身，得要吞吞吐吐說出那一段話的任務，就留給別人吧，還有持警證的人，現在她只需要盡速離開珊卓拉．菲利普斯的住所。

她得要趕快打電話給湯姆．索恩。

警探羅伯．吉本斯只要一翻頁，就會抬頭看一下書桌前方的三具監視器，然後又開心回到他的閱讀世界裡。

沉浸其中，愛得不可自拔。

想想他的工作，還有每天要交手的那些雜碎爛人，除了奇幻文學之外，他還能看什麼書呢？像索恩之類的那些爛咖喜歡嘲弄，就隨他們去吧——猛龍和哈比人，鬼扯淡——不過，吉本斯認爲奇幻小說，反正就是那些最出色的作品所營造的詭奇世界，比他自己的貧乏生活來得有意義多了。這些書應該也是監獄圖書館裡的最熱門書籍吧，那些經常被逮的犯人一定很愛，不必靠天才也可以猜得到原因。奇幻文學，與犯罪實錄擺在一起，自然高下立判。

把閱讀當成嗜好，總比喜歡賭博安全多了，吉本斯很清楚這一點，也知道布萊恩・史畢貝有這個問題。打牌打了好幾個小時，就爲了想要從道迪與佛勒這對難兄難弟身上榨個幾英鎊，多可悲啊？拜託，自從午餐過後，他就一直待在那裡不曾下來，吉本斯可以一個人好好看書，當然開心，但他們還是有要務在身。而且他開始考慮要找人私下談一談，也許是史畢貝本人，或者，如果他眞的想要耍賤的話，去找個高層打小報告，這當然是大動作，不過——

他聽到樓上傳出吼叫聲，立刻丟下書本；一抬頭剛好看見其中一台監視器閃過人影，二樓底端的攝影機。

他拿起無線電，「布萊恩？」

只聽到靜電的嘶嘶聲。

「布萊恩？靠！」

那個人看起來不像是史畢貝……

他起身，立刻繞過書桌，走過門廳時發出了鞋底摩擦地板的吱嘎聲響，音量驚人。他們若是沒有史畢貝的允許，怎麼可能下來呢？他們應該要待在自己的住所裡面，而且房門應該上鎖才是。這笨蛋是不是失控了，和他們一起喝得爛醉？

他轉向樓梯，但卻停下腳步，踉蹌後退，手中的無線電也滑脫出去、敲撞到大理石地板。

「天！」他抬頭盯著那男子慢慢步下階梯，朝他走來，對方眼神渙散，胸前的襯衫浸滿了鮮血，「發生什麼事了？天……」

「他突然抓狂，我想你得趕緊打電話找人。」

吉本斯只能點頭，嚥了嚥口水，在對方走下最後幾個階梯的那幾秒鐘，他完全愣住不動，瞠目結舌，望著對方身上的血跡與臉龐，等到他看到安東尼．賈維從袖子裡取出菜刀的時候，已經太遲了。

「講慢一點，卡蘿。」

當這通電話進來的時候，索恩才剛結束與漢卓克斯的通話，正在與戴夫．賀蘭德開玩笑，猛虧這位病理學家的瑞典冒險之旅。現在，賀蘭德聽出索恩的語氣不太對勁，他立刻挨在他書桌附近，張嘴默示問道：「怎麼了？」

索恩搖頭。

「索恩，你到底有沒有在聽我說話？」查姆柏蘭突然一陣惱怒，上氣不接下氣。

「我當然有在聽，可是妳不——」

「雷蒙德．賈維的小孩是賽門．瓦許。」

「不可能。」

查姆柏蘭以最快的方式將她與珊卓拉．菲利普斯的對話內容轉述給索恩：對方一開始誤會了她的來意，最後，眞相揭曉，案情急轉直下。「賈維與她妹妹有染，而且他們還有個兒子。湯姆，她是他殺害的第一個人，法蘭西絲．瓦許。」

「他究竟爲什麼——？」

「他之所以殺了她，是因爲她從來沒有告訴他自己懷了孩子的事，然後他又殺死了其他女子，跟腦瘤一點關係都沒有。」

索恩已經站起來了，不敢置信，「但是賽門．瓦許已經被打死了，我們已經將他的屍體從運河打撈上岸。」

「不對，你沒聽懂。」查姆柏蘭回道。

「明明有身分證明。」他嘴裡雖然這麼說，但也知道他們弄錯了。他想到漢卓克斯剛才告訴他的話，發現他朋友的擔憂確實成眞。屍體身上找到了信件與駕照，提供了合理證據、讓他們誤判他是另外一個人，因此也一直沒有找人來確認屍體身分。

但爲什麼呢？

回想屍體剛被找到的那個時候，索恩和漢卓克斯也曾經討論過兇手是在別處行兇，然後再棄屍。現在，索恩開始懷疑其實第一現場距離卡姆登可能非常遙遠。

「安東尼．賈維是雷蒙德．賈維與第一名受害者所生的小孩。」查姆柏蘭說道，「湯姆，他的父親殺死了他的母親。」

索恩的襯衫已經汗濕，緊貼住後腰，頸後的強烈刺癢感開始發作。

「不過，更重要的是，無論你從運河裡撈起來的那具屍體是誰，反正絕對不是賽門．瓦許。」

索恩告訴查姆柏蘭，他等一下會回電給她，隨即掛了電話。賀蘭德還沒機會詢問原由，索恩已經衝了出去，他也只能跟在後頭，隨著索恩穿越狹小的走道，他正要開口的時候，卻被索恩打斷。

「我們需要派緊急應變專車到尤斯頓，能調多少算多少，還需要武裝應變小組。」

「什麼？」

無論你從運河裡撈起來的那屍體是誰……

索恩知道必定是那兩人之中的其中一個，其後兇手又頂替了這名死者的身分。

「立刻就去，戴夫。」

37

懷特摩爾監獄

「明天的大事，準備好了嗎？」

「他們已經把所有的風險都告訴我了。」

「一定的，以免自己惹禍上身。」

「我知道，但還是會掛心，不是嗎？」

「那個叫坎巴爾的傢伙似乎經驗老到。」

「對，我想也是。但其實我機會不大，對嗎？」

「你的頭痛怎麼樣了？」

「老樣子，還能怎麼樣呢？這幾天沒那麼痛，可能是因爲在擔心其他的事情。」

「你應該要這麼想才是，病情會好轉，可以活更久一點。」

「對，我現在的生活充滿了意義。」

「好，我已經研究過了，上網查了一些東西，關於人格轉變的確有一大堆資料。」

「拜託，東尼。」

「眞的有文獻。」

「我告訴過你了——」

「你應該要開心才是，我的意思是，搞不好你有機會出獄。」

「不可能的事。」

「這就交給我操心好嗎？你只要好好養病，之後我會把自己收集的資料給你看。」

「我不希望你浪費時間。」

「我發誓，這絕對不是在浪費時間，手術動完之後，我會開始找人聊一聊，準備發起活動。」

「什麼樣的人？」

「作家、記者之類的人，等到手術完成之後，我會先去詢問坎巴爾醫生的意見。」

「那些死掉的女人呢？」

「犯案的又不等於是眞正的你，我們可以提出明證。」

「她們的丈夫與父母呢？小孩？你覺得他們不會發起反制的活動嗎？」

「我們不能……因此而裹足不前，無辜就是無辜。」

「更不要說——」

「不要再講啦。」

「東尼，還有你自己的母親。」

「她自找的。」

「沒有人是活該找死。」

「又不是你的錯，都是腫瘤害了你，才會讓其他女子喪命，你還搞不清楚這一點嗎？你喪失了控制力，就連對她也一樣。」

「我還沒有準備好，眞的沒有。」

「我都準備好了，可以嗎？你不需要擔心任何事情。」

「我說的是開腦的事。」

「他們動手術的時候，我會陪你，知道嗎？我會在你身邊等你醒來。」

「萬一——」

「不准說這個。」

「抱歉，只是——」

「不要緊。」

「眞的，我非常感恩。」

「別說傻話，這就是家人的本分。」

38

那個警察還沒舉起警證，黛比就往後退。她出於本能反應，把手擱在後頭亂揮，剛才她把傑森留在梯底處，現在趕緊召喚他過來。她的心激烈起伏；既恐懼，又開心。

「你們抓到人了？」

那名警探搖搖頭，目光飄忽，努力思索措辭，「只是……有進展而已。」

她頭也沒回，叫喊著兒子的名字。

「米契爾小姐，不需要驚慌。」

「什麼？」

「我們只是覺得目前有人來陪伴妳會比較妥當，沒問題吧？」

黛比遲疑向前一步，探頭張望門口那男子的後方區域，探查街上的狀況。對面愛八卦的鄰居透過窗簾在偷看，她可能以爲這條子是妮娜的客人，黛比伸出兩根手指幹譙對方。

「可以嗎？黛比？」警探把警證放回外套口袋，「能不能讓我進去？」

黛比想了幾秒鐘，點點頭，轉身進入屋內尋找傑森。她走入客廳，立刻走到沙發旁邊，兒子正蹲在那裡看圖畫書，她也在此時聽到關門的聲響。她跪坐在他旁邊，看著他翻書，聽他嘀咕個不停，自己的心跳也漸漸變慢了下來。

「屋內是不是還有別人？」

她轉頭，仰望站在她背後門口的人，他的下巴朝妮娜廚房的方向點了一下。
「收音機，」她回道，「是廣播劇。」
那名警察點點頭，仔細聆聽了好一會兒，聽起來像是在爭執。「畫面會比較生動，對吧？」
「抱歉？」
「不是一直有這種說法嗎？」
「說什麼？」
「戲劇理論什麼的，廣播劇會這麼好聽是有原因的，」他伸出手指，輕敲自己的太陽穴，「因爲自己想像的畫面比較生動。」
「我從來沒想過這一點。」
黛比又轉身面對傑森，但她覺得這個警探說的應該沒錯。她平常收聽的電台是《首都》或是《熱愛調頻》。她倒不是特別喜歡這幾個電台主持人，但他們選播的音樂很合她的口味，傑森似乎也很愛。她偶爾還會看到他在跳舞，只不過，應該沒幾個人會覺得那樣的動作稱之爲舞姿。但要是播出的是廣播劇，她一定會想辦法坐下來好好欣賞，趁傑森死盯著錄影帶的時候，她就會爲自己泡杯咖啡，慢慢嗑完一包餅乾。就算內容荒唐，或者是背景發生在印度或伊拉克之類的地方的老套垃圾劇情，通常還是能讓她聽得津津有味，一個小時就這麼悄悄消逝，她卻渾然不覺。
因爲畫面會比較生動。
這些廣播劇的畫面，當然比她後來腦中浮現的情景好多了。那個來找她的男人，絕對不適合美好舒適的午後廣播劇……

她聽到警探走過地毯，才剛轉身，就看到他蹲在她身邊，膝蓋發出啪響，他大笑搖頭。

「靠，這什麼聲音哪。」他開口說道。

他的身上散發出汗臭與菸味。

「這是誰啊？」

「傑森。」黛比回道。

他們兩人靜靜看著傑森，凝望他的手指在圖畫書上來回移動，足足有三十秒鐘左右。

「幾歲了？」

「八歲。」

不知道這警察是否覺得訝異，就算有，他也沒有表現出來。他只是又靜靜多看了好幾秒，點頭，站了起來。就在那個時候，傑森從他的圖畫書裡抬起頭來，對他微笑。

警探也對他回笑了一下。

39

當索恩與賀蘭德到達尤斯頓的時候，他們已經封鎖了街道的兩頭，現場已經聚集了一小撮人。當地居民與路人立刻變成了聚精會神的現場觀衆，警察忙著驅趕他們，他們卻不斷發問，未解的疑團變成了口耳流傳的謠言，索恩則裝聾作啞。他下車之後，一直低著頭，亮了一下警證之後，立刻小跑前往「線民農莊」。

街上隨意停放了十多台緊急支援專車：有廂型車也有汽車，某些有塗裝標誌，某些沒有；還有一台救護車。已經有人打電話把餐車叫來了，看來狀況不妙。索恩走過去，好幾個武裝警察正朝他迎面而來，慢條斯理，不是好兆頭，而其他的武警則站在某台廂型車的打開車門前面，把武器送入車內，卸下自己身上的裝備。

索恩對於武裝特警小組沒什麼好感——他看過太多自以爲是的武警。當然，自從那起殺害無辜民衆瓊・查爾斯・德梅西斯的事件之後，他們當中絕大多數的人就不敢那麼囂張了，而且，他很清楚，從他們互望的眼神——還有沉重的步履與垮沉的雙肩——今天他不需要面對他們過度自我膨脹的優越感。

他看到某個蹲在地上、臉色陰沉的武警把自己的頭盔扔在草地上，開始脫去防彈衣。當索恩走到他旁邊的時候，那男子從屁股口袋掏出菸盒，大罵了一聲「靠」，臉色蠟白。

「狀況有多糟？」

「糟到不行。」

此時擔架從敞開的大門抬了出來、送上救護車，他們兩人也立刻轉頭過去。雖然毯子包住了那個人，而且臉上還有氧氣罩，但索恩依然認得出來，那是警探羅伯．吉本斯。他仔細端詳救護人員的難看臉色，想要知道這位警官還有多少活命機會，但完全沒有線索可循。然後，他立刻朝公寓奔去。

門廳裡鬧哄哄的，看來暫時不需要餐車。現場鑑識人員已經開始有條不紊四處採證。除了連身衣的窸窣聲之外，還有無線電對講機的刺耳嘎響，再加上高階警官想要壓制恐慌氣氛的吼叫喝令。

索恩走到梯底處，那裡還剩下幾個醫療人員在收拾器材。賀蘭德站在他背後，距離他只有兩三步的距離而已，兩人看到眼前的景象，好一會兒都沒作聲；他們盯著躺在最後一個台階上的長刃刀，四濺的鮮血，在大理石地板上顯得格外刺目。

「到底是怎麼回事？」賀蘭德問道。

「我們早就找到他了，」索恩回道，「他一直在我們的手中。」

「誰？」

「安東尼．賈維。」

「對，我已經知道了。」在他們剛才從科林代爾飛車衝往這裡的途中，索恩努力解釋原委，他一邊講出卡蘿．查姆布蘭所發現的事實，一邊忙著催促司機加速，賀蘭德立刻目瞪口呆，「但到底是哪一個？」

索恩出於本能反應，立刻抬頭，望向準死亡名單最後那兩名男子的住處，他曾經親自拜訪過殺人兇手的地方。

「長官？」

索恩轉頭，對著朝他們走來、面色緊張的年輕女子點點頭，她開始自我介紹，她是兇案評估待命小組的警探，索恩對她點點頭，甚是不耐，「快說吧。」

「樓上有兩具屍體，」她瞄了一下自己的筆記本，「警探史畢貝，另一個名叫葛拉漢·佛勒。」

「天哪。」賀蘭德驚呼。

索恩說道：「帶我過去看。」

在他們上樓的時候，那女警開始喋喋不休繼續報告，聲音裡依然聽得出戒慎恐懼。她說總警司傑斯蒙德已經趕過來了，而病理學家因為塞車的關係會稍微遲到一會兒。她說，先前在確定究竟誰是漢卓克斯法醫的代班者的時候，狀況有點混亂。索恩想到了他的朋友，此刻正在哥特堡的某間酒吧忘我逍遙，他心裡突然湧起一股妒意。他面向賀蘭德，「好，我們現在知道是誰了。」

賀蘭德點點頭，「道迪。」

他們站在走道另外一頭的房間門口，在安東尼·賈維下手之前，它不過就是普通到不行的實用住所而已，現在，他們正凝神觀看眼前的恐怖全新設計。

史畢貝依然坐在椅子裡，整顆頭靠在光滑的桌面上。葛拉漢·佛勒則倚在房間另外一頭的牆面上，說也奇怪，某隻腿的膝蓋還彎折立地，宛若隨興躺靠一樣，但他側臉上凝固的血跡與腦漿卻透露出其實完全不是這麼回事。幾英尺之外的地方，可以看到地毯上出現一團濺血，附近還有一個沾血碎斷的茶杯掛架，三根小支架已與母支分離；顯然是兇手先前拿來猛敲死者頭部的時候，應聲折斷。

索恩看著靜照攝影師以最貼近的距離對著屍體拍照，他的拳頭也不斷張張合合。他聽到其中一名鑑識人員說了兇器的事，跟茶有關，不怎麼好笑的笑話。

這種時候開玩笑壯膽，異常刺耳。

「總警司會發瘋。」賀蘭德說道。

索恩點頭，他沒怎麼在聽。他在回想自己與那個他一直以爲是安德魯．道迪的男人之間的對話，不知道自己先前是否遺漏了什麼。

「他們一定會列出懲處名單，而崔佛．傑斯蒙德那種垃圾絕對不會在裡面。」

索恩先前把那男子的反應當成了壓力過大與藥物作用的結果，由於兒時遭遇再加上與妻子不睦，才會陷入某種崩潰狀態。天，他眞蠢，在對方眼中一定像個白癡。「你會抓到這傢伙嗎？」道迪曾經這麼問過索恩，雙眼直視著他，就在索恩此刻所站的位置。他轉向站在他後方的女警，她正在與自己的部屬悄聲說話。

「我們現在就要收集證人供述。」索恩說道。

她走到索恩面前，「已經做了。」

「這個地區的每一台車，有嗎？」

「我剛講過——」

「還要逐戶詢問，這附近的六條街都不能放過。」他回頭看了一下房間，「這畜生全身是血，所以他還沒跑遠就一定早就被人看到了。」

「我們認為他拿走了史畢貝警探的外套，」女警說道，「反正，我們沒找到。」她回頭瞄了一眼同事，想要在繼續講下去之前得到一點精神支持，「也找不到他的車，我查過了，史畢貝絕對有開進來，所以……」

索恩睜大眼睛盯著她。

「我們只能假設是嫌犯開走了。」

「公事包呢？」

這次換女警盯著他。

「公事包、袋子，隨便啦，」索恩問道，「史畢貝的東西是不是不見了？」

「我什麼都沒看到。」

「快．給我．找出來。」

她轉身下樓，但索恩知道現在這個動作也沒有意義。他突然追過去，開始大吼大叫，算是講給大家聽，也是講給自己聽，「現在幾乎可以百分百確定兇手拿到了機密的案情資料與文件。」他即將進入門廳，字字句句也開始發出了回音，「監控的細節還有保護措施，名字與聯絡電話……」他愣了幾秒，差點摔跤，立刻三步併作兩步、一鼓作氣往前跑。

黛比．米契爾的名字。

妮娜．柯林絲公寓的地址。

他衝到街上，看到一台巡邏車停在路邊，兩名制服員警下車。他記得這兩個人的臉，腹部頓時出現一陣痙攣，妮娜．柯林絲是怎麼叫這兩個人的？警網雙雄……

「你們兩個怎麼不在巴尼特？」

年紀較長的那名員警靠在車邊，望著索恩背後的混亂場面，「我們被告知要離開現場，到這裡與大家會合。」

他同事跟著插嘴：「對，他說任務都結束了。」

「誰說的？」索恩問道。

「史畢貝警探。」

這句話宛若迎頭重擊。索恩正好看到一台有塗裝標示的寶馬警車朝他慢慢駛來、找停車位，當他跑過去的時候，那股力道依然讓他暈眩不已。索恩對司機怒吼，叫對方立刻掉頭。他拿起無線電，呼叫緊急車輛支援的時候，拚命眨眼，想要擺脫腦中浮現的景象。

在塑膠袋罩覆之下、所看到的黛比．米契爾的臉龐。

40

這台寶馬汽車火速穿越卡姆登與肯特緒鎮的重重車陣，然後又沿著拱門路、一路發出警示尖嘯。索恩腦中的思緒同樣狂亂，他以雙手扶住儀表板，拚命想要控制呼吸，看到有車擋路、無法讓他們加快速度，就忍不住大聲罵髒話。

其實，他辱罵的對象，是那個功力凌駕他之上的男人。

運河裡發現的那具屍體想必才是眞正的安德魯．道迪本尊，取得DNA樣本，正式確認屍體身分倒是不難，但不久之後，索恩與道迪妻子之間的對話想必會比較艱難，他不知道她會不會控告他們失職。

他們很難找出藉口反駁這樣的指控。

「抓緊了。」

索恩緊咬牙關，車子加速闖紅燈、硬切到公車專用道，他也只能拚命裝出無所懼的模樣。他瞄了一眼時速表的指針，已經高達七十五英里。

「最多再十分鐘就到了。」司機說道。

他想起漢卓克斯曾經說過的話，那名受害人應該是在其他地方被殺，然後遭到棄屍。看來瓦許，或是他自己改名過後的賈維——應該是一路跟蹤道迪到了坎布里亞，將其殺害，回到倫敦棄屍，最後又再次北上到達肯達爾，自己走進了當地的警察局。

就殺人魔的水準看來，這傢伙算是絕頂聰明。

既然他徹底摧毀道迪的外貌，是否要把自己搞得像本尊，就不是僞裝的重點了。剃了大光頭之後，大家都深信這名男子已經嚴重崩潰，而且賈維徹底運用他從安德魯與莎拉私生活所得知的訊息、讓受害者的妻子完全無法與他接觸。他幫他們洗車，同時監視，等待機會，收集點滴資訊，等待日後派上用場。等到他「成爲」道迪之後，難堪的婚姻送給他絕佳藉口、讓他不需要與那個會識破他假冒身分的人正面接觸。

擺出自信，這種技巧就跟商店竊賊堂而皇之把雙人床推出百貨公司大門一樣。

安東尼．賈維的名單上還有兩個人，他一直追查不到下落，於是他乾脆讓警察代勞，再讓自己偷渡進來。佛勒住在他隔壁，早已經是手到擒來的待宰羔羊。其中一名警察好賭，無視基本工作規範，給了賈維可乘之機，取得了他所需要的資訊。

讓他可以找到名單裡的最後一人。

車子在飆行，噪音持續不斷，還有腎上腺素在他全身竄流，但當索恩的手機響起的時候，依然害他突然緊繃了一下。車子切入芬奇利，他爲了想要蓋過警笛的聲音，只能拚命吼叫，花了半分鐘的時間詢問賀蘭德其他小組的預定抵達時間，他希望他們能在他之前抵達妮娜．柯林絲的公寓。

「我們會抓到他的。」賀蘭德說道。

索恩還想不出該如何回應，警笛又開始大響，所以他乾脆直接結束電話。當他把手機塞回口袋的時候，他突然靈機一動。

賈維拿走了史畢貝的外套與公事包、文件，還有他拿來欺騙柯林絲外頭駐警的識別證。所以，爲什麼不試試看……？

他再次拿起電話，搜尋通聯紀錄，找到了那天早晨他撥出的第一通電話，那是他最後一次與布萊恩．史畢貝講話。

電話響了三聲、四聲，對方接了。

「索恩先生，你可以慢慢來。」

索恩差點喘不過氣來，對方語氣一派輕鬆，而且還帶著輕佻的意味，讓索恩的胸肩一陣顫慄。「她還活著嗎？」

「可能要請你把話講清楚一點。」

「好，賽門，我知道這是怎麼一回事，我們得好好談一談。」

「我叫安東尼。」

「抱歉……安東尼。我們必須要討論一下你父親的狀況，我想我們可以重新研究這個案子。」這根本是鬼扯，但索恩也想不到其他方法可以與這傢伙繼續對話。他臉唇抽搐，等待賈維的反應，對方的語氣裡充滿嘲諷，顯然也很清楚這是鬼扯。

「眞的嗎？那麼做是爲了我？在這些人死了之後？」

索恩口乾舌燥。他說的是**這些**屍體，而不是**那些**。難道賈維在他們講電話的同時正低頭看著黛比．米契爾的屍體？

「你還在嗎？」

「我還在。」索恩回道。

「你在追蹤這支手機吧。」

「沒有。」

「運用手機定位科技什麼的。」

「真的沒有。」現在沒時間了，而且索恩早已知道賈維人在哪裡，自然也沒有這個必要。

「現在有許多高科技，不像當年他們追捕我父親的時候捅了一堆婁子。」

「沒錯。」

「你自己現在也搞砸了，還不是一樣。」

「我沒辦法反駁你，」索恩說道，「但你的確很聰明。」

「好，『我們得好好談一談』這種策略沒有用，」賈維嘆氣，「你這個人的心思太好猜了。」

「我只是想要挽救一名女子的性命。」

「你知道嗎，你那裡吵死了，」賈維說道，「警笛一直鬼叫什麼的。」

「告訴我黛比是不是還活著——」

「害我聽得頭好痛。」

「趕快離開那裡就好，」索恩說道，「要是她還活著，你趕快走就是了，好嗎？我不介意。」

「你這麼一說，我覺得我該採取行動了。」

「安東尼——」

斷線了。

索恩望向目光始終緊盯著馬路的駕駛。他們能夠以這種速度狂飆，索恩十分感激，他也知道司機一直在聆聽他們之間的對話。

「五分鐘。」司機說道。

索恩只能閉上眼睛，緊握拳頭，希望黛比．米契爾能撐這麼久就好了。

41

她走進廚房，不忘朝門口張望，注意另外一頭門廳的動靜，那男人還在那裡講電話。

「我得接這通電話，」他剛才低頭看著手機的小小螢幕，微笑，接起電話，「索恩先生，你可以慢慢來。」然後，他朝大門口走了幾步，看著她，搖搖頭，彷彿在告訴她，「這人煩死了，給我一分鐘就好。」

黛比向他示意自己要去泡茶，在他離開客廳進入門廊、開始低聲講話之前，她一直緊咬下唇，拚命維持鎮定表情。

索恩先生，你可以慢慢來……

她知道警察和同事講話絕對不會是那種語氣，但她之所以覺得自己的五臟六腑在翻攪，簡直快要吐出來了，不是因爲他所講的話，而是因爲在一兩分鐘之前他從她旁邊起身的時候，她所看到的景象。他的外套移位，露出開口，一團紅影突然一閃而過。

襯衫上的血跡。

她聽得到他還在低聲講話，當她站在廚房門口、向傑森招手的時候，發現他聲音裡有笑意。傑森依然沉浸在自己的圖畫本裡面，不爲所動。

她以氣聲呼喚他的名字，沒反應。

她又叫了他一次，聲音微揚。傑森終於抬頭看她，她望著客廳的門，確定對方沒有聽到她的聲音。

她數到三，深呼吸，忍住眼淚與急尿的欲望，「傑森，到媽咪這邊來……」

他對她點點頭。

「膽小鬼，拜託快過來。」

傑森慢慢起身，然後，過了令人煎熬的好一會兒之後，他站著不動，死盯著牆，彷彿忘記自己本來要做什麼。黛比伸手，向他揮了幾下。她的舌頭彈了好幾次的嗒響，還發出「噗噗」的聲音，終於，她兒子轉身微笑，蹦蹦跳跳走過地毯，要去找她。

她立刻把他拖進廚房，悄悄關上門。她立刻發現兒子很不安，感染到她的恐懼，但現在沒有時間安撫他。

她慢慢調高收音機的音量，然後彎腰在傑森的耳邊低語。

「我們去吹火車。」她說道。

他衝過來，緊緊捏住她的手，她的顫意消失了，而她的另外一隻手，則輕輕壓下後門的把手。

42

索恩與賈維通話才剛結束一分鐘左右，布里史托克就打進來了。這位督察長已經到達妮娜・柯林絲的公寓外頭，巴尼特派出所已派隊支援，尤斯頓現場的武裝特警剛好也有一組比索恩先離開，現在已經到達現場。

「你還有多遠？」

「幾分鐘就到了。」

「湯姆，你覺得該怎麼辦？」

雖然布里史托克名義上是索恩的主管，但他似乎很渴望聽到索恩的意見。長官的客套，讓他又感激又驚恐。

「我覺得你應該立刻攻堅。」他回道。

「是不是應該等一下？」布里史托克問道，「我的意思是，先評估一下形勢？因爲他可能有武器。」

「不需要去想他有沒有武器，」索恩說道，「但話說回來，這也不重要，他會因地制宜自行發揮，拜託，他剛才的殺人兇器是掛杯架。」

「沒錯。」

「衝進去，羅素，不要給他機會。」

所以，不到一個小時的時間，索恩抵達了另外一個犯罪現場，現在他只能看著那些比他早來的人，從他們的臉上找出最新狀況的線索。

他不知道自己是不是到得太晚了，已經無法挽救任何悲劇。

這一次，當車子緊急停在妮娜·柯林絲的公寓外頭時，他看到大家的表情幾乎都是很困惑，而索恩正要衝進去的時候，在門口遇到的是羅素·布里史托克，他立刻感到如釋重負。

「這裡沒有人。」布里史托克說道。

索恩的釋然瞬間消失，賈維挾持了她？「有沒有任何——？」

「沒有血跡，也沒有打鬥的痕跡。」

「這應該是好事，」索恩說道，「你覺得呢？」

布里史托克還來不及回答，房子後方先傳來了吼叫聲。幾秒鐘之後，一名穿著防刺背心的便衣員警跑到了門廳。

「你們應該過來看一下花園。」

索恩立刻衝入屋內，從敞開的廚房門走出去，他一眼就看到了。院子裡搭配餐桌的某張白色塑膠花園涼椅，被移到了小花園另外一頭，緊貼著圍牆。座椅上還看得到泥巴腳印，索恩彎身看個仔細。

三組腳印。

索恩擔心會破壞證據，又抓了另外一把涼椅站上去，望著圍牆的另外一頭。什麼都沒看到，只有一排停車場，後頭長了一大片灌木林，地面上散落著碎玻璃、扭曲的金屬片、一條破舊的地毯，還有幾處火堆的餘燼。

他跳下來，思索了一會兒，決定拿起電話。

妮娜．柯林絲終於接起電話，聽起來她似乎很忙，但她倒是很樂意讓索恩知道她對他有多麼不爽。

他立刻打斷她，但還是努力維持語氣平靜，他不想嚇到她，但他得要立刻問出消息。「黛比不見了。」

「去哪裡？」

「如果從妳家花園翻牆出去，是要去哪裡？」

「什麼？」

「會通到哪裡？妮娜？」

「天，她翻牆？」

「黛比會去哪裡？」

妮娜沉默了幾秒鐘，又開始亂罵人，索恩講了好幾次，請她保持冷靜，等到她終於停下來的時候，他聽到背景有個男人在講話。

索恩問道：「妮娜，要是黛比害怕的話，」他靜靜等待，聽到她的急促呼吸，他慢慢講出了下一句話，「會帶傑森去哪裡？」

「天，我哪知道！」那男人又開口講話，妮娜以手蓋住話筒，掩住了她喝令男子住口的咆哮聲。「可能是公園。」

「公園？」那孩子最愛去的地方，「確定嗎？」

「他們常去那裡。」

當那個與妮娜在一起的男人開始大吼大叫的時候，索恩掛了電話。他一轉身，看到隔壁花園裡站了一個女人，她懷裡抱著孩子，從圍牆的另外一頭看著索恩。

「這裡跟精神病院一樣吵鬧。」

「妳有沒有看到什麼？」

她搖頭，下巴朝索恩手裡的手機點了一下，「我剛一直在聽你講話，」她說道，「抱歉。」

「沒關係。」

「其實，可以抄捷徑去公園。」

就這麼簡單，她別無選擇，只能橫下心蹣跚走過妮娜花園後方的濕地，穿過圍牆的小洞，出了雜亂樹林，終於進入公園。一想到可能跟在她後頭的那個人，就立刻迫使她猛拉傑森前行，就算過了足球場、前往大橋的路上遇到了那個遛狗的老太太，也只能硬把他拉開。

不過，現在她低頭看著橋下，湧起一股截然不同的恐懼感，讓她全身僵麻。

她呆住了，茫然無助。

這個決定對她來說很簡單，再自然不過了。如果她有其他選擇的話，她不會選擇這條路，她會以截然不同的態度面對狀況。在她無法成眠、等待聽到妮娜鑰匙進入大門的時刻，她會開始想像最後的時刻，壓碎的藥片加酒，靜靜躺著，傑森緊貼著她，兩人依偎在被窩裡，隨著收音機的聲響，或是隔壁房間傳來的傑森錄影帶的音樂，漸漸昏迷過去。最後，他頎長溫暖的身軀也和她的一樣，攤平不動。

什麼都不知道，一無所懼。

現在，傑森在她身旁，雙手輕拍著橋緣，因爲興奮而嘰嘰咕咕。她睜開眼睛，望著底下過彎的列車，最後一節車廂準備轉正的時候，底下的鐵軌發出了劈劈啪啪的聲響。

很快就結束了，她知道，但下墜太可怕了，剎那間她又變成了和傑森一樣年紀的小女孩。她在顫抖，想起自己當初站在跳水高台上的時候、腳趾彎扣住邊緣，而她的父親推促著她的後腰，別像個小寶寶一樣，妳怎麼這麼傻。她猛力眨眼，擠去眼眶裡的淚水，低頭看著游泳池底部的黑線，在那一泓狀似凝固的藍色水面之下搖搖晃晃，她往後貼靠住父親的手心，閉上眼睛，將欲嘔的感覺硬是吞回去。

是不是年幼時的記憶讓她不敢跳下去？不敢趴在石塊上、任由自己的胸膛宛若濕紙一樣碎裂開來？啊，天哪……也許她錯了。她這麼做是不是愚蠢又自私？自從那警察第一次來到她家、對她提出警告之後，她一心只想著這件事，她一直認爲這麼做準沒錯。

對他們兩個人都好。

傑森要是沒有她，一定活不下去，她很清楚這一點。除了黛比之外，沒有人能眞正了解他的想法，也沒辦法讓他過著快樂生活，沒有人能像她一樣，愛他愛得如此深切。

不過，現在底下的磚頭被震得嗡嗡作響，她腦海裡的尖叫聲告訴她，她一心只想到的是自己。她怎麼知道以後的環境會不會有所改善？傑森會有什麼樣的未來？他們一直在進行研究，突破醫學瓶頸，提出新的構想，爲他這樣的孩子尋找出路。

「噗，噗……」

黛比轉頭，低望著傑森，他雙唇動個不停，眼睛又大又亮，無懼。而她的眼角餘光告訴了她，那個逼他們來到這裡的男子，與他們之間的距離只剩下數十碼，沒剩下多少時間了。

她聞到自己的臭酸味，強風撲打在她自知早無血色的蒼白臉頰上，她宛若瀕死之人。

當然，這麼說的確言符其實。

就在她拚命使力的時候，她聽到索恩的聲音，沙啞絕望，飄蕩在列車吱嘎聲響的上方。每隔幾秒鐘，他就開口呼喊她的名字，第一次是在街上，然後到了人行步道，逐漸向上，最後出現在她的右側。

她轉頭，心想他出現的時機，和他講的笑話一樣糟糕。

她閉上雙眼，雙手在調整多年前泳衣緊細肩帶的位置。

撫摸扶住她後腰的父親之手。

43

索恩聽從花園女子的指示，準備一路追過去。他衝回屋內，跑出大門外，他沒時間理會幾乎被他撞倒在地的那些人的神情，經過羅素・布里史托克身邊的時候，也沒回答長官的追問。他搶下最靠近自己的警車的鑰匙，進入車內。回到了大北路，南行前往惠特史東，過了好幾個路口之後，在正確的路口轉彎，然後開始順坡下行，進入某條U形小巷。

找尋捷運站上方的小徑。

那女子告訴他，當地的小孩與遛狗的主人通常都會從那條路進去，和黛比・米契爾所選擇的路徑相比，他應該可以比她早一點抵達公園。她說，同一條街上有好幾條捷徑，都位於屋區之間的狹窄小巷，但如果你想要在那裡找人的話，這裡絕對是最佳選擇，等到他爬到上頭的時候，可以俯瞰整個公園，通連整座大橋。

索恩一看到入口，就找了個地方準備並排停車。正當快要停好車的時候，他看到一位牽著狗的老太太從他左側、相隔距離約十多間房子的某條捷徑走出來。當他走過去的時候，他發現她面露警覺之色，趕緊靠到距離她最近的大門前，讓她的拉布拉多犬緊挨著她的大腿。索恩立刻掏出警證，遠在十五呎之外就開始對她大吼。

「我是警察，」他開口說道，「我在找一個帶著八歲小孩的女人。」

狗兒開始狂吠，女子喝令牠安靜。

「有沒有看到他們出現在公園？她個子很高，金髮。」

老太太從口袋裡拿了點東西餵狗，「沒錯，帶著她兒子，」她說道，「可憐的孩子，不太說話——」

「有沒有其他人和他們在一起？」

那女子搖頭，突然變得緊張不安，「我想應該是沒有，我沒看到任何人。」

「他們去了哪裡？」

她想了一會兒，指向索恩肩後的方向，「我想他們往大橋的方向去了，」狗兒又在吠，還想吃點心，「五分鐘之前的事，但他們看起來非常匆忙。」

索恩早已開始狂奔。

小徑與巷道交接處的寬度，剛好可以讓一台車進去，但索恩看到上頭的路已經變得越來越窄，再往前直行五十碼左右，路徑右彎，而筆直路段盡頭的樹頂與一排低矮建築正好阻礙了他的視線。

索恩大叫黛比的名字。

過了約一半的距離之後，小路周邊已經不是住家的花園，而是屋後的車庫與其他附屬建物。索恩拚命往前跑，翻修進度不一的兩側圍牆或高或低，茂盛的灌木與小樹已經被木板條或磚塊所掩蓋，上頭看得見許多塗鴉，但在他全力衝刺時、只不過是閃逝而過的五彩閃光而已。

「黛比！」

都是我的錯，索恩一邊跑，心裡自責不已。我的錯，都是我的錯，這些話語與雙腳踩踏在泥地碎石上所發出的碰響互相交映。或者，要是出現了最壞的狀況，那就是我的責任……

他再次大吼，繼續往轉彎處奔跑，他只聽到自己上氣不接下氣的喘息，口袋裡零錢的彈跳聲響，還有在右方天空盤旋的烏鴉鳴叫。

都是我的錯。

他到了筆直路段的盡頭，拚命靠右，他想要減少過彎的時間，但是有台車突然從底下的大門衝出來，他慌了腳步，趕緊轉換方向避車。現在的他滿頭大汗，根本喘不過氣來，覺得膝蓋後方彷彿被什麼東西割開了一樣，而現在他發現前方三十碼左右的地方又突然左切，從樹林的縫隙中，他可以看到底下的捷運線，他知道大橋就在附近，只要再轉一個彎，就可以看到他所需要的開闊視野。

他聽到列車駛近的聲響。

出現了越來越明顯的下坡路段，他全力衝刺，而恐慌感也以同樣的急快速度在積累。可怕的畫面與念頭宛若被關入籠裡的老鼠一般，慌亂奔跳。

索恩最後一次轉彎，再次呼喊黛比，他想要嚇退腦海裡的那些老鼠。

他越來越接近大橋與小路的交接地帶，看到右側有排鐵門：裡面的空地放滿了引擎與老舊輪胎、還有許多木頭與古董割草機、一整排髒兮兮的溫室，還有塊廢棄的塑膠招牌，上頭寫著「惠特史東托兒所」。又跑了幾步之後，索恩發現先前在花園的那女子說得一點都沒錯。底下是大片的連綿土地，公園景色一覽無遺。他可以看到兩處足球場的樹頂，周邊的人行步道與自行車道平行蜿蜒，通往遠方的小湖與草坪。更遠一點，大約距離他所在位置半英里的地方，是某座高爾夫球場的邊界，但他此時此刻不需要欣賞美景。

黛比與傑森就在前方的橋上。

索恩看到他們坐在牆上的時候，立刻停住不動。他覺得自己的胃在翻攪，早餐快要嘔出來了。他應該要待在原地還是衝過去？該大叫還是保持安靜？他萬萬不想嚇到她，他必須要讓黛比維持冷靜，不要亂動，但天哪，列車就快要過來了。然後，他看到賈維從橋面的另外一頭跑過來，距離這對母子只不過只有幾步的距離而已，他知道自己別無選擇了。

他大叫黛比的名字——是警告也是請求——然後開始往前跑，他看到賈維抬頭看著他，黛比也是。他拚命跑，根本不知道等一下到了橋上之後該做些什麼，他的目光從前方的人迅速飄移到右方急行而來的列車，然後，眼前的景象讓他好驚恐，因為右側突然冒出一台拖車、阻擋了他的去路。

索恩大叫，但是拖車卻繼續朝他而來，上頭堆滿了大型塑膠水桶、一袋袋的堆肥，還有棕櫚樹盆栽；原來是某台小型拖拉機從育幼院鐵門倒著出來，停住，準備要調換車頭方向，司機瞪著索恩。

「天，快給我滾開……」

就在那寶貴的幾秒鐘之間，索恩已經看不清楚橋上那些人的動靜。等到他再次看到的時候，顯然賈維已經抓住黛比與傑森，出現了一陣扭打。

索恩看到了他們的手臂不斷在你爭我奪。

他聽到了黛比尖叫，「不要！」

他對著拖拉機司機大吼，自己乾脆躺在地上、貼住鐵門，想要鑽過去。他聽到捷運列車在煞車，他決定爬上司機的大腿、直接過去，但等到他終於排除障礙，準備繼續往前跑的時候，他發現其實已經不需要追趕過去了。

前方只剩下一個人。

在他的右方，列車已經駛出了橋下，緊急煞車發出了尖鳴。他只看到乘客紛紛把臉貼在玻璃上、想要知道發生了什麼事，為什麼必須在兩站之間急停下來。

他走了兩步，低望右側的鐵軌。

那屍體很可能已經變成了兩團碎肉。

索恩後面傳來尖叫聲，目睹這一切的人，也許是拖拉機的駕駛。

索恩站在原地不動好一會兒，他發現自己依然止不住顫抖，開始慢慢走向橋上的那個人。

第四部
餘留的一切……

其後

麥可

他的妻子爲他送來晚餐：香辣燻雞與馬鈴薯泥，他的最愛。他向她道謝，拿起刀叉，但他其實根本吃不下，他轉身，看到她在門口張望，他再次道謝，他看得出來她心裡也有數。

自從出事之後，他就變得食不下嚥，而且白天都在昏睡，他覺得這實在很奇怪，因爲他的個性一直很好動，而且，當他醒來的時候，經常發現妻子站在他旁邊，他知道自己睡得並不安穩。

「噓，」她總是這麼問他，「何不找醫生幫你開點東西？」

但他不相信爲了這種事吞藥丸有什麼用，他從來不信。他知道一切終將過去，而且，要是自己眞能不爲所動，還能大吃大喝的話，他的人性又到哪裡去了。

「最可怕的都是在地底，」另外一名駕駛是這麼告訴他的，「就某方面看來，你算是很幸運的了。總比你從隧道衝出來、進站的時候，發現某個瘋子在最後一分鐘跳下月台、害你突然看到一團彩色閃光好多了。」

麥可點點頭，一如往常，依然把自己的想法悶在心裡頭。告訴他這件事的同事從來沒有「壓到過人」，但他卻宣稱自己知道很多駕駛都有這樣的經驗。

第一線的可怕故事，所在多有，全是瞎編與以訛傳訛的內容。

「對，當然地底可怕多了。」同事是這麼告訴他的。

不過，有兩個，兩個人……

「那座橋有多高？四十還是四十五英尺高？你還沒有輾過去，那兩個人應該就掛了。老兄，其實你什麼也沒做，絕對沒有，那一點你倒是可以安心。」

在事發後的第二天，那個駕駛與其他人一直倒威士忌給他喝，他接受了他們的好意，但他其實想要回家，鑽進自己的被褥裡窩著不動。

他只是點點頭，又喝了一杯酒。

但他看到了，看到那名女子，有隻手臂在動，看到她舉起了手，當火車就要撞過去的時候，她把頭別過去。就在那時候，他閉上雙眼，只能靜待碰撞的那一刻到來。其實，不過就像上次他北行開往米爾丘東站、撞到小狐狸一樣。

他坐在前廳，電視雖然開著，卻保持靜音狀態。是不是晚餐時間到了？他上次看錶的時間是十點半，他覺得現在消磨日子的速度快了一點，這應該算是好事吧。剛開始的那幾天，他好難熬，大家拚命壓低聲音提供建議、對他說話，彷彿時光漫漫永無休止一樣。

他必須要打電話到辦公室，詢問他什麼時候可以回去上班。先前有工會的人來家裡通知他，但他其實不太能接受，兩週的「強迫休假」，這算是什麼？

女兒在事發後的第二天打電話回來，說要回家陪他，但她還在大學念書，他不想拖累她，所以告訴她自己沒事，不必跑這一趟。現在，他眞希望女兒在家，他可以用一種與麗茲講話時、絕對不會使用的語氣與女兒說話，他知道這樣很蠢，但這就是他的想望，他知道女兒比較有能力處理他的狀況。

「爸爸，那是他們的選擇，」女兒在電話裡是這麼告訴他的，「你只是倒楣罷了。」當然，這是女兒在報紙公布出眞相之前所說的話，那個女人與她兒子的悲劇其實與選擇完全沒有關係。

當然，他親眼看到那兩個人墜落，他們的手腳，那女子的裙身被吹掀到腰部的高度。他腹部一陣抽搐，已經知道自己躲不過了，最後才撞到了他們。

他的手扶椅四周散了一地的報紙，餐桌上還堆了六本平裝書。他一直熱愛閱讀，週一回家的時候，手上已經帶了四本從圖書館借出來的書，這已經是他的多年老習慣了。那些是麗茲去幫他借的書，她說這可以幫助他分散注意力，但他只是隨手翻翻，沒多大興趣，就與對待食物的態度一樣。他喜歡驚悚類型的小說，但不知道爲什麼，現在看這種東西感覺就是很奇怪，而麗茲的羅曼史小說更是讓他一行都看不下去。

「全部都是戀愛花朵與親親。」他曾經對她講出這樣的評語。

「又有哪裡不對了，」她當時立刻擺臉色給他看，「總比你熱愛的血腥犯罪好多了。」

十分鐘之後，她回來了，收走他根本碰也沒碰的餐盤，還告訴他沒關係。他心想，不知道在事發之後會派誰去清理火車的正前方，總是有別人比你還倒楣。

「我想在床上看報紙。」麥可說道。

他站起來，穿著內褲鑽進被窩，他閉上雙眼，希望不要再作惡夢了。他聽到樓下的關門聲，透過臥室地板傳了上來。

就是撞到東西罷了。其實，不過就像是撞到小狐狸一樣。

我的日誌

十月十六日

好，大勢底定，遺言時間到了。不管之後會出現什麼狀況，至少，算是這本日誌的最後一頁了。我應該要想些富有意義的大道理才是，但此時此刻出現這種感覺，我很難專心。很諷刺，頭痛居然在今天急遽惡化。我應該要關燈、好好躺著休息，但現在不是時候，畢竟馬上就要開始了。

一場美好的撲克牌友誼賽。

歷經這一切之後，我一直在想，不知道父親對於我的所作所爲會有什麼看法。我只能盼望他贊同我的舉動，但其實我永遠不會知道答案。他對自己做過的事，也就是那些他直闖對方家門的女子，幾乎是閉口不談，也許那是因爲他自己也不知道，至少在發現腦瘤之前，他根本也不清楚是什麼狀況。但無論原因爲何，雖然我極其渴望了解細節，但他就是寧可把秘密埋藏心中，我必須尊重他。他想要保持緘默，而就這一點來說，我和他完全不一樣。

要是發生最壞的狀況，我走上了與父親相同的命運，他們絕對無法封住我的嘴。我很樂意把事情告訴別人，他們一定得給我單人牢房，不然其他人一定會被我煩死！

我做這個有意義嗎？我想是的，它改變了什麼？改變了我，我還是得想辦法接受這個事實。

遺言？好，我看必須要依照寫給誰看來決定內容吧。只有少數幾個特定對象才會有機會看到它。應該會有人在法庭裡把它朗讀出來，充滿抑揚頓挫與戲劇性，所以陪審團裡的易感成員必須倒吸一口氣，或是忍住眼眶裡的淚水。比較煽情的部分八成會被挑出來、成爲八卦報的頭條，鐵定可以讓我的書報攤老友多賺一點錢。我也很清楚，之後日誌的每一頁都會被心理醫生與紀錄片工作者拿來放大檢視。

祝大家好運。

其實呢，我也不是很在乎能否打動他們，你們也一樣。

在一天將盡的時刻，尤其是類似今天這種重要的日子，我沒有辦法浪費寶貴的時間去思索什麼深刻的大道理。

嗯，我操。

希望一切順利。

42

索恩看完了檔案的最後一頁：在「線民農莊」的道迪遺物中、某本充滿摺痕的筆記本裡影印下來的一疊厚資料。這本日誌打從雷蒙德．賈維因腦瘤手術而死於艾登布魯克的那一天就開始了，自那一天起，一切發生了變化。

安東尼．賈維就是從那一天開始擬定計畫。

索恩伸手拿啤酒，灌了一大口，他不喝不行。

「傑森呢？」露易絲問道。

「送到社福單位了，」索恩說道，「我猜短期先到寄養中心吧。」

「不過，這些單位不適合他吧？」

「也找不到人可以照顧他。」湯姆回道。妮娜．柯林絲想要收養他，苦苦哀求，但幾乎沒有人認為她可以成為稱職的母親。

露易絲把雙腳擱在沙發上，艾維斯趴在她的胸口。她把手伸下去亂摸，終於找到自己喝得一滴不剩的酒杯，她把它舉高，「再喝一杯也不錯。」

索恩起身，拿起酒杯走進廚房。

「你覺得他為什麼要那麼做？」露易絲問道。

索恩彎身，從冰箱裡取出酒瓶。他眨眨眼，眼前浮現傑森．米契爾的臉龐，當索恩把手伸過去、想把他拉下來的時候，這男孩的目光好急切；在警笛與火車的緊急煞車的噪音之外，勉強聽得到他嘴裡不斷發出的「噗噗」聲響。

「傑森，過來我這裡，」索恩當時是這麼呼喚他的，「我們回去找妮娜阿姨。」

當索恩帶著他、走過小徑，看到一堆警車與閃光的時候，傑森依然在微笑，嘴裡吹著想像的蒸氣煙團，還回頭指著大橋。

「湯姆？」

索恩走回客廳，把酒交給露易絲，「抱歉，妳剛才說什麼？」

「賈維爲什麼要自殺？」

「卡蘿覺得這一直是他計畫的一部分，」索恩回道，「他母親也是被他父親殺死的受害人，所以，他也在自己的名單裡。」

露易絲一臉懷疑。

「對，我懂妳的意思。」賈維日誌裡有幾個段落也提到了他認爲自己活不久了，很可能馬上就會步入父親的後塵。漢卓克斯剛從瑞典一飛回來，就立刻執行驗屍工作，最後發現賈維根本沒有腦瘤，只不過偶爾會出現偏頭痛罷了。看來慮病症應該是他諸多心理問題當中最微不足道的一部分了。「全都是臆測，」索恩說道，「其實，我根本不在乎。」

那時候，當尼可拉斯·麥耶當初興高采烈打電話給他的時候，索恩也向這位作家講了類似的話。麥耶提醒索恩，當初彼此有過協議，他保密不說，但索恩必須告訴他事發細節作爲回報，「我們先前說好的。」麥耶是這麼告訴他的。

索恩回他，要履約可以，等著進地獄的時候再說，隨即掛上電話。

查姆柏蘭的說法只是大橋事件諸多理論的其中一個而已。黛比・米契爾可能想要掙扎活命，或者，至少確定她可以一起把賈維拉下去、墜落在鐵道上。也有可能是傑森動的手，想要在最後的關鍵時刻救他母親。索恩只確定一件事，在安東尼・賈維趕到現場之前，他親眼看到這對母子坐在牆邊，黛比・米契爾一心想要結束自己與兒子的性命。

他覺得自己很難理解這種行爲，但也同樣難以嚴厲譴責。母親對於子女的愛——尤其米契爾覺得兒子沒有了她、就難以快樂生活下去——一直是他難以參透的事物，除非要等到他自己也爲人父母的時候吧。他差點就把這段話告訴露易絲，但最後還是塞了回去，現在依然必須要謹慎，不要給她任何壓力。

「我們今晚應該要早點上床。」露易絲說道。

「好啊。」

索恩知道她的這句話沒有其他的暗示，兩人都需要好好休息。露易絲在偵辦一起棘手的綁架案，現在工作的時間拖得比他還長：某間建屋互助協會經理的家人被歹徒挾持，他被迫在下班時間回到分行、打開了保險櫃。索恩已經在忙著處理另外兩起謀殺案：一起是家暴，另外一起是臨時起意。兇手犯案手法都很殘暴，但不太可能會像安東尼・賈維的案子一樣、引起電視新聞與八卦報紙編輯的注目。

伊芳・基絲頓自告奮勇，向莎拉・道迪報喪，講出令人震驚的消息，她先生並不是警方保護監控的那個人，眞正的安德魯・道迪早已在不知名的地點被打死，最後被丟棄在卡姆登水閘的運河河道裡。

那天晚上，索恩請基絲頓出去喝酒，她似乎很開心。

「她講的那些話，讓我覺得彷彿是我自己送了磚頭給賈維，」基絲頓當時是這麼告訴他的，「我不知道賈維殺死她丈夫的兇器究竟是什麼，反正我就是那個幫兇。」

「抱歉，伊芳。」

「沒關係，是我自願的，你記得嗎？」

「爲什麼？」

「你在大橋上親眼看到了那孩子的遭遇，」基絲頓回道，「我們必須幫你分擔一點痛苦。」

現在，這股悲傷已被平均分擔到其他人身上，賈維所犯下的案件成了別人的煩惱。有另外一個小組負責收尾，雖然不會有任何的審判，但還是有堆積如山的文件要處理，應付還未處理的兇案死因調查。

葛拉漢·佛勒，以及布萊恩·史畢貝。

羅伯·吉本斯比較幸運——刀鋒完全沒有傷到主要臟器——但他也不可能立刻回到工作崗位。

賽門·瓦許，也就是自稱爲安東尼·賈維、後來又假冒安德魯·道迪的這個人，立刻低調火葬，在場的只有珊卓拉·菲利普斯與她的女兒。黛比·米契爾的葬禮也在短短兩天之內草草舉行，索恩覺得到場的人數應該也不多，他當時決定提早請假，也把自己的黑西裝拿去乾洗。

當索恩告訴布里史托克自己請假的理由時，他挑眉看著索恩，「湯姆，你也該走出來了。」

索恩當時回他，「我知道。」心裡浮現的畫面是離開葬禮現場的時候、自己的外套已經被妮娜．柯林絲吐了一大坨口水。

「我們的職責是清除垃圾，」布里史托克說道，「但不表示清完之後還要隨身黏著碎屑走來走去。」

該走出來了……

前幾天晚上，卡蘿．查姆柏蘭來家裡用餐，而菲爾．漢卓克斯也當了陪客，當晚出現了難得一見的四人組合。他說自己會帶伏特加，果然說到做到，而且還提供了一段無聊的故事，他在旅行的最後一晚終於發現了瑞典帥哥。

那晚大家都很盡興，每個人都喝多了，尤其是查姆柏蘭。索恩看到她與露易絲相處愉快，自是十分開心，不過，他發現她明明已經可以回家與丈夫團聚，但她卻寧可放棄這個機會，不禁十分意外。她當時告訴他，再過幾天之後，她才會回到沃辛；因爲她想要「戰到最後一刻」。索恩不是很信這一套說詞，但他沒有追問下去。

她與漢卓克斯一起搭計程車離開，上車之前，緊緊擁抱了索恩，向他道謝。索恩叫她別鬧了，是他欠她恩情才是。「那就一筆勾銷，湯姆，」她回道，「你說好不好？」

「沒問題。」

她上車之後，又搖下車窗，下巴指向漢卓克斯，她問索恩，「要是你朋友轉性的話，會不會對姊弟戀有興趣？」

索恩只回了她一句，祝她好運。

之後，他挑出一張蘿拉．坎特雷爾的專輯，當作自己與露易絲清理殘局時的背景音樂。他一邊跟著哼唱她的翻唱曲〈艾德蒙德．費茲傑羅號的沉船遺骸〉，同時忙著把杯子碗盤送進廚房，而露易絲則負責把它們放在洗碗機裡面。

十分鐘之後，他們只清理了一半，但兩人已經倒在床上，沒有人想起身去關門廳的燈，而索恩的腦海裡依然迴盪著那首歌。

「寶寶的事。」露易絲說道。

索恩轉過去，以手肘撐起身體。

「不需要著急，對吧？」

他不知道自己心裡真正的答案，只好支支吾吾說出了「不要」。

「我們就靜觀其變吧。」

索恩點頭，兩人互望了一會兒，然後他又轉過去，睜著眼睛躺著不動，他等待睡意來訪，但佔據腦海的歌詞依然遲遲不肯離去。

而剩下的一切是妻小的面容與名字。

生命、愛情與謀殺，小孩，諸此種種。

他心想，其實我們無能為力。

就靜觀其變吧。

致謝

我必須大力感謝布萊恩·里特博士的協助，他開啟了我的視野，同時也要感謝鮑伯·布拉特佛德博士的耐心與專業，在兩位的協助之下，終能讓我這顆不怎麼靈光的腦袋，稍微了解到人腦的複雜運作是怎麼一回事。

一如往常，我必須特別感謝Little Brown的每一個人，是他們的支持與熱情讓我的每一本書越來越刺激好看，得以讓我不斷超越自己。

每次一定都要感謝的莎拉·露特言絲、溫蒂·李，以及尼爾·西伯德。

感謝彼得，威爾·比德森的另一半。

當然，要感謝克萊兒，謝謝她想到的書名與其他的諸多奉獻。

Storytella 64

探長索恩 邪惡基因

Bloodline

探長索恩 邪惡基因/馬克.畢林漢作;吳宗璘
譯.-- 初版.-- 臺北市:春天出版國際, 2017.05
面; 公分.--(Storytella;64)
譯自:Bloodline
ISBN 978-986-94449-4-1(平裝)

873.57　　106002110

ISBN 978-986-94449-4-1
Printed in Taiwan

作　者　馬克·畢林漢
譯　者　吳宗璘
總編輯　莊宜勳
主　編　鍾靈

出版者　春天出版國際文化有限公司
地　址　台北市信義路四段458號3樓
電　話　02-7718-0898
傳　眞　02-7718-2388
E－mail　frank.spring@msa.hinet.net
網　址　http://www.bookspring.com.tw
部落格　http://blog.pixnet.net/bookspring
郵政帳號　19705538
戶　名　春天出版國際文化有限公司
法律顧問　蕭顯忠律師事務所
出版日期　二〇一七年五月初版

定　價　370元

總經銷　楨德圖書事業有限公司
地　址　新北市新店區寶興路45巷6弄6號5樓
電　話　02-8919-3186
傳　眞　02-8914-5524
香港總代理　一代匯集
地　址　九龍旺角塘尾道64號 龍駒企業大廈10 B&D室
電　話　852-2783-8102
傳　眞　852-2396-0050